KB145963

BBULMEDIA

http://www.bbulmedia.com

악소림

악소림

1판 1쇄 찍음 2015년 3월 2일
1판 1쇄 펴냄 2015년 3월 5일

지은이 | 윤민호
펴낸이 | 정 필
펴낸곳 | 도서출판 **뿔미디어**

편집장 | 이재권
기획 · 편집 | 윤영상

출판등록 | 2002년 9월 11일 (제081-1-132호)
주소 | 경기도 부천시 원미구 소향로 117번길(두성프라자) 303호 (우)420-864
전화 | 032)651-6513 / 팩스 032)651-6094
E-mail | bbulmedia@hanmail.net
홈페이지 | http://bbulmedia.com

값 8,000원

ISBN 979-11-315-6285-7 04810
ISBN 979-11-315-3014-6 04810 (세트)

목차

28장.
마경(魔鏡)의 근원

허공을 향해 가지를 활짝 펼친 온갖 고목과 기둥 모양의 절리(節理)를 가진 암석이 좌우로 길게 늘어선 가운데, 천공 일행은 아무런 말없이 그 사이의 무성한 수풀로 뒤덮인 길을 헤치며 나아갔다.

　무표정한 얼굴로 걸음을 옮기던 천공은 문득 앞장선 흑선의 뒷모습을 넌지시 응시했다.

　'정말 충격적인 사실이군. 그가 설마하니 천외삼마선의 한 명일 줄은…….'

　현 강호 무인들 중에 천외삼마선이란 별호를 모르는 이는 아마 전무할 것이다.

　천외삼마선.

　지금으로부터 삼백여 년 전인 북송 말기, 어느 날 홀연히 중원 무림에 등장해 엄청난 무위를 과시하며 큰 혈겁을 일으켰던 극강의 마인들.

당시 대륙의 정세는 혼돈 그 자체였는데, 황궁의 폭정에 불만을 품은 백팔 호걸이 산동 지역의 양산박에 집결해 '체천행도(替天行道) 제세구민(濟世救民)'을 외치며 관군을 상대로 난을 벌였고, 그것이 전국적 민란의 도화선에 불을 댕기는 계기가 되었다.

그로 인해 황실과 군부는 각 지방에서 터져 나온 민중 봉기를 수습하기 바빴으며, 관리들은 정무를 내팽개친 채 저마다 잇속을 챙기느라 정신이 없었다.

한편 강호에선 사파의 촉루혈문(髑髏血門)이 귀주, 호남, 강서 등 여러 지역의 도합 마흔일곱 개의 크고 작은 세력과 연합을 구축해 정파를 상대로 연이어 싸움을 자행하며 난장판을 만들었다.

이른바 촉루혈맹대란(髑髏血盟大亂).

그것은 사파 역사를 통틀어 처음이자 마지막인 맹의 결성이자, 장구한 무림사 속에서 열한 번째로 기록된 대규모 정사대전(正邪大戰)이었다.

천외삼마선은 그렇듯 나라 전체가 황폐화되고 무림의 정파와 사파가 연전을 거듭하는 와중에 갑자기 혜성처럼 나타났다. 그리고 하북 지역을 손에 넣은 것을 시작으로 정사를 가리지 않고 쳐부수며 급격히 세력을 불렸다.

특정 무문에 적을 두지 않은 재야의 무인들은 새로이 섬길 신이라도 발견한 듯 천외삼마선의 강력한 힘에 매료되어 너나

할 것 없이 그 휘하로 들어가 힘을 보탰다. 더불어 그들의 저돌적인 행보에 지레 겁을 먹고 대세를 거스를 수 없다며 투항한 정사의 일류 고수들 역시 부지기수였다.

어지러운 상황을 틈탄 어부지리라고 폄하하기엔 천외삼마선의 무위가 너무나도 초절했다. 아니, 막강한 무위란 표현 보다는 그야말로 무신의 위엄에 가까웠다.

세 마인은 일반적인 기를 능가하는 신경지의 무공을 지니고 있었다.

그건 다름 아닌 강기(罡氣)라는 절대 극상 수위의 내력.

강기.

정, 사, 마의 속성에 관계없이 기공이 다다를 수 있는 정점의 영역이다.

천외삼마선을 통해 외현되기 전까지 대륙 무림에선 단순히 이론으로만 언급되던, 말 그대로 어느 누구도 성취한 적이 없는 전설의 무공이었다.

정종 무학의 근원이라는 소림사조차 강기를 다루는 경지에 도달한 무승이 배출된 적은 단 한 번도 없었다. 단지 과거 육조(六祖)인 혜능선사(慧能禪師)가 강기 운용법을 깨달았으나 그 패도적인 힘이 잘못 쓰일 것을 우려해 폐기해 버렸다는 풍문만 세간에 돌았을 뿐.

근간을 알 수 없는 신비의 세 마인이 구사하는 강기 앞에 당대 최고의 검수 화산파 장문인의 보검은 나뭇가지처럼 부러졌고, 도로 하늘마저 쪼갠다던 하북호신팽가주의 도법은 보기 좋은 재주에 그쳤으며, 창 한 자루로 천하를 활보한 녹림방주도

뼈와 살이 분리된 채 생을 마감했다.

셋 모두 그 시대의 정파와 사파를 통틀어 최강으로 불린 천무십제(天武十帝)에 속한 강자였는데, 천외삼마선의 가공할 무력을 감당하지 못한 것이었다.

천마교는 당시 혼돈에 빠진 중원으로 진출할 계획을 가지고 있었다. 그런데 천외삼마선이란 뜻밖의 변수가 등장하는 바람에 계획을 황급히 선회할 수밖에 없었다.

천외삼마선이 워낙 파죽지세로 권세를 급격히 불린 탓에 교주 천살마제(天殺魔帝)는 마지못해 뒷날을 기약했고, 그에 교의 수뇌부가 동맹 교섭을 펼치라고 진언했으나 '세 마선의 행보로 보아 아군이 되리란 확신이 서지 않으며, 중원을 손에 넣은 다음엔 우리와 적대할 수도 있다'며 내실을 다지는 데 주력했다.

반면 정파와 사파는 초고수 삼 인의 죽음으로 말미암아 사태의 심각성을 깨닫고 종전 합의와 더불어 소림사와 촉루혈문을 주축으로 전력을 모았다. 전 무림을 뒤흔드는 위기 앞에서 사상 초유의 정사 연합이 탄생된 것이었다.

그렇게 정사 무련(武聯)은 천외삼마선을 위시한 무리에 맞섰고, 이 년 반 남짓한 긴 투쟁 끝에 적의 잔여 전력을 황하(黃河) 중류의 삼문협(三門峽) 경내에 가둬 버리듯 고립시켰다. 그리고 그곳이 마지막 결전 장소가 되었다.

천외삼마선은 삼문협의 숲에서 정파와 사파를 대표하는 삼십삼 인(三十三人)의 고수와 자웅을 겨루었고, 삼 주야에 걸친 혈투 끝에 저마다 큰 외상과 내상을 입고서 변방으로 도망처 종적을 감췄다.

확실한 승기를 잡은 정사 무림은 최후까지 항전하던 잔당을 소탕함과 동시에 후환을 방지하고자 수많은 인원을 풀어 천외삼마선의 행로를 추적했다. 하지만 일 년이 넘도록 수색을 행했음에도 불구하고 그 생사 여부는 결국 확인할 길이 없었다.

천외삼마선이 일으킨 혈겁은 그렇게 막을 내렸고, 곧바로 천마교가 들이닥쳤지만 정사 무림은 그 역시도 저력을 발휘해 가까스로 물리쳤다.

중원 무림은 다시금 평화를 손에 넣었다. 하나 승리의 기쁨을 만끽할 여유 따윈 없을 만큼 그 피해가 매우 컸다. 눈으로 헤아리기 힘든 사상자는 물론이고, 전승 무공의 명맥이 끊긴 문파가 삼사 할에 육박할 정도로…….

정파나 사파나, 그 후유증으로부터 벗어나는 데에 걸린 세월만 장장 이십 년이었다.

천공은 언젠가 일화가 했던 말을 머릿속에 떠올렸다.

"당시 진범(眞凡) 조사께선 천외삼마선 중 흑의마선(黑衣魔仙) 해오담(解悟潭)의 강기에 의해 왼쪽 다리를 잃으셨지. 그리고 최후엔 심맥마저 끊겨 삼문협에서 그만 귀원(歸元)하셨느니라."

흑의마선 해오담.

그가 바로 지금의 흑선이다.

천공의 눈빛이 일순 무겁게 가라앉았다.

'마음이 복잡하구나.'

소림사의 진전을 이은 천공 입장에선 옛 사조의 옥체를 해한 해오담이 원적이나 다름 아닌데. 그러나 얄궂게도 본 공력을 되찾으려면 그런 해오담의 도움을 필요로 하는 상황이다.

이때 단희연이 슬쩍 전음을 건넸다.

[천 소협…… 그의 정체를 알게 되니 자못 심란하죠?]

천외삼마선이 일으킨 혈겁 자체가 무림사를 통틀어 수위에 꼽히는 유명한 사건이었기에 그녀 역시도 진범대사의 죽음과 관련한 이야기를 모르지 않았다.

천공은 고개를 끄덕거리며 보일 듯 말 듯 씁쓸한 미소를 흘렸다.

[뭐, 어쩌겠습니까. 일단 흑운동으로 들어 그와 대화를 나눠 보는 수밖에…….]

인연이 이렇게 얽힌 이상 해묵은 사건을 거론하는 것은 잠깐 미뤄 둘 생각이었다. 그것보다 먼저 듣고 싶은 이야기가 더 많았기 때문이다.

[천 소협이 굳이 말을 꺼내지 않아도 흑의마선이 자연스레 언급할 거예요. 차분히 기다려 봐요.]

[예, 알고 있습니다. 그는 이미 내가 이곳에 당도하기 전부터 모든 것을 꿰뚫어 보고 있는 듯하니까요. 다행스러운 사실은 그가 더 이상 마인이 아니란 사실이지요.]

천공은 그 전음과 함께 해오담의 등판에 꽂았던 시선을 조용히 거두었다.

'옛 행적이야 어찌 되었든…… 지금으로선 적어도 거짓을

입에 담는 사람은 아니다.'

앞서 해오담은 괜한 오해와 의심을 방지하고자 선뜻 손목을 내밀어 천공과 단희연으로 하여금 자신의 기맥을 살펴보게 했다. 그에 둘은 사양하지 않고 맥문을 통해 진기를 흘려보내며 체내를 두루 훑었으나 아무런 마기의 흔적도 찾을 수 없었다.

한때 대륙을 피로 물들였던 천외삼마선의 한 명이란 사실이 미심쩍을 정도로 해오담의 몸 안엔 맑은 하늘 같은 청정한 기운만이 가득 들어차 있었다.

일신의 능력이 제아무리 절륜하다고 해도 맥문을 잡힌 채로 기맥과 단전에 쌓인 본연의 마기를 감춘다는 것은 불가능한 일. 즉, 해오담은 탈태환골을 하듯 선천적인 마기를 없앰과 동시에 마심까지 지워 버린 것이 확실했다.

몸 상태를 여실히 드러내 보인 해오담의 솔직한 태도는 천공과 단희연에게 큰 믿음을 심어 주었다. 기실 그가 먼저 체내의 마기 여부를 확인시켜 주지 않았다면 두 사람은 예까지 와 놓고도 동행을 망설였을 것이다.

해오담이 돌연 천공을 향해 나지막이 물었다.

"만나자마자 정체를 불쑥 밝혀 당황했나?"

"아…… 예."

"자네가 빨리 판단을 내리라고 그랬네. 미리 밝히나 나중에 밝히나…… 내 과거의 허물이 부끄럽단 사실엔 변함이 없잖은가. 손에 묻은 피는 물로 지우면 그만이나, 마음에 묻은 피는 씻어 낼 길이 없지. 그래도 오랜 세월 동안 잘못을 뉘우치며 살아 왔으니 너무 선입관을 갖고 대하진 말게."

천공은 저도 모르게 살짝 웃었다.

선입관.

자신도 그것 때문에 광진, 승궁인 등으로부터 큰 곤혹을 겪었잖은가.

단희연도 마찬가지. 그녀 역시 단지 사류의 무공을 익혔다는 한 가지 이유로 강호의 흑백논리에 의해 차별과 배척을 당해 왔었다.

그런 두 사람에게 있어 해오담의 말은 묘한 동질감을 선사했다.

어느 순간, 천공의 동공이 이채를 머금었다.

'아까부터 저 소리는 도대체 뭐지?'

탁, 탁, 탁, 탁……

무언가 딱딱한 물체가 바닥에 부딪치는 듯한 소리.

해오담이 걸음을 옮길 때마다 그 미약한 음향이 귓전에 와 닿았다. 딱히 거슬리는 소리는 아니었지만 자못 궁금증이 일었다.

'아무래도 나막신인 듯싶은데……?'

이토록 화창한 날에 굳이 불편한 나막신을 이유가 있을까.

시커먼 장포가 바닥을 끌 정도로 길게 드리운 탓에 그 발을 확인할 순 없었다.

이윽고 암석 지대인 협곡의 길을 따라 걷던 일행의 전방에 흑색 운무가 가득 서려 있는 공간이 나타났다. 흡사 그 자체가 하나의 거대한 암굴을 연상시키는 듯했다.

천공과 단희연은 먹물을 뿌려 놓은 듯한 시커먼 운무가 시야를 가득 채우고 들자 본능적으로 이질감을 느꼈다.

마치 시공이 허물어지며 전혀 다른 세상이 펼쳐진 것 같은 기분. 이로써 벌써 몇 번째인지.

단희연이 궁금한 얼굴로 옆의 손묘정을 보며 물었다.

"이곳의 흑운은 원래부터 존재했나요?"

"네. 일설에 따르면 태곳적 이무기인 묵룡(墨龍)이 승천하지 못하고 죽은 다음부터 생겼다고 해요. 모종의 결계나 다름 아닌데, 한 가지 흥미로운 사실은 흑운 속에 머물면 절대 외상이나 내상을 입지 않아요."

단희연과 천공은 그제야 앞서 이질감의 원인이 무엇인지 알 수 있었다.

"어머…… 과연 이곳의 운무는 단순히 색깔만 특별한 게 아니었군요."

그러자 해오담이 고개를 뒤돌려 나지막이 말했다.

"내가 이곳을 은거지로 선택한 이유도 바로 그 때문이라네."

천공이 곧바로 말을 받아 물었다.

"흑운이 혹시…… 마기와 상극인 힘을 가졌습니까?"

"정확히 짚었군. 앞서 묘정이 말한 것에 덧보태 축기와 운기의 시간을 단축시키고, 심중에 깃든 마심도 사라지게 만드는 이능을 발휘하지. 만약 마공을 익힌 자가 이곳에 발을 들이면 육신과 정신에 큰 해를 입고 만다네. 물론 공부의 차이에 따라 그 정도는 다를 것이야."

그 말에 천공이 낭패한 기색을 보였다.

"전 어떻게 되는 것입니까?"

"어디까지나 타락한 순수 마인에게 적용되는 이능일 뿐, 자네는 불력으로서 마력을 다스리는 경지이니 달리 걱정할 필요가 없네."

"그럼 흑의마선께선……?"

"마인의 삶을 버린 내게 그것은 더없이 불명예스러운 별호일세."

"아, 실례했습니다."

"여느 사람들처럼 그냥 흑선이라 칭하게. 솔직히 선(仙)이란 칭호도 과분하지만……. 여하간 나 같은 경우는 이곳으로 발을 들이기 훨씬 이전에 마심을 지운 상태였네."

흑운이 어떠한 영향을 끼쳐 마성이 바뀌거나 사라진 게 아니란 뜻이었다.

천공과 단희연은 그대로 흑운이 기득한 공간 안으로 발을 들이며 자연스레 몸을 내맡겼다.

전신이 깃털처럼 가벼워진 것 같은 기분. 필시 흑운의 영향이리라.

천공은 속으로 감탄했다.

'드넓은 강호엔 내가 모르는 세계가 정말로 많구나. 특히 이 신비괴림은 세간의 풍문 이상으로 기상천외한 곳이다.'

새로운 경험과 공부, 그 중요성을 새삼 깨닫는 그다.

대략 반 각 정도 지났을까.

해오담과 손묘정이 별안간 신형을 멈춰 세웠다. 그러자 멀지 않은 전방에 동혈 하나가 흑운 사이로 드러나 보였다.

흑운동.

일행은 즉각 동혈 안으로 진입했다.

횃불이 걸린 통로는 꽤나 협소했는데, 그 내부 역시도 흑운이 공기의 흐름을 따라 헤엄치고 있었다. 그렇게 칠십여 보를 나아가자 흡사 광장 같은 널따란 공간이 나타났다.

천공은 가만히 주변을 살피다가 흠칫 놀랐다.

'아니, 저것은……!'

좌측 벽면에 장식처럼 박혀 있는 지름 오 촌 정도의 거무스름한 석경. 기괴한 마귀의 형상과 의미 모를 문자, 도형 등이 음각된 그것은 다름 아닌 마경이었다.

이내 그 벽면 쪽으로 다가간 천공은 마경을 두 눈에 가득 담았다.

'예전 천마존이 말했던 것과 똑같은 모양의 석경이다! 그렇다면…….'

해오담이 마경에 시선을 고정시킨 천공을 보며 말했다.

"석경에 대해 뭔가 알고 있는 눈치로군."

"아무래도 제가 알고 있는 것과 동일한 물건인 듯싶습니다. 직접 보진 못했고, 그 생김새에 대해 잠깐 들었을 따름입니다."

그러자 해오담의 동공이 의미심장한 빛을 발했다.

"혹 자네 몸속에 봉인된 영혼이 일러 주던가?"

실로 대단한 육감과 기감이었다. 심계에 자리한 천마존의 존재는 물론이고 밀류봉령술에 의해 갇힌 상태라는 사실까지 동시에 간파해 냈으니까.

스승인 일화를 비롯해 최근 조우한 동방표호조차 감지하지 못했던 부분을 해오담은 아무런 손도 쓰지 않은 채 너무나 쉽게 알아차렸다.

　"예전 월영마가의 마인이 저 물건을 손에 넣기 위해 포강현에 나타났지요. 별로 오래 되지 않은 일입니다."

　천공의 말에 고개를 끄덕거린 해오담은 한옆에 있는 바위로 일행을 인도해 앉히며 재차 말문을 뗐다.

　"예전 묘정으로부터 자네 이야기를 들었네. 아직까지 그 영혼을 없애지 못했군. 소림사라면 능해 해결할 수 있었을 터인데……."

　"거기엔 또 사연이 있습니다. 현재 본사에선 제 몸에 다른 영혼이 들어와 있다는 사실을 까맣게 모르고 있지요."

　"일부러 비밀에 부쳤군."

　"그렇습니다."

　"흠…… 영혼의 정체와 모종의 관련이 있는 모양인데, 그럼 이곳에 온 이유도 그 영혼 때문인가?"

　"처음부터 흑선을 뵐 목적으로 온 것입니다. 물론 그러한 결심엔 손 소저의 조언이 크게 작용했지요. 이것저것 여쭙고 싶은 게 많지만, 일단 제 사연부터 털어 놓겠습니다."

　천공은 그 말과 함께 자신이 겪은 일련의 일을 빠짐없이 설명하기 시작했다. 그렇게 제법 긴 이야기가 끝난 순간, 해오담이 수염을 쓰다듬으며 나지막한 목소리를 흘렸다.

　"허어, 변수의 등장인가. 하늘의 심술인지, 내 능력이 부족한 탓인지, 미처 그것까지 읽진 못했구먼."

천공은 그 말의 의미를 선뜻 헤아리기 힘들었다.

두 눈을 지그시 감고 상념에 잠겨 있던 해오담이 이내 입을 열었다.

"설마하니 소림사가 실전된 혈마맥의 비급을 보관하고 있을 줄은 몰랐네. 과연 일천 년 중원 무학의 성지답군."

"사실 천마존은 이제 큰 문젯거리가 되지 않습니다. 언제든지 심계로 들어 그를 멸할 수 있는 수준의 힘을 회복했으니까요."

"그 말인즉…… 현재 자네의 고민은 하단전으로 향하는 기로를 완벽히 열 수 있느냐 없느냐, 오직 그뿐이란 것이로군."

"예. 혈마맥 지맥의 힘을 대량 흡수한 덕분에 구성 수위에 올랐지만, 다시 막다른 길에 도달했습니다."

"그래, 그럴 테지. 항마조의 뜻을 온전히 이어 나가려면 본 무력을 되찾는 것이 급선무이나…… 그것을 위해 마심을 탈피한 혈천무회를 희생시킬 순 없는 노릇이고, 또 무작정 수련에 돌입하자니 기간을 장담할 수 없고……. 해서 날 찾은 것이 아닌가."

"절 도와주실 수 있겠습니까?"

천공의 진중한 물음에 해오담의 입술이 희미한 미소를 그렸다.

"내 기꺼이 도와주지."

"나머지 기로를 여는 것이 가능하단 말씀입니까?"

"물론일세. 그리고 사실…… 나 역시 자네의 도움을 필요로 한다네. 아니, 정확히 말하면 불심과 마력을 조화시킨 그 재능이 필요한 것이지. 안 그랬으면 애초에 묘정을 보내 자네를 부르를 일도 없었을 터."

"제 재능이 필요하시다니 그게 무슨……?"

"그 이유는 방금 전 본 석경과 무관하지 않네."

천공의 낯빛이 살짝 굳었다. 석경과 관련이 있다면 자연스레 월영마가를 포함한 육대마가도 그에 끼는 것이었으니까.

단희연이 슬며시 전음을 보냈다.

[천 소협, 공교롭게 육대마가와 자꾸 얽히네요.]

[지나가는 악연이라 여기기엔 뭔가 분위기가 심상치 않은 것 같습니다. 구천혈궁에서의 일도 그렇고…….]

해오담이 그런 두 사람의 얼굴을 번갈아 보며 말했다.

"자, 이제 하나씩 차근차근 설명할 테니 질문은 잠시 미뤄 두게나. 먼저…… 저 벽면에 있는 석경은 바로 마경이라 부르는 상고의 마도 신물이네."

천공도, 단희연도, 난생 처음 접하는 명칭이었다.

"난 원래 무공에 뜻을 둔 사람이 아니었어. 그리고 나와 더불어 패검마선(覇劍魔仙), 섬륜마선(閃輪魔仙)이라 불린 두 친구도 마찬가지였고. 우린 그저 벼슬에 오르고자 책만 파던 선비에 불과했지."

실로 뜻밖의 비사.

과거 경천동지의 대혈겁을 일으켰던 천외삼마선이 무공의 무 자(字)도 모르는 한낱 선비 출신이었다니, 막상 듣고도 믿기 힘든 소리였다.

"그런 우리가 어느 날 학문의 뜻을 접고 마인의 길을 걷게

된 것은 불미스러운 한 사건과 저 마경 때문이었다네."

해오담은 옛일을 떠올리듯 두 눈을 잠깐 감았다 떴다.

"작외겸(綽畏鉗), 공야징(公冶徵)은 나와 어릴 때부터 동문 수학한 문우로 기실 의형제나 다름 아니었어. 낮이고 밤이고 늘 한 몸처럼 함께했지. 당시 우리 셋이 머물던 곳은 하북 지역 북쪽의 궁벽한 곳에 자리 잡은 한촌이었네. 민가라 해 봐야 이십여 호 정도밖에 안 되는 작디작은 마을…… 여하간 십수 년에 걸친 글공부의 성취가 거의 막바지에 이르렀을 즈음 웬 무인 집단이 불쑥 쳐들어와 촌민들을 학살하기 시작했고, 고요하고 평화롭던 마을은 순식간에 피로 물든 지옥으로 화해 버렸지. 그래서……."

그래서 세 사람은 목숨을 부지하고자 깊은 산속으로 도망쳤다. 하지만 무인 집단은 끈질기게 추격을 해 왔고, 그 과정에서 그들 목표가 작외겸의 목이었음을 알게 되었다.

작외겸의 조부는 원래 황실의 고위 관리였다. 하나 간신들 모함에 의해 죄를 뒤집어쓰고 죽임을 당했고, 작외겸의 부모는 신분을 숨긴 채 그날로 도성을 빠져나와 깊은 산골 마을로 숨어들었다. 그리고 나중에 태어난 아들의 이름을 '외겸'이라 지었다.

외겸, 즉, 죄인의 목에 씌우는 칼을 조심하고 기피하란 뜻의 이름이다.

부모는 작외겸이 그저 평범한 촌부로 자라길 바랐다. 하지만 작외겸은 타고난 신동으로 글을 깨우치는 속도가 남달랐다. 그래서 작외겸의 부모는 어쩔 수 없이 그를 큰 마을로 유학을 보냈고, 그곳 학당에서 동갑내기인 해오담과 공야징을 만났다.

작외겸이 십팔 세가 되었을 때 부모가 갑작스레 세상을 떠났다. 해오담, 공야징은 절친한 문우를 외롭게 둘 수 없다며 그의 집이 있는 산골 마을로 건너와 정착했고, 그로부터 몇 년 후 작 씨 혈족을 멸하라는 간신들 사주를 받고 오랜 기간 행적을 추적하던 무인 집단이 마침내 그곳을 알아내어 살육 잔치를 벌인 것이었다.

해오담은 그 부연 설명과 함께 본 이야기를 이어 나갔다.

"우린 도망치고 도망치다 벼랑 끝에 몰렸네. 그래서 결국 개죽임을 당할 바엔 자결하는 것이 낫다고 여겨 서로 손을 꼭 붙잡고 벼랑 아래로 투신했지. 한데 거기에서…… 놀라운 기연을 얻게 되었다네."

세 사람은 그 벼랑을 끼고 흐르는 물속에 빠졌으나 뼈만 몇 군데 상했을 뿐 기적처럼 살아남았다. 그리고 날이 어두워질 무렵 절곡의 한 동굴을 찾아 피신했다.

"공교롭게도 그 동굴엔 고대 마인의 유해와 안배가 숨겨져 있었어. 세상에 단 한 번도 알려진 적이 없는……."

천공과 단희연은 강한 호기심에 귀를 쫑긋 세웠다.

"전마신(戰魔神). 그는 다름 아닌 선계(仙界)의 신선들과 싸움을 벌였다가 패배해 시공의 문을 뚫고 현세로 도망쳐 온 마계(魔界)의 신장이었네. 피 튀기는 전투를 즐기는, 오직 전장의 폭력과 쾌락만을 위해 사는 신장……."

선계, 마계.

극락과 지옥처럼 현세 너머 시간과 공간을 초월한 어딘가에 존재한다는 이계(異界). 그야말로 신화나 전설일 뿐인 이야기다.

천공이나 단희연이나 그 말을 선뜻 받아들이기 힘들었다. 하지만 해오담의 진중한 태도 때문에 허무맹랑한 말로 치부하기도 어려웠다.

궁금증을 누르지 못한 천공이 물었다.

"예의 동굴에 그와 관련한 기록이 남아 있었습니까?"

해오담이 고개를 가볍게 끄덕거렸다.

"지금까지도 사실 여부를 달리 확인할 길은 없네. 하나 지금에 와서 생각해 보면 그 기록이 허황된 것만은 아니었어. 전마신의 마학을 익힘으로써 우리 세 사람은 단숨에 희대의 마도 고수로 이름을 떨치게 됐으니 말일세."

가만히 듣고 있던 두 사람 무슨 전설이나 신화를 접하는 듯한 느낌이었다.

천공이 저쪽 벽에 자리한 마경을 바라보며 물었다.

"그럼 저 마경도…… 마계의 물건이란 말씀입니까?"

"그렇지. 전마신이 남긴 기록에 의하면."

"세상에……."

"전마신이 전설 속 세상인 마계의 존재인지 아닌지는 그리 중요하지 않네. 문제는 그의 유산인 세 종의 마학과 아홉 개의 마경이지."

"마, 마경이 아홉 개나 됩니까? 도대체 무슨 힘을 가진 것이지요?"

해오담이 담담한 표정으로 말했다.

"자, 마저 들어 보게나. 우리 셋은 먼저 전마신의 유해를 발견한 후 그가 쓴 책을 들춰 읽어 보았네. 그에 기록된 내용에 따르면……."

전마신은 현세로 건너오는 과정에서 대부분의 힘을 소실하고 말았다. 그래서 외진 동굴로 들어 본래의 힘을 되찾는 데에 주력했는데, 그러던 도중 큰 실수를 범해 기혈이 뒤집히는 화를 입었다.

흔히들 말하는 주화입마에 빠졌던 것.

전마신은 오래지 않아 자신의 죽음이 임박했음을 깨달았고, 그때부터 글을 남김과 동시에 제 진전을 연이 닿는 후인이 얻을 수 있게끔 안배해 두었다.

전마신의 마학은 현세의 사람이 한 몸에 완벽히 지니기엔 힘든, 아주 초절한 그것이었다. 때문에 명맥이 끊이지 않도록 세 종류로 분류했고, 해오담 등이 그 마학을 하나씩 택해 익히게 되었다.

셋 다 무공에 있어 문외한이었지만 마경의 힘을 이용하니 입문이 어렵지 않았다. 혼을 저당 잡히며 마공 초입 단계에 필요한 내공을 얻은 까닭이었다.

"맨 처음 마경과 마학에 손을 댄 의도는 단순하고 순수했네. 죄 없이 살해당한 사람들의 복수, 그리고 하루아침에 도망자 신세가 된 우리 처지를 타개하기 위함이었지. 그저 괘씸한 무인 집단만 상대하고 끝낼 심산이었어. 그런 다음 국경을 넘을 계획도 세웠고."

"그래서 성공하셨습니까?"

"암, 성공했고말고. 애당초 그 무인 집단엔 일류 고수라 할 만한 인물이 없었기에 기초적인 마공만으로도 능히 해결할 수 있었다네. 한데…… 그다음부터 삶의 길이 어긋나기 시작했지."

천공은 대충 짐작이 갔다.

"마심을 벗어나지 못하셨군요."

그도 마찬가지로 혈마맥의 마공을 익히는 과정에서 비슷한 고비를 경험한 터였다.

"맞네. 순간의 충동적인 선택이 인생을 송두리째 바꿔 버렸던 것이야. 우리의 혼을 집어 삼킨 마경은 끊임없이 정신을 홀리고 또 세뇌시켰어. 그로 말미암아 늙지 않는 영생의 마력과 더불어 흉중엔 더욱더 큰 악성과 마심이 자리를 잡았지. 중원에 공포와 절망을 안겨다 준 천외삼마선은 그렇게 탄생이 되었던 것일세."

천공은 안타깝다는 눈빛으로 해오담을 바라보았다.

'그래서 마공 공부가 무서운 것이지. 본사의 혜가선도심법과 같은 고절한 심법의 도움을 받지 않는 이상 마심을 제어하기란 거의 불가능에 가까운 일이니까.'

"세 종의 마학 중에 난 방술을 익혔고, 작외겸은 검술, 그리고 공야징은 비술(飛術)을 익혔지. 불과 몇 년 만에 극성에 도달한 우린 그날로 강호에 발을 내디뎠고, 그 이후의 일은 두 사람도 잘 알다시피……."

"예, 무림사에 전무후무한 대혈겁이 일어났지요."

"그때 우린 강호를 일통한 다음 전력을 추슬러 황군을 상대로 전쟁을 벌일 계획이었다네. 그래서 작외겸의 살인을 사주한 간신 무리는 물론이고, 황제마저 죽여 나라를 집어삼키려 했던 것이야. 하지만 끝내 정사 무련의 놀라운 투혼 앞에 무릎을 꿇을 수밖에 없었지."

천공이 눈치를 살피다가 조심스럽게 입을 열었다.

"당시…… 본사의 진범 조사께서 희생을 감수하셨습니다."

그 말에 해오담이 미안한 표정을 지었다.

"휴우…… 진범대사를 생각하면 정말 죄스러울 따름이네. 실지 진범대사는 내게 있어 세상에 둘도 없는 구원의 은인일세."

"예? 그게 무슨 말씀입니까?"

"내가 마심을 깨끗이 버릴 수 있었던 것은…… 진범대사 때문이었으니까."

"아……!"

천공과 단희연은 또 하나의 비사가 드러나자 놀라움을 감추지 못했다.

해오담이 머릿속으로 당시의 일을 떠올리며 숨은 이야기를 꺼냈다.

"내 손속에 한쪽 다리를 잃은 진범대사는 마지막 순간 미처 생각지도 못한 미증유의 대법을 시전 했어. 그것은 다름 아닌 목숨을 끊음으로써 타인의 심계에 영향을 끼치는 신묘한 대법이었지."

일순 천공은 짐작 가는 바가 있었다.

"그 대법이란 게…… 심법을 통해 기른 선기를 타인에게로 전이하는 것 아닙니까?"

"그래, 바로 그것이었네."

"천불전심자해대법(天佛傳心自解大法)입니다. 목숨을 담보로 상대의 심정을 정화시키는 최상승 공부로 오직 장문방장에게만 허락된 네 가지 비전 중 하나이지요."

"천불전심자해대법이라……. 과연 소림사는 위대하구먼. 아무튼 처음엔 별다른 이상을 느끼지 못했네. 한데 삼문협의 결전 이후 변방으로 가 머무는 동안 내 마음 깊은 곳에서 조금씩 선기가 퍼지기 시작했지. 그리고 종내 진범대사가 생전에 익힌 심법의 구결이 그림첩처럼 뇌리에 떠올라 내 심혼에 각인되었어."

"혹여 건곤복마심법(乾坤伏魔心法)이었습니까? 과거 진범조사께선 비전인 혜가선도심법 대신 일대제자라면 누구나 익힐 수 있는 건곤복마심법을 택하셨다고 들었는데……."

해오담이 머리를 주억이며 말을 받았다.

"건곤복마심법과 천불전심자해대법, 그 두 가지가 조화로운 묘용을 발휘한 덕분에 난 종내 마심을 완벽히 지울 수 있었고, 또 일신의 마기는 고스란히 정순한 진기로 변모했지. 대신에 내공의 양은 삼분지 일 남짓 줄고 말았어. 세상사란 무릇 얻는 것이 있으면 잃는 것도 있는 법이 아닌가. 맨 처음 전마신의 진전을 얻음으로써 인간 본연의 정심을 잃게 된 경우도 마찬가지이고……."

천공은 속으로 가만히 생각했다.

'내가 예전 현담 사조께서 연단하신 대환단을 복용했을 때와 똑같은 현상이라 할 수 있겠구나. 아마 진범 조사께선 천불전심자해대법을 시전 하심과 동시에 당신의 영혼을 쪼개 혜가선도심법의 구결을 심계의 전언으로 남기셨음이 분명해.'

"작외겸과 공야징에겐 일절 발설하지 않았네. 하나 시간이 흐를수록 마기의 농도가 옅어지자 그들도 뒤늦게 내가 모종의 변화를 겪고 있음을 눈치챘어. 그리고……."

그것은 곧 분열의 원인이 되었다.

변방의 깊은 산곡으로 든 작외겸과 공야징은 그곳을 근거지로 삼아 다친 몸을 돌보고 다시금 세력을 키워 중원을 손에 넣을 작정이었다. 하지만 해오담은 마심에 젖어 타락하기 전의 심성을 되찾으며 혈겁을 자행한 것에 대한 양심의 가책을 크게 느꼈고, 그 일련의 죄책감으로 쉬이 잠을 이루지 못하는 상황까지 이르렀다.

작외겸, 공야징은 그런 해오담을 변절자로 여겨 죽이려 들었다. 그러나 두 사람의 계획은 어긋나고 말았다. 변심한 해오담이 만일의 사태를 대비해 산곡 일대에 금제의 결계를 은밀히 펼쳐 놓았기 때문이다.

해오담은 격하된 내공 수위로 그 둘과 대적하기는 어렵다고 판단하여 일종의 편법을 쓴 것이었다. 물론 방술에 통달하지 않았다면 시도조차 할 수 없는 일이었다.

그는 어렵사리 작외겸과 공야징을 가두어 주술로 잠재우는 데에 성공했고, 그때부터 둘의 심성을 개화시키기 위해 낮이고 밤이고 힘을 쏟았다.

하나 일은 뜻처럼 쉽지 않았다.

마경의 의지가 미증유의 마력을 발해 전마신의 진전을 이은 두 사람의 정신을 방어한 까닭이었다.

해오담은 결국 아홉 개의 마경을 깨부수기로 마음먹었다. 그런데 작외겸과 공야징의 혼기와 연결된 탓인지, 아니면 원래 속성이 그러한 것인지, 마경은 매번 쪼개지기가 무섭게 원상회복을 했다. 수백 번도 넘게 깨부숴 보았으나 애꿎은 시간만 허비했을 뿐, 다 부질없는 짓이었다.

"마경의 의해 영생의 몸이 된 그들을 죽일 방도는 없었네. 전마신의 진전으로 말미암아 마경의 혼과 둘의 혼이 일체화되었기 때문이지. 설사 죽일 수 있었다고 하더라도 내가 차마 실행하지 못했을 것이야. 그저 어떻게든 본 인성을 되찾아 주어함께 참회의 삶을 살고 싶었어. 그래서 난 마경을 깨뜨릴 새로운 방도를 찾으려고 산곡을 나섰다네. 내가 고유의 주문을 외지 않는 한은 그 둘을 강제로 잠에 빠지게 만든 금제가 풀릴 리 만무했기에 안심하고서……. 한데 그것이 돌이킬 수 없는 실수가 되고 말았어."

"뜻밖의 변수가 발생했군요."

"우리가 거느린 사람들 중 유독 광신도처럼 맹목적으로 따르던 사천신검(邪天神劍)이란 사류의 고수가 있었는데, 그가 어찌어찌 구사일생으로 살아남아 작외겸과 공야징이 갇혀 잠든 곳을 찾았던 게지. 그리곤 내가 자리를 비운 사이에 둘을 그곳으로부터 꺼내 사라졌다네."

당시 사천신검은 마경에 자신의 혼을 팔아 새로운 힘을 얻었고, 그 힘을 이용해 해오담이 펼쳐 놓은 결계를 뚫고 나왔다. 아홉 개의 마경까지 챙겼음은 당연지사였다.

몇 달 후, 예의 산곡으로 귀환한 해오담은 만사를 제쳐 두고
그들을 찾기 위해 드넓은 변방을 뒤지기 시작했다. 그렇게 무
려 이십여 년의 추적 끝에 사천신검을 찾았지만, 작외겸과 공
야징의 행방은 오리무중이었다. 이미 사천신검이 자신만 아는
비밀 장소에 그들을 숨겨 놓았던 것이다.

"그때 사천신검은 피골이 상접한 폐인이 되어 있었네. 연신
겁에 질린 얼굴로 헛소리까지 내뱉었고……. 마경에 의해 조
종을 당한 후유증, 한마디로 이지를 상실한 광인이 되어 버렸
던 것일세. 도저히 정상적인 생활이 불가능한 상태였지. 당장
알아낼 수 있는 건 아무것도 없었어. 단지 그가 가지고 있던
한 개의 마경만 회수했을 뿐, 나머지 마경의 행방은 묘연했지.
그러던 어느 날…… 우연히 사천신검의 정신이 잠깐 돌아왔
어."

천공과 단희연은 저도 모르게 마른침을 삼켰다.

"사천신검이 두려움에 깃든 얼굴로 말하길, 마경의 힘은 내
가 생각하는 이상으로 기오막측 하다고 했네. 무슨 뜻이냐고
물으니 직접 마경과 영적 교감을 통해 알아내라고 하고선 미처
만류할 새도 없이 목을 찔러 자결해 버렸어."

해오담은 그런 사천신검의 시신을 양지바른 곳에 묻어 준
다음 주술을 펼쳐 마경과 영적 교감을 시도했다. 그리고 그것
을 통해 지난 이십여 년 사이에 벌어진 일을 비로소 알게 되었
다.

"마경은 자아를 가진 신물로 전마신의 유업을 온전히 계승

시키기 위해 사천신검을 표적으로 삼았어. 즉, 변심한 나를 대신할 존재를 찾으려 했던 것이야. 하나 사천신검의 능력이 부족해 방술 전수가 여의치 않았지. 때문에 사천신검으로 하여금 범문으로 된 책들을 만들게 했고, 그것을 여러 장소에 숨겼네. 또한 마경도 저마다 다른 곳에 감추었고⋯⋯. 세월에 상관없이 언젠가 연이 닿는 자가 그것을 얻을 수 있도록 말일세. 일종의 인위적인 기연을 안배한 것이랄까."

천공이 문득 저쪽 벽면으로 시선을 던졌다.

"사천신검이 가지고 있던 마경이 바로 저것입니까?"

"그렇다네. 육대마가에서 마경을 모으는 중이라면 필시 범문으로 된 책들 중 한 권을 먼저 손에 넣은 것일 터. 입수한 시기가 언제인지는 정확히 알 수 없지만, 짐작컨대 그 내용을 해석해 마경에 대한 일부 단서를 얻었으리라고 여기네."

그러자 단희연이 살며시 눈살을 찌푸렸다.

"마경이 결국 적절한 인연을 만났네요. 뭐, 유유상종이랄까요."

찰나지간 천공의 낯빛이 살짝 굳었다.

"단 소저, 일백 년 전의 그 사건⋯⋯ 왠지 이것과 관련이 있을 듯한 느낌이 들지 않아요?"

그의 말, 다름 아닌 과거 육대마가가 구천혈궁을 멸했던 일을 뜻함이었다.

"흠, 천 소협 말대로 그럴 수도 있을 것 같네요. 만약에⋯⋯ 당시 구천혈궁이 우연히 마경과 관련한 범문의 책을 입수해 가지고 있었다면, 그것이 자연히 육대마가의 손에 넘어

갔을 테니까요. 그때부터 마경을 모으기 위한 계획을 세우기 시작했을 가능성도 충분하다고 봐요."

해오담이 두 사람을 향해 말했다.

"나도 그대들 짐작이 십중팔구 맞을 거라 생각해. 지금쯤 대부분 수집했을 수도 있고. 새외를 벗어나 중원에 발을 들인 것만 보더라도 마경이 만든 기연의 실체에 바짝 접근한 상태일 것이야. 아니, 확신하네."

천공이 침중한 표정으로 물었다.

"마경을 전부 모으면…… 패검마선과 섬륜마선을 다시금 깨우게 되는 것입니까?"

"그럴 테지."

"어떤 원리입니까?"

"앞서 말했잖은가, 마경은 자아를 가진 신물이라고. 내가 사천신검을 찾느라 허비한 이십여 년의 세월 동안 주술을 풀 수 있는 해법을 찾았던 게지. 그리고 그것을 어려운 범문으로 풀어 기록했고, 변심한 내가 쉬이 찾지 못하도록 사천신검으로 하여금 여기저기에 숨기도록 만들었던 것일세. 육대마가는 아마도 작외겸과 공야징을 긴 잠에서 깨워 수족처럼 부리려는 계획을 가졌으리라고 보네."

"그게 가능합니까?"

"아니, 절대 그런 일은 일어나지 않을 것이야. 작외겸과 공야징은 전마신의 직전 후인이나 다름 아니므로 마경의 의지가 허락하지 않는 한 그들을 결코 제어할 수 없네."

"거꾸로 육대마가가 두 마선의 수중에 휘둘릴 수도 있다는 말씀입니까?"

"그렇지. 물론 그 반대의 경우도 존재해. 마경은 세 개씩 조를 이뤄 전마신이 남긴 세 종류의 마학을 익힐 수 있는 힘을 부여하네. 그런 까닭에 작외겸과 공야징은 여섯 개의 마경과 여전히 혼연일체를 이룬 상태이지만, 나와 한때 연결되었던 세 개의 마경은 다른 후인을 찾길 바라고 있어. 즉, 육대마가 인물들 중 한 명이 마경에 의해 선택되어 내 역할을 대신할 수 있다는 뜻이야. 그리 되면…… 천외삼마선이 다시금 완벽히 부활하는 셈이지."

"음, 그게 더 최악의 상황이겠군요. 하오나 그럴 일은 없을 듯싶습니다."

천공의 말에 해오담이 빙그레 웃었다.

"후훗. 맞아, 그 누구도 날 대신할 수 없어. 마경 한 조각이 내 수중에 있으니 말일세. 육대마가가 마경을 전부 모은다고 해도 한 개는 가짜에 불과하지."

"미리 손을 쓰셨군요."

"마경을 찾는 무리가 나타날 때를 대비했지. 현재 육대마가가 할 수 있는 일은 단지 두 마선을 잠에서 깨우는 것뿐이야. 그리고 그러한 선택에 대해 틀림없이 후회하게 될 터. 늑대가 함정에 빠진 호랑이를 꺼내 주는 꼴이나 다름 아니지."

"사천신검이 자결한 이후 실행하셨던 모양이군요."

"처음 일백 년 동안은 홀로 여덟 개의 마경과 책들을 찾기 위해 신분을 위장해 가며 변방과 중원을 가리지 않고 돌았지. 그러나 그것은 바다에 떨어진 바늘을 찾는 격이었어. 그래서 다른 방도를 물색했네."

그때 단희연이 불쑥 질문을 던졌다.

"흑선께선 정심을 되찾음과 함께 마경과 연결된 혼기를 끊으셨는데 어찌……?"

"어떻게 오래도록 살아 활동할 수 있느냐고? 물론 난 더 이상 영생의 몸이 아니네. 그러나 나이를 먹는 속도가 지극히 느리지."

천공이 화들짝 놀랐다.

"서, 설마 반로환동을……?"

"정확히 짚었구먼. 사천신검을 추적하는 과정에서 정심을 통한 심법 연마로 큰 깨달음을 이룬 덕분이었어. 물론 방술의 특별한 힘도 어느 정도 작용했고."

그 말에 천공과 단희연은 나지막한 경악성을 발했다.

"그리 놀랄 것 없다네. 어차피 반로환동을 한 신체에 상관없이 내 명줄은 앞으로 얼마 남지 않았으니까."

해오담의 말에 끝나기가 무섭게 손묘정의 안색이 급격히 어두워졌다. 아무래도 뭔가 숨은 사연이 있는 듯했다.

해오담이 그런 손묘정에게 가만히 눈짓을 보낸 후 다시 목소리를 이었다.

"여하간 난 계획을 수정해 하늘의 운수를 정확히 읽을 수 있는 능력, 천리신안(千里神眼)의 힘을 얻고자 했어. 앞날을 내다보는 신과 같은 권능을 가진다면 마경의 안배에 의해 작외겸과 공야징이 깨어난다고 하더라도 능히 대처할 수 있으리라 생각하여……. 해서 곧장 천축(天竺:인도)으로 향했지."

"천축은 왜……?"

"그곳엔 중원과 궤를 달리하는 신력을 지닌 술사들이 존재한다는 이야기를 들었거든. 해서 천리신안의 힘도 얻고 마경을 깨뜨릴 방도도 찾을 수 있으리란 기대를 품었던 것일세."

천공이 묘한 흥분에 휩싸여 물었다.

"그래서…… 성공하셨습니까?"

"물론. 천축에서 기인을 만나 가르침을 받고 마침내 천기를 가늠할 수 있게 되었네."

"……!"

"난 밤하늘에 전마신의 운명을 가진 이마성(異魔星)과 보좌성(補佐星)의 기를 읽어 마경의 힘이 세상에 드러나는 시기를 알아냈지. 그리고…… 그것을 막을 존재, 제세(濟世)의 무용(武勇)을 떨칠 천명을 가진 인물이 등장하는 때도 파악했다네."

"설마……."

"그 존재가 바로 자네일세."

29장.
천명(天命)의 과업(課業)

'세상을 구제할 무용…….'

천공은 순간 머릿속이 복잡해졌다. 그러다가 이내 퍼뜩 정신을 가다듬고 질문했다.

"제가 그러한 천운을 가진 사람이라고요?"

"내가 읽은 천기가 틀리지 않다면 아마도…….'"

대꾸는 그렇게 해도 두 눈엔 어떤 확신의 빛이 가득 차 있었다.

"그럼 천리신안을 이용해 제가 이곳에 나타나리란 사실을 알고 손 소저를 보내셨던 겁니까?"

"그렇다네. 허헛, 아무래도 좀 믿기 힘든 소리인가?"

"아, 아니요. 꼭 그런 건 아닙니다만…….'"

말꼬리를 흐린 천공은 고개를 돌려 단희연을 보았다. 그녀 역시도 놀라움을 감추지 못하고 있었다.

해오담이 수염을 쓰다듬으며 차분한 음성으로 일렀다.

"일련의 일을 설명해 주겠네. 난 천축에서 오랜 세월을 머물며 천리신안의 묘용을 통달할 때까지 매일같이 수련했지. 그리고 비로소 완성이 됐다고 판단한 그 즉시 중원으로 재차 귀환했는데, 그동안 내가 안배해 두었던 가짜 마경은 사파 무림의 무정회(無情會)가 입수했더군."

단희연이 대뜸 눈을 반짝였다.

"어머, 무정회라면 청해성 황중(湟中)에 위치한 보잘 것 없는 문파인데…… 혹여 그들이 책을 얻어 범문을 해독한 것은 아니겠죠?"

"무정회는 마경이나 책에 대해 아무것도 몰랐어. 단지 신기하게 생긴 고대의 석경이라 여겨 보물처럼 보관만 하고 있을 따름이었지. 지난해 묘정을 파견해 알아본 결과 무정회는 여전히 그 가짜 마경을 애지중지하며 보관 중이었네."

그녀는 그럼 그렇지, 하는 표정으로 실소했다.

"대물을 낚으려고 던져 놓은 미끼를 엉뚱한 잡어가 문 셈이네요. 그래도…… 육대마가가 차후 그것을 노린다면 마경을 통해 두 마선을 부활시키리란 음모를 가졌음을 확실히 알 수 있겠네요."

돌연 천공이 제 무릎을 탁! 쳤다.

"아하! 그때 손 소저는 대설산에 약재를 구하러 간 것이 아니라 무정회의 동향을 파악하러 간 것이었군요."

천공이 말한 그때란 천마교의 괴멸 후 기련산맥의 한 자락에서 손묘정과 조우했던 날을 뜻함이었다.

해오담이 고개를 끄덕거리자 천공이 물었다.

"그녀는 언제 제자로 거두신 것이지요?"

"흑운동에 은거하기 몇 해 전이었네. 기실 내가 중원 땅을 다시 밟은 뒤부터 각지를 떠돌아다닌 이유는 내 방술을 이을 적합한 인재를 찾기 위함이었어. 그 과정에서 흑선이란 별호를 얻었던 게지."

"그 또한…… 마경과 관련한 안배였습니까?"

"아닐세. 난 그저 묘정으로 하여금 내 명맥을 잇게 만들고 싶었을 따름이야. 자네도 알다시피 난 그간 마기를 없앤 방술로 병마에 시달리는 많은 민초를 구제했잖은가. 그래서 이 힘이 대물림되어 앞으로도 계속 좋은 일에 쓰이길 바란 것이었네. 하나…… 결과적으로 묘정을 가르친 것이 자연스레 마경과 두 마선의 부활을 대비한 안배가 되고 말았지. 끌…… 내 결코 저 아이에게 그러한 짐을 안기고 싶지 않았거늘."

앞서 명줄이 앞으로 얼마 남지 않았다던 해오담의 말.

그 말을 떠올린 천공과 단희연은 아무래도 깊게 연관이 있는 듯한 느낌을 받았다.

해오담이 별안간 자신의 장포 자락을 무릎 위로 걷어 올렸다. 그와 동시에 천공과 단희연의 눈동자가 작은 파문을 일으켰다.

'아니……!'

'의, 의족이잖아?'

해오담의 두 다리는 무릎 아래 부분이 없는 대신 길고 굵은 막대기가 고정되어 있었다. 그가 걸음을 옮길 때마다 딱딱 소리가 났던 의문이 비로소 해소되는 순간이었다. 하나 동시에 새로운 의문 하나가 뇌리를 또아리를 틀었다.

"다리를 잃으신 겁니까?"

천공의 조심스러운 질문에 해오담이 자조의 빛이 섞인 눈으로 미소를 머금었다.

"싸우다가 이리 된 것이 아닐세. 함부로 하늘의 운수를 엿보고 앞일을 가늠한 대가라네. 이것이 내가 갑작스레 은거를 선택한 가장 큰 이유였지."

천형, 또는 천벌……

천기를 함부로 읽음으로써 하늘의 노여움을 사고 말았다는 의미.

의족을 두 눈에 담은 손묘정의 얼굴 위로 어두운 음영이 깃들었고, 천공과 단희연의 낯빛도 그녀와 별반 다르지 않았다.

정작 해오담은 의연한 표정이었다. 자신이 마땅히 감내해야 할 몫이라는 듯이.

"측은하게 여길 필요 없네. 이는 불가에서 흔히 말하는 인과응보일지니…… 말 그대로 혈겁을 자행해 수많은 인명을 빼앗은 죄악이 가져다준 업보이지."

"천리신안을 연마하실 때 이러한 위험이 따르리란 것을 알고 계시지 않았습니까?"

"알고야 있었지. 천축에서 조우한 기인도 맨 처음엔 그러한 이유 때문에 내게 천리신안의 비법을 가르치는 것을 망설였네. 하지만 난 개의치 않았어. 오직 마경의 사악한 의지를 꺾어 과거의 죄업을 속죄하고픈 마음뿐이었으니까. 또한 반로환동을 이룬 절정의 내공을 이용해 부작용이 엄습하는 시기를 늦출 수 있으리라 여겼다네. 멍청하게도 나 자신의 능력을 너무 과신했던 것이야. 일개 사람이 하늘이 내리는 벌을 의지대로 다룬다는 건 애초에 불가능한 일인 것을……."

해오담은 그 말과 함께 손으로 의족을 가볍게 두드렸다.

"처음엔 양쪽 발가락이 조금씩 썩기 시작하더니 종내 종아리까지 번졌어. 게다가 그 속도도 나날이 빨라졌고. 해서 하는 수 없이 아랫다리를 통째로 끊어 버렸다네. 그렇듯 의족을 단 다음엔 묘정을 데리고 신비괴림의 흑운동을 찾았지. 바로 흑운이 가진 신비로운 힘이 내 명줄을 연장시켜 주리라 믿었기 때문일세."

"한데 흑운동은 어떻게 단번에 찾으셨습니까?"

"사천신검이 죽은 후 마경과 책을 회수하고자 중토를 떠돌던 그 시기에 신비괴림을 탐방하다가 우연히 흑운동을 발견했다네. 또한 반로환동의 힘도 그때 한층 강화되었고."

"흠, 일이 또 그렇게 되었던 것이군요."

"여하간 두 다리를 자른 이후로 다행히 살이 썩는 것은 멈추었어. 대신…… 천형이 다른 형태로 화해 내 몸을 엄습해 오기 시작했지."

그때 손묘정이 어두운 얼굴로 이야기를 거들었다.

"천공 스님, 현재 사부님께선 여러 장기가 상하셨어요. 주기적으로 각혈까지 하실 정도로……. 게다가 그 손상은 여전히 진행 중이랍니다. 최근엔 증상이 더욱 악화되어 각혈을 하

시면 가끔씩 내장 조각까지 섞여 나오기도 하죠. 만약 흑운이
가진 신비지력의 도움을 받지 않았다면 사부님께선 지금쯤 거
동조차 힘드셨을 거예요."

흑운 속에 머물면 외상이나 내상을 입지 않는다고 했는데,
천형은 그것마저 무력화시키고 있는 중이었다.

천공이 자못 안타까운 눈빛을 흘린 순간 해오담이 말했다.

"드디어 때가 무르익었네. 이렇듯 자네와 만났으니, 이제
머지않아 이마성이 한층 밝은 빛을 발하며 마경의 잠력이 깨어
나게 될 것이야. 내 책임지고 자네가 직면한 문제를 해결해 줄
터이니, 부디 마불의 권능으로 마경을 깨부숴 전마신의 진전을
멸해 버리도록 하게."

"제 능력으로 마경을 깨부수는 것이 과연 가능할까요?"

"천기에 따르면 이마성과 그 보좌성이 잠든 신마(神魔)를
깨워 세상을 어지럽히려 들 것이나…… 같은 시기에 마불의
성운을 가진 천인(天人)이 등장해 의로운 무용으로써 인세를
구제하게 될 것이라 하였네. 나아가 그 만남의 인연이 독각혈
망이 승천하는 날에 이뤄진다는 것까지 헤아린 나는 거듭 천리
신안을 통해 정확한 날짜와 장소를 예측했고, 그렇게 마침내
때가 임박해 묘정을 보냈던 게지. 그 결과 지금 자네가 내 앞
에 있는 것일세."

천공과 단희연은 놀랍도록 정확한 천리신안의 능력에 감탄
을 금치 못했다.

"나 역시 자네의 도움을 필요로 한다네. 아니, 정확히 말하

면 불심과 마력을 조화시킨 그 재능이 필요한 것이지."

앞서 해오담이 내뱉었던 그 말의 진의를 비로소 깨닫는 순간이었다. 그러나 한편으로 그가 천리신안을 쓰고도 예측하지 못한 부분이 있다는 것이 적잖이 신경 쓰였다.

그것은 다름 아닌 천마존의 존재.

천공이 직접 사연을 털어 놓기 전까지 해오담은 몸속에 깃들어 있는 마혼의 정체를 유추하지 못했잖은가. 심지어 그 이야기를 듣고 나서는 '하늘의 심술인지, 내 능력이 부족한 탓인지, 미처 그것까지 읽진 못했다'라며 탄식까지 했다.

천공은 미루지 않고 그 점을 꼬집었다.

"아까 천마존을 변수의 등장이라고 하셨는데, 크게 신경 쓰실 필요는 없을 듯싶습니다. 전 이미 그를 능가하는 공력을 손에 쥐었으니까요."

"그리 간단한 문제가 아니라네."

"예……?"

"천마존은 최후의 순간이 닥치면 마광파천기를 택할 수밖에 없는 처지가 아닌가. 마광파천기는 마인의 근간인 선천마기는 물론이고 진원진기까지 폭발시킴으로써 공력을 부풀려 동귀어진을 노리는 궁극의 절기일세. 즉, 굳이 십이성이 아니라도 제 죽기로 마음만 먹으면 언제든지 구사할 수 있는 마공이란 뜻이지."

천공은 손바닥으로 자신의 이마를 가볍게 쳤다.

"이런…… 제 생각이 짧았군요."

천마존의 천마신공은 아직까지 칠성 수위이나 마광파천기를 쓴다면? 선천마기와 진원진기를 동시에 격발해 일시적으로 공력을 부풀리는 마광파천기이기에 충분히 위협이 되고도 남을 것이다.

"자네가 심계로 들어 봉인을 걷는 순간, 천마존은 자신을 멸하러 왔다는 것을 직감하고서 더 생각할 것도 없이 마광파천기를 시전 하려 들 것이야."

천공은 고갯짓으로 수긍했다.

해오담의 말마따나 천마존은 절대 곱게 죽으려 들지 않을 것이다. 자신의 영혼이 멸하게 될 상황에 놓이면 당연히 마광마천기를 선택하리라.

"혈신마라공이 비록 구성 수위에 도달했다고 해도 마광파천기를 맞받으면 그 결과를 장담할 수 없잖은가. 실지 위력이 어느 정도일지 가늠하기가 힘든 상황이니 귀찮고 괴롭더라도 천마존을 멸하는 것은 후일로 미루게. 이제 와서 자네가 잘못되기라도 한다면…… 그간 몸을 상하면서까지 천기를 읽은 노력이 말짱 헛일이 되고 말아."

"혹여 흑선께선 달리 방도가 없으신지……?"

방술을 이용해 천마존의 영혼을 죽일 순 없냐는 물음이다.

"내가 가진 방술을 극성으로 발휘하면 천마존의 혼령을 없애는 것이 가능하네. 하나 지금은 안타깝게도 형편이 여의치 못하구먼. 난 앞으로 두어 번이나 더 천기를 읽어야 하는데, 그러자면 힘을 최대한 비축해야 돼. 보다시피 내 몸이 여생을 기약하기 어려운 상태이잖은가."

한마디로 천마존에게 기운을 쏟아부을 여력이 없다는 뜻.

직후 손묘정이 말을 보탰다.

"영혼을 멸하는 방술은 내력에 더해 심력의 소모도 아주 극심하답니다. 하물며 그 상대가 마중마(魔中魔)라는 천마맥의 전인이라면야……. 사부님의 방술이 제아무리 초절하더라도 천마존의 영혼을 멸하는 데 힘을 소진하신다면, 다시 이삼 년 정도는 지나야 천리신안을 제대로 발휘하시는 것이 가능해요. 물론 사부님 옥체가 만강하실 경우에 그렇다는 이야기죠. 지금 상황은……."

"아아, 그건 절대 안 되지요. 그사이 육대마가의 술수로 두 마선이 부활할 수도 있으니 말입니다."

그런 천공의 말에 해오담이 깊은 한숨을 쉬며 말했다.

"미안하구먼. 면목이 없네."

그렇게 해서라도 과거 진범대사를 죽인 악행에 대해 조금이나마 빚을 갚고 싶은데, 차마 그럴 수 없는 상황이라 죄스럽고 안타깝단 숨은 뜻이 담긴 말이었다.

천공은 상대의 심중을 십분 헤아렸다.

"아닙니다, 개의치 마십시오. 한데 아까 천마존에 대해 걱정스러운 투로 말씀하셨는데, 그렇다면 천마존이 애써 읽으신 천기를 뒤집는 어떠한 방해 요소가 될 수도 있다는 의미였습니까?"

"솔직히 말하면 그렇다네. 이 세상에 완벽이란 없어. 그것은 천리신안도 마찬가지……. 기실 사람의 재량으로 천의(天意)를 완벽히 꿰뚫어 보는 것 자체가 불가능하지. 천마존은 그

절륜한 힘만큼이나 강한 운명을 타고난 마인일세. 그는 하늘의 절대성 중 하나인 천마성(天魔星)의 성운을 지닌 터라 모종의 변수가 될 가능성이 충분하지. 원래 천행의 운수란 대저 그러한 인물에 의해 예고 없이 바뀌기 마련이야. 그 때문에 주기적으로 천기를 헤아리는 것이 무엇보다 중요하다네."

들고 있던 단희연이 걱정스러운 표정으로 입을 뗐다.

"그가 만약 변수로 작용한다면…… 그것이 다른 성운과 맞물려 어떤 새로운 운수를 이끌어 낼지 장담할 수 없는 상황이군요."

"차후 천리신안을 이용해 그것까지 파악해 볼 터이니, 너무 걱정하지 말게. 게다가 마불의 성운을 돕는 보좌성의 성운이 지금 이 자리에 있으니 기존의 운수가 그리 쉬이 바뀌진 않을 것이야."

단희연이 두 눈을 동그랗게 떴다.

"보좌성의 성운이라뇨?"

"마불의 성운이 흔들리지 않도록 돕는, 한마디로 조력의 성운이라 할 수 있지."

해오담은 그러면서 단희연의 옥용에 시선을 고정했다.

"제, 제가…… 그 보좌성의 성운을 가진 사람이란 말이에요?"

고개를 주억인 해오담의 입가에 엷은 미소가 맺혀 든다.

"천공이 이무기의 내단을 얻은 것은 아마도 보좌성을 위한 안배일 터. 예까지 동행한 것만 보더라도 평범한 운명은 아니지. 그대는 앞으로 천공을 도우며 새로운 강호 검후로서 우뚝

설 수 있을 것이야. 아니, 확신하네."

그러곤 이내 천공에게로 눈길을 돌렸다.

"앞으로 일 년…… 그 일 년 안에 자네는 내가 마련해 놓은 세 가지 안배를 모두 취하게. 그러면 능히 유래 없는 제세지재(濟世之才)를 떨쳐 마경의 핏빛 의지를 무(無)로 돌릴 수 있을지니."

두 눈을 빛낸 천공이 주먹을 불끈 쥐었다.

"예, 바로 시작하지요."

정의, 천하 대도를 위하는 길.

소림사, 나아가 강호의 안녕을 지키는 길.

'어떻게든 패검마선, 섬륜마선의 부활을 막아야 한다. 이 또한 항마조 무승으로서의 숙명이리라.'

천공은 그렇듯 자신의 앞에 놓인 거대한 천명에 몸을 내던지기로 각오를 다졌다.

해오담이 조용히 전음을 보냈다.

[묘정아, 만에 하나 일 년 사이에 내게 허락된 시간이 다하게 된다면…… 부디 네가 힘을 써 주려무나.]

손묘정은 침울한 표정을 짓다가 곧 안색을 고치고 힘주어 머리를 끄덕거렸다.

＊   ＊   ＊

야삼경 무렵, 한 야산의 가옥.

내실 탁자에 자리한 빙정마후 북리야향의 섬섬옥수가 의자

팔걸이를 와작! 깨부수며 싸늘한 음성으로 불만을 토했다.

"치익……! 이틀 정도 더 운기요상을 해야 기맥이 완쾌될 듯싶군."

요염한 얼굴 위로 냉엄한 살기가 어리자 십팔빙령이 저마다 황망히 고개를 숙였다. 그녀는 보름 전 일화와 겨루다 입은 내상의 여파 때문에 이곳에 숨어 몸을 돌보는 중이었다.

'빙강살인마벽 삼초식으로도 쓰러뜨리지 못하다니……. 역시 세월을 헛되이 보낸 것은 아니었구나, 일화!'

그때 십팔빙령 중 하나가 조심스럽게 물었다.

"궁주, 일단 육대마가에 서신을 보낼까요?"

북리야향은 대답 대신 두 눈을 지그시 감았다.

장내에 잠시간 침묵이 흐르고…….

상념에 잠겨 있던 북리야향이 이내 눈빛을 번뜩이며 나지막한 목소리를 발했다.

"일화를 이용해 구대문파의 이목을 우리 쪽으로 돌리는 데에 성공했으니, 이제부터 차분히 계산을 해 봐야 되지 않겠느냐. 비장의 수를 간직한 육대마가 편에 설 것인지, 아니면 율악과 손을 잡고 일을 도모할 것인지를 말이다."

"하오나 상황이 달라졌습니다. 그땐 율악이나 우리나 천마교가 멸망한 줄 까맣게 몰랐잖습니까."

"아니, 천마교의 명운은 아직 끝나지 않았다."

"예?"

"얼마 전, 율악이 은밀히 보낸 전령이 기련산(祁連山)에 주둔시켜 놓은 본대와 접선했다는 전갈을 받았다. 그에 의하면…… 천마존이 생존해 있다고 하는구나. 게다가 천마교 비밀 지단의 전력도 건재하고."

"세, 세상에……."

십팔빙령이 일제히 경악하는 가운데, 북리야향의 입매가 희미하게 비틀렸다.

"후훗, 말마따나 상황이 달라졌지. 얼마 전까지는 육대마가의 오랜 계획이 실현될 가능성이 더 커 보이던 게 사실이었으나 천마존의 존재로 인해 천마교의 재건 역시도 실현 가능성이 커졌느니라."

"육대마가도 그 사실을 알고 있을까요?"

"그래, 아마도. 하기야 알고 있더라도 굳이 알릴 필요는 없으리라 판단했겠지."

"만약 그렇다면 조금 괘씸하군요. 명색이 동맹 관계인 우리한테까지 속인 것 아닙니까?"

"어차피 똑같다. 우리 또한 율악과 인연이 닿았음을 밝히지 않았으니까. 여하간 율악은 자신이 내뱉은 말을 반드시 지키는 인물이다. 게다가 뇌옥에 갇혀 있던 자신을 꺼내 준 것에 대한 보답을 위해서라도 어떻게든 천마교 부활을 이뤄 낼 것이야. 비록 육대마가에서 먼저 손을 뻗어 오긴 했지만, 본궁이 중원 강호에 진출한 이상 양쪽의 형편을 살피며 진로를 결정해도 늦지 않을 터."

현재 그 어느 쪽도 확실한 결과물을 내놓지 않은 상황이니 동태를 주시하다가 어부지리를 취하자는 뜻이다.

"육대마가의 실패와 율악의 실패, 그 두 가지를 모두 고려

하되 두 세력에 발을 걸친 우리 입장을 철저히 비밀에 부쳐야
한다는 말씀이군요. 잘 알겠습니다."

"일단 육대마가에 먼저 전령을 보내 일의 진행 상황을 알아
보도록 하자꾸나. 그런 다음 율악이 다음 소식을 전해 올 때까
지 육대마가에 협력하는 척하며 기다리는 게 좋겠다. 내가 몸소
일화와 대적했으니 본궁의 저의를 의심하는 일은 없을 것이야."

"예, 궁주!"

십팔빙령 한 명이 대답과 함께 내실을 나선 직후 북리야향
의 붉은 입술이 의미심장한 반월을 그렸다.

'그 어느 쪽을 택하더라도 우리가 손해 볼 가능성은 없지.
날 위해 푸짐한 밥상을 차리는 쪽은 과연 누가 될 것인가? 후
훗, 자못 기대되는걸.'

                    *   *   *

"끄으윽…… 이런…… 시벌……."

저용마랑 범조는 자신의 불룩한 아랫배를 꿰뚫은 잿빛 칼날
을 내려다보며 핏물을 울컥 토했다.

그런 그의 동공에 비추어 드는 한 노마인(老魔人)의 얼굴.

천마교 부교주, 악마검신 율악이다.

ㅊㅊㅊㅊㅊㅊ…….

기이한 음향과 함께 몸 깊숙이 쑤셔 박힌 악령마검으로부터
회색 아지랑이가 번져 나오자 범조가 날카로운 통성을 내질렀다.

"끄아악, 끄아아아아아악!"

급속도로 부패되는 상처, 그리고 악취.

그 모습을 무심히 바라보던 율악의 입술이 열렸다.

"천환마가의 천박한 무공 따윈 본좌에게 통하지 않느니라. 자…… 묻지. 육대마가의 개들이 무슨 이유로 중원 강호를 활보하고 다니는 것이냐?"

질문과 함께 검날을 쑥 뽑자 범조가 핏발이 선 눈으로 비대한 몸집을 부들부들 떨며 그 자리에 주저앉았다.

"크으으윽……."

찰나지간 악령마검의 검극이 범조의 좌측 어깨를 사납게 찍어 눌렀다.

푸하악!

선혈이 튀며 범조의 입이 뾰족한 통성을 내질렀고, 조금씩 썩어 들어가는 살은 다시 한 번 고약한 냄새를 사위에 풍겼다.

바로 그때.

율악의 우측 허리에 걸린 마혼석등이 웅웅! 소리를 내며 빛을 발하더니 반투명한 마신의 형상을 만들어 냈다.

율악의 눈동자 위로 이는 작은 파문.

'이것은……!'

그는 악령마검을 비스듬히 기울여 쥐며 말했다.

"네놈…… 교주와 대면한 적이 있구나."

"끄흐으으으…… 무, 무슨 소리냐?"

범조의 힘겨운 대꾸가 끝나기가 무섭게 악령마검의 검극으로부터 육중한 검기가 발출되어 왼쪽 허벅다리에 내리꽂혔다.

"으아아아악, 으아아아아악!"

통째로 절단된 다리가 바닥을 뒹굴며 빠르게 부패되었다.

"사실대로 말해라. 그러면 월혼마태사와 달리 목숨은 부지할 수 있을 것이야."

한참 동안 괴로움에 몸부림치던 범조는 가까스로 비명을 삼키고서 생각했다.

'크흐윽…… 백자개도…… 놈의 손에 죽었단 말인가? 재수가 없으려니 나까지…….'

그러곤 곧 두툼한 볼을 씰룩이며 힘겨운 음성을 꺼냈다.

"나…… 나는…… 천마존과…… 만난 적 없다."

율악의 입가에 비릿한 조소가 맺혔다.

"후훗. 끝까지 거짓부렁이구나. 신물인 마혼석등이 잘못된 반응을 보일 리 만무하거늘."

"끄흑…… 거짓말이 아니다. 맹세코 천마존은…… 만나지 못했다. 하나…… 전설의 혈마황의 진전을 이은 젊은 사내를 보긴 했지."

율악의 낯빛이 가볍게 흔들렸다. 혈마맥이라니, 전혀 예상치도 못한 말이었다.

"무어라? 혈마맥의 후인이 존재한다고?"

"그, 그렇다. 내 까딱하면…… 그놈 손에 죽을 뻔했다."

범조는 뒤이어 천공에 대해 간략히 설명해 주었다. 앞서 솔직하게 말하면 목숨은 부지할 수 있을 거라던 율악의 약속에 한 가닥 기대를 걸었기 때문이다. 하지만 그렇게 짧은 이야기를 끝냈을 때, 율악이 싸늘한 눈빛으로 고개를 가로저었다.

"죽을 때가 되니 헛소리까지 지껄이는구나."

"시벌, 무슨 대답을 원하느냐! 난 사실 그대로를 말했는
데…… 쿠웨엑!"

기혈이 뒤집힌 범조가 각혈을 한 순간, 율악의 몸에서 회색
마기가 회오리치듯 매섭게 번져 나왔다.

쿠쿠쿠쿠, 쿠쿠쿠쿠쿠쿠……!

형언하기 힘든 거대한 마기의 압력에 의해 대기가 진동하며
방원 십 장의 지면이 어지러이 금을 그렸고, 동시에 범조는 전
신을 옥죄는 무형의 마력을 감당하지 못하고 거듭 선혈을 토했
다.

율악이 악령마검을 높이 치켜들었다.

"됐다, 어차피 교주를 뵈러 가는 길이니 차후 자연히 알게
되겠지. 넌 그만 여기서 썩어 문드러져 뒈지거라."

흡사 명령 같은 한마디다.

"개새끼, 좆 까!"

발작적으로 고함친 범조는 바닥에 퍼질러 앉은 채 부채를
쥔 팔을 세차게 휘둘렀다. 그 부채의 궤적을 따라 방대한 양의
백색 기류가 해일처럼 일더니 군마의 무리로 화해 율악의 전면
을 덮쳐 갔다.

천환마가의 절기, 마격술 기환마군세.

일신의 내공을 모조리 이끌어 낸 마지막 한 수.

율악의 칼도 질세라 위에서 아래로 쾌속한 직선을 그었다.

슈아아아아아악—!

악마검법(惡魔劍法)을 대표하는 검초, 악마단천검이다.

기환마군세를 똑바로 가른 가공할 검기는 그대로 범조의 몸

을 반으로 토막 내어 참살해 버렸다. 그렇게 천환마가의 이남 범조는 자신의 형이 머물고 있는 귀검성 대신 저승으로 향하고 말았다.

내공을 갈무리한 율악이 악령마검을 칼집에 꽂아 넣으며 읊조리듯 중얼거렸다.

"육대마가여, 계속 그렇게…… 음지에 숨어 조잡한 음모를 꾸며 보거라. 차후 교주를 모시고 정면으로 부딪쳐 모조리 깨부숴 줄 테니까. 후후후……."

*   *   *

종남산에 위치한 구대문파 종남파. 그 경내의 남동쪽, 외빈을 영접할 때 사용하는 은하당(銀河堂)에선 현재 구파 장문인이 모여 이야기를 나누고 있었다.

"허어! 빙정마후, 그 사악한 요녀가 다시 중원에 발을 들였다니……. 안 그래도 육대마가의 움직임이 심상치 않은데, 시기가 참으로 공교롭군요."

체격이 건장한 오십대 도인이 탄식처럼 말했다.

푸른 도복을 걸친 그는 바로 사천성 굴지의 문파 청성파(靑城派) 장문인 청무도장(靑武道長) 영승(泳承)이었다.

영승이 이내 일화를 보며 물었다.

"존체 보존은 여하하온지……?"

"아미타불, 다행히 노납의 공부가 부족하지 않아 큰 내상을 피할 수 있었소이다."

일행은 그런 일화의 고절한 내공 수위에 저마다 속으로 감탄했다. 다들 '과연 십대무신 내에서도 상석을 다투는 초고수답구나' 하는 표정이었다.

영승의 옆자리에 앉은 칠순 도인이 서둘러 입을 열었다.

"청무도장의 말씀대로 우연이라 보기엔 무리가 있소. 조속히 인원을 따로 꾸려 조사해 볼 필요가 있을 것 같구려."

오랜 역사에 걸쳐 도가 검술의 요람으로 불린 화산파(華山派)의 자하검옹(紫霞劍翁) 우량(尤亮)이었다. 그런 우량의 가슴팍엔 화산파 장문인의 지위를 상징하는 매화 열 송이가 수놓아져 있었다.

냉엄한 인상을 가진 육십대의 여승(女僧)이 뒤이어 말을 받았다.

"육대마가가 중원 무림에 진출할 계획이라면 청해, 감숙, 사천, 운남 지역에 걸쳐 저지선을 구축해야 합니다. 그러기 위해선 우리 구파의 전력만 가지곤 힘들지요."

단엄사태(端嚴師太), 법명은 진정(眞正).

소림사와 함께 불가 무문의 양대 축이라 할 수 있는 아미파(峨嵋派)의 당금 장문인이자 십대무신의 일인이다.

아미파는 원래부터 금남(禁男)의 계율을 가진 문파라 일부 속가제자를 제외한 진산제자 전부가 여인으로 구성되어 있었다. 때문에 무학 역시 여인의 몸이 아니면 익힐 수 없는 것이 대부분이었다.

단엄사태의 반대편 자리, 구름 문양이 가득한 무복을 입은 육십대 노인이 조용한 음성을 발했다.

"본문이 조사한 결과…… 육대마가는 서로 뜻을 모아 철마전, 마화군방원, 야차부, 아수라궁, 환마대루 등 서쪽 새외 무림의 세력을 하나둘씩 포섭해 거대한 연맹을 구축한 것으로 확인되었습니다. 짐작컨대 천마교가 사라지기 전부터 모종의 은밀한 계획을 세워 진행하고 있었음이 분명합니다. 분위기로 보아 빠르면 반년, 늦어도 일 년 안에 그 날카로운 송곳니를 드러낼 테지요. 그 증거로 청해성 동쪽 황중의 사파 무문인 무정문이 최근 철마기대의 습격을 받아 폐허가 되었습니다. 사실상 재기가 힘들 정도로……."

곤륜파 장문인 진류자(眞流子)의 말에 좌중이 술렁거렸다.

그때 태극 문양이 수놓인 장포를 두른 선풍도골의 칠십대 노인이 허연 수염을 쓰다듬으며 말문을 뗐다.

"용두방주가 보낸 급신에 따르면 칠가(七家) 또한 이번 일과 관련해 융중산에서 가주 총회를 연다고 하오. 그리고 중양절 즈음에 구파와 칠가의 회합을 주선하고 싶다며 우리 의중을 묻더이다."

그는 바로 무당파 장문인 현허진인(玄虛眞人)이었다.

무당산(武當山)에 둥지를 친 무당파는 과거 불세출의 고수 태극도인(太極道人) 장삼봉(張三峰)이 큰 족적을 남긴 이래로 발전에 발전을 거듭해 지금은 소림사와 더불어 구파의 주축으로 추앙받는 문파였다.

실지 과거엔 도가 무문을 거론할 때 화산파나 곤륜파를 첫손에 꼽았으나, 강호제일인으로 활약한 장삼봉 이후론 평판이 바뀌어 현재 중인들 열을 붙잡고 물으면 절반 이상은 무당파를 도가 무문의 으뜸으로 꼽을 만큼 세위가 대단했다.

현허진인은 그렇듯 위대한 조사 장삼봉과 비결될 정도로 큰 명성을 떨치는 초일류 고수로서 일화, 단엄사태 진정과 함께 십대무신에 이름을 올린, 무당 문도들 입장에선 살아 있는 전설이나 다름 아닌 인물이었다.

곤륜파 장문인 진류자와 호형호제하는 종남파 장문인 상봉검자(上峰劍子) 이신(李信)이 반색하며 말했다.

"과연 칠가 역시도 발 빠르게 움직이고 있군요. 그렇다면 우린 일정을 잡는 대로 공동 비상령을 내려 각기 변경과 맞닿은 지역으로 정예를 편성하는 한편, 중원 내부에 몰래 침투해 있을 적의 무리가 호응할 것을 대비해 칠가와 손을 맞잡고 군소 방파에 우리 대표자들 인을 찍은 방문을 띄움이 좋을 듯싶습니다."

직후 단엄사태가 나섰다.

"육대마가는 이미 서쪽 마도 세력을 대부분 장악한 듯싶고, 또 북쪽 마도의 패주인 빙마신궁까지 가세한 것으로 보이는 이상…… 그 전력의 규모를 가늠하기가 힘듭니다. 즉, 정파 세력만으론 감당하기 버거운 상황을 맞을 수도 있단 뜻이지요."

그녀의 말은 곧 사파 주요 세력과 협력할 필요성이 있단 의미였다. 물론 일행의 생각도 그와 같았다.

일화가 차분한 음성으로 일렀다.

"귀검성은…… 본사가 따로 접촉해 보겠소이다. 만약 귀검성이 우리 뜻에 응해 준다면…… 하남 지역 남부에 자리한 다른 사파 세력도 자연스레 가담할 터이니……."

그렇게 구파 장문들은 세부적인 사안을 놓고 회의를 이어 나가다가 저녁 무렵이 돼서야 자리를 파하였다.

은하당 문을 나서는 일화의 등 뒤로 이내 현허진인이 조용히 다가왔다.

"빈도는 맹주가 되고픈 마음이 없습니다. 본파는 전적으로 소림사를 지지할 것입니다."

무당파와 소림사가 비록 경쟁 관계에 있으나 대의 앞에선 사사로운 욕심을 부리지 않으리란 말이었다.

일화가 미소를 지으며 고개를 주억였다.

"장문께선 진정으로 대인이십니다."

"별말씀을…… 그나저나 사파 쪽이 과연 어떤 식으로 나올지 조금 걱정스럽습니다."

"예, 노납 또한 마찬가지입니다. 어쨌든 사파의 실세인 촉루혈문을 설득할 수만 있다면…… 일은 생각보다 쉽게 풀리겠지요."

촉루혈문.

과거 정파를 상대로 대란을 일으켰던 강성 대파.

그로부터 삼백 년이 지났지만 촉루혈문은 여전히 사파 제일세로 군림하며 귀주, 호남, 강서 지역에 걸쳐 위세를 과시하고 있었다.

현허진인이 사명감을 갖고 말했다.

"빈도가 반드시 책임을 지고 촉루혈문주를 설득하겠습니다."

30장.
새로운 국면으로 접어들다

뇌룡마가의 중추 기관인 뇌음전의 한 내실.

무거운 갑옷 차림의 오십대 거구 사내가 마경을 탁자 위에
올려놓으며 득의양양하게 말했다.

"자, 무사히 가지고 왔소. 무정문의 전력 대부분이 시정잡
배 수준이라 본가의 피해는 거의 없었소이다."

만근 바위를 연상시키는 듯한 풍채와 기도를 자랑하는 그는
철탑마가주 철갑마제(鐵甲魔帝) 추곤릉(樞衮陵)이었다. 그의
등 뒤에 가지런히 걸린 다섯 자루의 시커먼 단창(短槍)은 가보
인 오철마비창(烏鐵魔飛槍)으로 일신의 지위를 대변하는 신표
이기도 했다.

추곤릉의 시선이 머문 반대편 자리엔 뇌룡마가주 용군무가
앉아 있었다.

"이로써…… 아홉 개의 마경이 모두 모였군요."

"나머지 범문 해독은 어찌 되었소이까?"

"천기마랑이 내달 안으로 사람을 보낸다고 했으니 조금만 기다리면 될 듯싶습니다. 그러면 천외삼마선이 잠들어 있는 곳과 깨우는 방법을 완벽히 터득할 수 있을 것입니다."

그 말에 추곤륭의 동공이 희열의 빛을 내뿜었다.

"오오……! 드디어 때가 임박했구려. 크하하하하! 이제 우리 여섯 가문은 중원 무림을 손에 쥐고 맘대로 흔들 수 있겠소이다! 그나저나 얼마나 걸릴 것 같소?"

"길어야 일 년, 그 이상은 넘기지 않을 겁니다. 참…… 제가 비밀리에 부탁한 일은 어찌 되었습니까?"

용군무의 물음에 추곤륭이 퍼뜩 낯빛을 고치며 나지막이 대답했다.

"지마신전(地魔神殿)의 부전주가 현재 본가에 머무는 중인데, 그가 이르길 지마신전주 역시 참전 의사를 밝혔다고 하오. 눈엣가시인 천마교가 사라진 마당에 눈치를 볼 필요가 무어 있겠냐며……."

"참으로 기쁜 소식이군요."

"듣자하니 긴 시간 봉문을 당한 탓에 그들 모두가 몸이 근질근질한 모양이오."

지마신전은 오대마맥 가운데 하나인 지마맥(地魔脈)으로 대륙의 운남성 경계 너머 안남(安南:베트남)이라 불리는 대지를 군림하는 마도 세력이었다.

수십 년 전, 천마교와 지마신전은 일 년에 걸쳐 큰 전투를 치른 적이 있었다.

전주인 지마존(地魔尊)은 한때 천마존과 더불어 마도쌍존(魔道雙尊)이라 불릴 만큼 위세를 떨쳤는데, 그 전투에서 끝내 패배하며 명예가 실추되었다. 또 설상가상 천마존의 의지에 의해 강제적인 조약을 맺어 일백 년 봉문이라는 굴욕까지 당했다.

하나 작금에 이르러 천마교의 괴멸로 말미암아 상황은 급변했고, 지마존은 육대마가와 손을 맞잡고 다시금 야욕을 불태우며 활개를 치려는 것이었다.

용군무의 입가에 잔잔한 미소가 맺혔다.

"빙마신궁, 그리고 지마신전…… 그 두 세력은 훌륭한 장기 말이 되어 줄 것입니다."

"지마신전의 합류는 언제 공표할 생각이오?"

"천외삼마선을 깨우러 가기 직전에 하려고 합니다."

그러자 추곤릉의 입술도 마주 미소를 그어 올렸다.

"옳아, 극적인 순간 사실을 알려 연맹의 사기를 진작시키려는 것이구려. 크흐흣."

"예, 또한 천마교 부활에 대한 대비책이기도 하지요."

추곤릉의 두 눈이 급격히 커졌다.

"그, 그게 무슨 소리요?"

"며칠 전…… 월영마가로부터 보고를 받았습니다. 새로운 모습으로 환생한 천마존이 무슨 이유인지 절강 지역을 떠도는 중이며, 마혼석등을 탈취해 간 악마검신이 그런 그를 찾아 중원으로 발을 들였다고 말입니다."

용군무는 그 말과 함께 월혼마태사가 겪었던 일련의 일을 설명해 주었다.

"큼, 그런 일이 있었구려. 아무래도 신물인 마혼석등이 천마존이 머무는 곳으로 악마검신을 인도하는 듯싶구려. 여하간 월혼마태사가 제 혼과 목숨을 담보로 마경을 무사히 가지고 왔으니 천만다행이오. 월영마가 입장에선 소중한 가신을 잃어 자못 아쉽겠지만……."

"악마검신의 의중은 분명 천마존과 만나 천마교를 다시 일으켜 세우려는 것일 테지요."

"지금으로선 천마교가 재건될 가능성이 희박하지 않소? 모종의 전력을 숨기고 있다면 또 모를까……."

"우리가 알지 못하는 생존한 교도들이 있다면…… 그러한 희망을 품을 법도 하지요."

"흐음…… 천마존과 악마검신이 다시 설치기 시작하면 꽤나 골칫거리가 될 듯한데, 중원 무림과 한판 승부를 벌이기 전에 따로 인원을 꾸려 그들을 치는 게 어떻겠소? 천마교가 괴멸했다고 하더라도 그 둘의 명성이 가진 힘은 아직도 유효하오. 필시 동요하는 이들이 생길 것이외다."

"아니요. 천외삼마선을 깨우는 것이 우선입니다. 그러면 천마존과 악마검신도 함부로 우릴 넘보지 못할 것입니다. 게다가 천마교 재건은 뜻대로 되지 않을 수도 있습니다. 아직은 확신할 수 없는 일이지요. 상황이 좀 묘하기 때문입니다."

"그건 또 무슨 말이오?"

"초월마장의 유언에 따르면 당시 천마존은 의인 행세를 했다고 합니다. 핍박을 당하던 한 소녀와 마을을 위해 몸소 갈응문을 멸해 버린 것입니다. 만에 하나 모종의 깨달음으로 인성이 변한 것이라면 악마검신은 되레 천마존과 척지는 상황이 발생할 수도 있습니다."

"훗. 그렇게만 된다면야 더할 나위가 없겠소이다."

"아무튼 둘은 머지않아 조우하게 될 것이니, 어떻게든 판가름이 날 테지요. 우린 그때 행동을 취해도 늦지 않습니다."

말을 마친 용군무가 나지막이 휘파람을 불자 바깥에서 한 줄기 뇌성이 터졌다. 뒤이어 문이 조용히 열리더니 뇌격마룡 을태소가 모습을 드러냈다.

"추 가주와 함께 철탑마가로 떠날 것이니 낙뢰마룡단을 소집하십시오."

용군무의 명에 을태소는 예를 취한 후 곧장 사라졌다. 그러자 추곤룡이 물었다.

"본가에 머물고 있는 부전주와 대면할 생각이오?"

"예. 내가 가진 무력을 보여 주면 그들도 확실히 마음을 굳힐 테니까요. 마가 연맹이 지마신전 위에 있음을 각인시켜야 뒤탈이 생기지 않을 것입니다."

그러자 추곤룡이 입꼬리를 올리며 웃었다.

"크흐흐흐. 과연 어떤 표정을 지을지 상상이 가오. 내가 그랬듯이 그도 아마 놀라 자빠질 것이외다."

＊　　　＊　　　＊

중양절(重陽節)을 맞아 구대문파 장문들과 칠대세가 가주들은 호북성 악록산(岳麓山)에 위치한 개방 분타에 모였다. 구파와 칠가의 수장 회합은 삼백여 년 전의 혈겁 이후 처음 있는 일이었다.

예상대로 총회는 처음부터 맹주의 자리를 놓고 설전이 오갔다. 구파와 칠가는 같은 정파이기 전에 경쟁 관계에 놓여 있었기에 당연한 일이었다.

어렵사리 총회 자리를 만든 개방주는 지금은 대승적인 관점에서 접근할 때라며 양측이 최대한 양보해 접점을 찾을 걸 연신 주문했고, 그렇게 무려 일주일을 소요한 끝에 겨우 이견을 좁혀 소림사 방장 일화를 정파의 대표로 추대했다.

거기엔 막판까지 후보로 거론된 십대무신의 일인 사천만우당 가주 당호붕(唐灝鵬)이 극적으로 양보한 것이 컸다. 대신 그는 무당파 현허진인과 더불어 공동 부대표가 되었다. 그리고 구파, 칠가의 전력 편성 및 세부적인 작전을 담당하는 원수(元帥)는 개방의 여태백과 신기제갈세가주 제갈유(諸葛誘)가 맡았다.

여태백과 제갈유가 만장일치로 좌원수, 우원수가 된 데엔다 그만한 이유가 있었다.

개방은 강호 제일의 정보력과 기동력을 자랑하는 방파이고, 신기제갈세가는 전법에 있어 으뜸으로 치는 무가(武家). 두 세력은 과거 혈겁이 일어났을 때 이미 손발을 맞춰 본 경험이 있었고, 또 당시 작전을 완벽히 수행해 전투를 승리로 이끄는 중추 역할을 했다. 그러한 전과로 말미암아 지금 다시 똑같은 임무를 떠안은 것이었다. 아니, 다른 장문들과 가주들이 전적으로 개방과 신기제갈세가의 능력을 전적으로 믿고 맡긴 것이라

봐도 무방했다.

이제 남은 과제는 나머지 정파 세력에 동참을 호소하고, 나아가 사파 무림의 주요 강성 문파를 설득해 함께 마가 연맹에 대항토록 참가하게 만드는 것.

소림사는 기실 총회에 참석하기 전, 귀검성에 사람을 보내 의향을 타진했다. 하지만 귀검성은 '음모의 실체가 명확히 드러나지도 않았는데 긁어 부스럼 만들지 말라'며 일언지하에 거절한 상태였다.

일화는 아쉬운 마음에 직접 귀검성을 방문해 성주와 대화의 자리를 가졌으나 결국 합의를 도출해 내는 데 실패하고 말았다.

현 귀검성주는 구예로 변신한 천기마랑 범소이니 그것은 당연한 결과였다. 물론 소림사는 그러한 사실을 깨닫지 못했지만.

하나 사파의 합류가 아주 요원한 일만은 아니었다.

사파 최강의 무문으로 군림하는 촉루혈문을 비롯해 흔히 정파의 구파, 칠가와 비견될 만큼 오랜 역사와 전통을 가진 흑도오문(黑道五門)이 남아 있었으니까.

귀검성 북쪽에 자리한 웅장한 전각의 한 내실.

범소가 뒷짐을 진 채 창밖 풍경을 바라보며 가만히 입을 열었다.

"아직까지 범조로부터 아무 소식이 없는가?"

등 뒤에 시립한 요혼과 철혼이 황망한 목소리로 대답했다.

"그렇습니다."

"혹 변고를 당하신 것은……."

범소가 돌연 굳은 안색으로 고개를 돌렸다. 그 눈빛을 접한 요혼, 철혼은 움찔하며 고개를 숙였다.

"내 인내심도 이젠 한계다. 이쯤 되니 천마존과 맞닥뜨린 것은 아닌지 걱정이 되는군. 당장 사람을 파견토록 하라."

요혼과 철혼이 대답과 함께 내실을 나간 직후, 냉면귀검사 양판교가 조심스럽게 발을 들였다. 그는 정중히 예를 표한 후 나지막한 음성을 발했다.

"아무래도 구파와 칠가의 움직임이 심상치 않은 듯싶습니다. 그리고 개봉에 심어 놓은 세작의 보고에 의하면 개방 총타 역시 그 어느 때보다 활발하게 움직이는 중이라고 합니다. 인원이 달리는 관계로 개방도들 동선을 자세히 파악하기엔 무리가 있습니다."

그러자 범소가 두 눈을 지그시 감았다.

"사파 내 다른 세력은 어떤가?"

"흑도오문은 평소와 다를 바 없이 조용한 것 같습니다. 다만 최근에 무당파 현허진인이 촉루혈문으로 향했다는 소식을 접했습니다."

"예상대로 정파와 사파를 초월한 맹을 결성하려는 모양이군."

"어찌할까요?"

"내가 지시한 서신은 보냈나?"

"예, 지금쯤 조식(趙拭)이 촉루혈문에 도착했을 것입니다."

조식은 성내 십대고수의 일인이었다.

"좋다. 그럼 흑도오문에 서신을 보낼 차례로군."

범소는 말을 끝맺기가 무섭게 성주의 인이 찍힌 서신 다섯 장을 건넸다.

"촉루혈문과 매한가지로 성내 상위 고수를 파견하라. 그래야 그들이 시신을 받았을 때 사안의 무게감을 느낄 수 있을 것이다."

"알겠습니다."

"정파 무리와 겸상하지 않으리란 본성의 의지를 전해, 촉루혈문과 흑도오문이 최대한 갈등하게 만들어야 한다. 그렇게 시간을 버는 동안, 우린 당초 계획대로 하남 지역을 아수라장으로 만들 준비를 해 나갈 것이야. 각오는 되어 있겠지?"

양판교는 비장한 얼굴로 힘차게 대답했다.

"물론입니다. 전 이미 마가 연맹의 원대한 꿈을 위해 일신의 재주를 다 바치기로 맹세한 몸! 어떤 임무도 수행할 각오가 되어 있습니다!"

"차후…… 천외삼마선의 부활이 임박하면 본가의 전력이 은밀히 중원으로 발을 들일 것이다. 귀검성의 칼끝이 소림사로 향하게 될 그날이 자못 기대되는군."

*　　　*　　　*

계절을 분간하기 힘든 흑운동 외곽의 숲 속.

어느덧 늦은 가을이 되었건만 이곳은 낙엽은 고사하고 단풍조차 들지 않았다. 정말 보면 볼수록 신비로운 장소였다.

시커먼 운무가 무수한 나뭇가지 사이를 유영하는 가운데,

천공은 수련 삼매경에 빠져 있었다.

콰콰쾅, 꽈지직, 퍼버버벙, 쿠웅—!

시뻘건 마기에 휩싸인 천공의 손속이 절기를 뿌릴 때마다 일대 지면과 대기가 사납게 요동치며 쑥대밭이 되었다. 그는 혈마라상지은현공, 혈사마기포, 혈마현신개공, 나아가 사대절기의 마지막인 혈성마종격(血星魔宗擊)까지 능히 구사했다.

현재 그의 하단전으로 향하는 기로는 해오담의 도움을 받아 완전히 열린 상태였다.

물론 그 과정이 쉽진 않았다.

예전 광진이 밀술을 베풀었을 때처럼 분근착골(分筋錯骨)에 버금가는 고통을 무려 보름 가까이 겪었기 때문이다.

자칫 잘못하면 정신을 잃고 목숨마저 위태로울 수 있는 상황이었으나 타고난 오성으로 극복을 해냈고, 그로부터 두 달 가까이 축기에 매진한 끝에 비로소 극성 공력을 성취했다.

혈신마라공, 십이성의 경지. 그와 더불어 금강불괴도 자연스레 마지막 단계인 심지금강경에 이르며 완성을 보았다.

'축기와 운기의 시간을 단축시키는 흑운의 이능…… 과연 대단하구나. 절기를 연거푸 구사했음에도 불구하고 하단전의 진기가 더없이 충만하다.'

흡족한 미소로 내공을 갈무리한 천공은 문득 시선을 저편으로 던졌다.

대략 십 장 거리, 연신 검을 매섭게 휘두르는 단희연의 모습이 동공에 담겨 든다. 새로이 깨달은 유령검법 초식을 연마하는 중이다.

바로 그 순간.

[크크…….]

동시에 천공의 안색이 딱딱하게 굳었다.

뇌리로 불쑥 와 닿은 전성. 아니, 전성인지 아닌지 알 수 없는 너무나도 미약한 소성이었다.

'엇! 설마 천마존……?'

천공은 숨죽인 채 정신을 집중했다. 그렇게 한참을 있었지만 예의 소리는 더 이상 들리지 않았다.

'흠…… 내가 잘못 들었나?'

그가 고개를 갸웃거리는 때, 저편으로부터 광대한 검기가 폭포수처럼 사방으로 뿜어져 나오며 일대 공간을 사납게 휘저었다.

츄츄츄츄츄츄웃, 콰콰쾅, 콰콰콰콰쾅!

날카로운 파공음에 이은 따가운 폭발음.

그렇게 난무하는 검기에 의해 반경 오 장의 숲이 순식간에 초토화되었고, 나무와 바위 등 온갖 사물이 부서져 허공을 어지러이 수놓았다.

천공이 짧게 감탄한 찰나 먼지구름 너머로 뾰족한 환호성이 들렸다.

"꺅! 드디어 성공했어!"

천공은 신속히 단희연이 자리한 곳으로 운신해 갔다. 그녀는 환한 미소를 지으며 검날을 가볍게 흔들었다.

"천 소협, 방금 봤어요?"

"예, 봤습니다. 유령검법의 최후 초식, 유령만천(幽靈滿天)

아닙니까?"

"맞아요. 후훗, 일전 내가 말했죠? 오늘까지 기필코 완성해 보일 거라고."

"하핫, 축하해요."

천공은 그 말과 함께 속으로 생각했다.

'그녀의 자질은 내가 생각한 이상으로 뛰어나구나. 제아무리 대환단과 독각혈망의 내단을 복용했다지만, 이토록 빠른 시일 안에 유령검법의 모든 초식을 깨우친 것도 모자라 세맥과 잠맥까지 사 할 가까이 뚫었으니……'

현재 단희연의 공력은 세, 잠맥의 추가 타통으로 초일류 수준의 문턱에 이르러 있었다. 이는 사파 내 최상위 고수들을 일컫는 사천팔무절(邪天八武絶)과 비교해도 전혀 손색이 없을 공력이었다.

그녀가 이대로 계속 흑운이 가진 이능의 영향을 받으며 연공을 거듭한다면 몇 달 안으로 세, 잠맥을 오 할 이상 뚫게 될 것임이 분명했다.

당세 중원 강호에 천공을 제외하고 세, 잠맥을 오 할 가량 타통한 고수는 십대무신뿐이다.

'새로운 검후의 탄생인가.'

천공은 뿌듯한 표정으로 단희연의 얼굴을 주시했다. 그녀는 이마에 맺힌 구슬땀을 소맷자락으로 훔친 후 물었다.

"천 소협 내일부터 나와 비무를 해 줬으면 해요."

천공과 손속을 나누며 검초의 감각을 완성하고 싶다는 뜻이다.

천공 또한 마다할 이유가 없었다. 그도 새로이 되찾은 극성의 혈신마라공을 실전 같은 비무를 통해 가다듬을 필요가 있었으니까.

천공이 흔쾌히 고개를 끄덕이는 순간, 또렷한 전성이 뇌리를 울렸다.

[땡추, 본좌의 목소리가 그립지 않았느냐? 크큭.]

천공의 낯빛이 창백하게 변했다.

두 번 다시 듣고 싶지 않던 인물의 전성이다.

"천마존!"

천공의 나지막한 외침에 단희연도 흠칫 놀랐다.

"천 소협 방금 뭐라고 했어요?"

천공이 그런 그녀를 향해 낭패한 표정을 지었다.

"지금 머릿속에…… 천마존의 전성이 들리고 있습니다."

"뭐, 뭐라고요?"

천마존이 득의의 굉소를 터뜨렸다.

[크하하하하! 두 연놈이 꽤나 놀란 모양이군!]

눈살을 찌푸린 천공이 두 주먹을 꽉 쥐었다.

"아무래도 밀류봉령술에 약간의 문제가 생긴 것 같군요."

"어머, 그럼 어떡해요?"

천공은 즉각 전음으로 말을 대신했다.

[너무 걱정하지 말아요. 혜가선도심법이 극성에 이른 이상 천마존에게 맘대로 휘둘릴 일은 없으니까요. 짐작컨대 그는 봉인되기 전의 힘을 완전히 회복한 듯싶습니다.]

[심법을 이용해 천마존이 보내는 전성을 차단할 수는 없나요? 안 그러면 앞으로도 계속 성가시게 굴 텐데.]

[글쎄요, 간헐적인 차단은 가능하지만 지속적으로 차단하는 건 다소 어려우리라 생각됩니다. 천마신공이 이미 칠성 수위에 이른 상태이니…….]

천마존의 영혼을 상대로 한 심법 운용은 내력과 더불어 심력을 필요로 한다. 지금처럼 흑운 속에 머물면 내력 충당은 걱정거리가 아니나 심력, 즉, 정신력의 소모가 문제다. 신비로운 흑운이 가진 이능이 그러한 묘용까진 발휘하지 않으므로.

천공은 즉각 양쪽 소매를 걷어 올렸다. 그러자 좌우 팔뚝에 선명히 입묵된 마신과 부처의 문신이 드러났다.

이른바 심계의 문.

[천 소협, 심계로 들 생각이에요?]

[예. 일단…… 천마존의 상태를 확인해 보려고요. 그동안 호법을 좀 서 줘요, 소저.]

[알았어요.]

가부좌를 틀고 앉은 천공은 예전 광진으로부터 배운 주문을 외며 수인을 만들더니 두 눈을 지그시 감았다.

약간의 시간이 흐른 후.

천공의 신형이 투명한 아지랑이와 함께 한 차례 가벼운 떨림을 자아냈다.

심계로 빠져든 것이다.

어디가 위이고 아래인지 분간하기 힘든 공간.

천공의 영혼지체는 그 중앙에 오롯이 자리했다. 그리고 열 발짝 거리 앞엔 관을 연상시키는 네모반듯한 결계의 장막이 눈부신 금빛을 발하고 있었다.

천공이 이내 그 가까이로 다가서며 주위를 빙글빙글 돌며 금색 장막의 표면을 꼼꼼히 살폈다. 그러다가 아래 부분에 미세한 균열이 가 있는 것을 발견했다.

'아뿔싸, 작은 틈이 생겼구나! 광진 스님께서 실수하셨을 리는 만무하고…… 아무래도 천마존에 의해 생긴 균열인 모양이다.'

바로 그때.

"홋, 왔느냐."

장막 너머로 들리는 천마존의 목소리에 천공이 눈살을 찌푸렸다.

"끈질기군, 늙은 마귀. 긴 잠에 빠진 것이 아니었나? 어떻게 깼지?"

"어리석은 놈, 천마심법을 우습게 봤군. 본좌는 애초부터 잠들지 않았느니라."

천공의 미간에 잡힌 주름이 한층 깊게 팼다.

'허…… 처음부터 깨어 있었다고? 역시 녹록한 무리가 아니구나.'

"크흐흐, 네 녀석의 비밀과 흑선의 비밀까지, 일련의 사연을 모조리 엿듣고 있었지. 볼 순 없지만 당황한 기색이 역력한 듯싶군. 아무튼 재미있어. 흑선의 정체는 둘째 치고 네 녀석이 설마 혈마황의 진전을 이었을 줄이야."

안색을 고친 천공이 주먹을 불끈 쥐며 말했다.

"이제 와서 달라질 것은 없지. 어차피 네 명줄은 내 손에 달렸으니까. 약속하지. 넌 기필코 내가 멸해 버릴 것이다."

"크하하하하! 그래? 그럼 꾸물댈 필요가 무어 있느냐? 지금 당장 날 없애 보아라."

"못할 성싶은가?"

"암, 못하지. 마광파천기가 두려우니까. 네놈이 비록 극성의 공력에 도달했지만, 본좌도 마냥 놀기만 했을 것 같으냐?"

"그 말은……."

"난 어느덧 십성 수위에 근접한 상태다. 그렇다면 마광파천기의 위력이 어느 정도로 대단할지는 따로 설명할 필요도 없을 터."

천공은 놀라움을 감추지 못했다.

'늙은 마귀가 난제를 해결했단 말인가! 아니, 그보다 영혼 상태로 축기를 행하는 것은 분명 제약이 따를 텐데 도대체 무슨 수로…….'

천마존이 그 속내를 읽은 듯 거만한 목소리를 흘렸다.

"흑운 덕분이지. 그것이 발하는 이능이 본좌에게도 영향을 끼쳤다는 뜻이다. 아직 꼼짝달싹하기 힘들지만, 내기를 쌓는 데엔 아무런 문제가 되지 않느니라."

천공으로선 불가해한 일.

예전 해오담이 한 말에 따르면 흑운은 마인에게 육신적, 정신적인 해를 끼친다고 했잖은가. 한데 천마존은 되레 흑운의 도움을 받았다.

'참…… 공부의 차이에 따라 해를 입는 정도가 다를 것이라고 흑운께서 말씀하셨지. 하나 그렇다고 해도 아무런 피해가 없다는 것은 있을 수 없는 일이 아닌가.'

장막 속의 천마존이 다시 말했다.

"네 말마따나 이제 와서 달라질 것은 없다. 넌 그냥 내가 결계를 깨부수고 나오는 것을 두 손 놓고 기다리면 되는 것이야. 크크크, 아무쪼록 그때까지 천명인지 뭔지 되먹지도 않은 문제나 잘 해결토록 해라. 그나저나…… 흑의마선의 세 번째 안배는 언제쯤 취할 생각이냐?"

천공은 현재 해오담의 안배 중 두 가지를 취한 상태였다.

첫 번째 안배는 기공의 정점이라는 강기 구사를 위한 구결의 가르침이었다.

워낙 난해한 공부라 천공은 아직까지 강기를 완성하지 못했다. 그러나 해오담은 조바심을 내지 말고 정진하면 능히 깨달을 수 있을 거라 확신하고 있었다. 그 말에 천공도 자신감을 가지고 매일같이 수련을 게을리 하지 않았다.

두 번째 안배는 은형천섬비(隱形天閃匕)란 장법.

장차 두 마선과 마주할 때를 대비해 준비한 무공으로, 상단전의 뇌력에 충격을 주어 마경과 그들 사이에 영적으로 이어진 고리를 일시적으로 끊어 버리는 묘용을 지녔다.

기실 방술의 힘에 기반을 둔 무공이라 강기를 깨우치는 것보다 그 과정이 훨씬 더 어려웠다.

천공은 문득 궁금증이 일었다.

'그러고 보니 세 번째 안배는 과연 무얼까? 아직 한 번도 말씀해 주시지 않았는데…….'

그러다가 이내 장막 쪽을 향해 차갑게 말했다.

"때가 되면 자연히 얻게 될 테니, 관심 끄시지."

"본좌가 극성의 공력을 회복해 결계를 무력화하기 전에 깨우치는 게 좋을 것이야. 안 그러면 지금보다 더 성가시게 굴어 수련을 방해할 테니 말이다. 크하하하하!"

천공은 그런 천마존의 소성을 뒤로하고 주문을 외어 심계를 벗어났다.

*　　　　　*　　　　　*

촉루대산(髑髏大山).

귀주 지역 북동쪽에 자리 잡은 이 산은 원래 특정한 명칭이 아닌, 시대에 따라 여러 명칭으로 불린 산이었다. 한데 사백 년 전, 당시 사파 최고수로 군림하던 촉루신군(髑髏神君) 서문 걸(西門傑)이 검돌봉(黔突峰) 아래 촉루혈문을 창건한 이래로 쭉 촉루대산이라 불렸다.

과거 촉루혈맹대란을 일으켰던 촉루혈문은, 귀주 지역을 중심으로 호남, 강서 등지에 이르기까지 막대한 영향력을 행사하는 명실상부 사파 제일세였다.

현허진인은 별다른 수행인 없이 무당오협(武當五俠)의 첫째이자 자신의 제자인 천주대협(天柱大俠) 유도행(俞跳行)만 대동한 채 촉루대산 어귀로 발을 들였다.

정오의 햇살 아래, 고요한 숲길을 걷던 사십대 검수가 문득 걸음을 멈추고 고개를 뒤돌렸다.

"사부님, 촉루혈문의 영역입니다."

유도행의 말에 현허진인이 덩달아 신형을 멈춰 세웠다.

"촉루종을 울리도록 해라."

그의 눈길이 길 한옆의 풀밭에 자리한 작은 종각(鐘閣)을 가리켰다.

거무튀튀한 빛깔의 쇠 종.

사방 어귀마다 설치된 종각은 촉루혈문의 영역임을 알리는 신표로, 이곳을 지나는 사람은 정사를 막론하고 무조건 종을 울려 문도가 나타날 때까지 기다렸다가 입산을 허락받아야 했다. 그것은 일종의 불문율이나 다름 아니었다.

유도행이 종각 가까이로 가 종을 두드린 찰나, 후방으로부터 낯선 인기척이 감지됐다.

현허진인과 유도행의 시선이 동시에 그리로 향하자 웬 인영이 표홀한 경공술로 빠르게 다가오는 것이 보였다. 땅을 세차게 내딛고 있음에도 불구하고 작은 흙먼지조차 일지 않는 것으로 보아 일신의 공부가 출중한 듯싶었다.

'고수……!'

유도행은 즉각 옆구리에 걸린 칼자루로 손을 얹었다. 하나 예의 인물은 십 보 간격에 이르러 우뚝 선 채 더 이상 접근하지 않았다.

대략 예순 살쯤 됐을까.

반백의 머리털에 황갈색 무복 차림의 이름 모를 노인은 여유롭게 뒷짐을 지고서 대뜸 인사를 건넸다.

"실로 오랜만이외다, 현허 도사."

"흠도문주, 귀공이…… 이곳엔 어쩐 일이오?"

현허진인의 말과 동시에 유도행의 두 눈이 급격히 커졌다.

'흐, 흠도문주……!'

사천팔무절, 쾌도일곤(快刀一鯤) 순우솔(淳于率).

광서 지역에 위치한 흠도문의 문주이자 하북호신팽가주와 더불어 도림쌍절(刀林雙絕)이라 불리는 사파 내 최고의 도객. 그리고 나아가 십대무신 반열에 든 초절정 고수…….

흑도오문 중 하나인 흠도문은 과거 촉루혈문이 연합을 구축해 정파를 상대로 싸움을 자행했을 때 최전선에서 활약했던 강성 문파였다. 또한 그 위세는 지금도 여전히 유효했다.

당연히 그 중심엔 순우솔이 있었다.

일흔두 살로 동년배인 현허진인과 순우솔은 젊은 시절 한 차례 비무를 벌인 적이 있었는데, 무려 일백 초 가까이 손속을 나눴지만 승패를 가리진 못했다. 그 이후로 줄곧 마주할 기회가 없다가 마침내 오늘 여기서 조우하게 된 것이었다.

순우솔이 희미한 미소를 머금으며 화답했다.

"분위기로 보아 동일한 목적인 듯싶소만."

순간 현허진인의 눈빛이 깊이 가라앉았다.

'흐음…… 그 역시도 육대마가의 태동을 감지한 모양이구나. 한데 어디까지 알고 있는 것인가?'

그러자 순우솔이 다시 말을 이었다.

"후훗. 에두르지 않고 말하리다. 최근 마도 무리의 움직임이 심상치 않다는 정보를 입수하여, 그것을 촉루혈문주와 상의하고자 이곳에 발을 들인 것이오."

31장.
악마(惡魔)의 방문

"흠도문에선 언제부터 눈치채고 있었던 것이오?"

현허진인의 나지막한 물음에 순우솔이 어깨를 으쓱였다.

"좀 됐소. 이보오, 현허 도사. 정파만 눈과 귀가 밝은 것이 아니외다. 비록 개방의 규모엔 못 미치나 우리 쪽 역시 요화문(妖花門), 은작단(銀雀團)과 같은 정보 수집에 유능한 단체가 있잖소. 특히 요화문주가 손수 육성한 화영사찰대(花影伺察隊)의 능력은 개방주의 용두밀개대(龍頭密丐隊)와 비교해도 크게 모자람이 없다고 여기오."

사파 흑도오문 중 하나인 요화문은 비밀스러운 살수 단체이자 첩보 단체로서 구성원 대다수가 여자였다. 남자고 해 봐야 하급 살수 따위가 전부일 뿐, 중책은 모조리 여자가 맡고 있었다.

기실 그것은 요화문을 창건한 초대 문주 화왕모(花王母) 몽려(夢麗)가 정한 원내 제일 준칙.

본디 몽려는 양갓집의 막내딸이었다.

하나 열다섯 살 때 마을 건달들 손에 납치를 당해, 그렇게 홍등가에 구금된 채 창기로 살게 됐는데, 그러던 어느 날 홍등가를 도망쳐 나와 떠돌던 중 강호의 여기인 화의파파(花衣婆婆)를 만나 무공 절학을 얻은 후 일약 초고수가 되었다.

몽려는 창기 시절 사내에 대한 원한이 크게 쌓였던 탓에 늘 정사의 남자 고수들과 혈투를 일삼았다. 경우에 따라 살인도 서슴지 않았다.

살수 단체지만 청부 살인 대상이 남자일 때만 수락하는 것도, 원내 여존남비(女尊男卑)의 준칙도, 바로 그러한 연장선 위에 탄생된 것이었다.

순우솔이 의미심장한 표정으로 물었다.

"최근 한 가지 흥미로운 풍문을 접했소. 칠대세가와 구대문파가 연합 구축을 논의하기 위해 개방 분타에서 회동을 가졌다는……. 그대가 이곳에 나타난 것으로 보아 역시 헛된 풍문만은 아니었구려."

말은 풍문이라 했지만, 현허진인은 그가 분명 요화문을 통해 정보를 입수한 것이리라 확신했다.

"현허 도사, 보아하니 촉루혈문주를 설득해 정파와 손을 잡게 만들려는 모양인데, 그리 쉽진 않을 것이오. 최근 정보에 의하면 귀검성주가 우리보다 먼저 서신을 보내 접촉했다고 하더이다."

"그렇다면 흠도문의 뜻은……."

현허진인은 돌연 말끝을 움츠러뜨렸다. 동시에 순우솔도 침묵을 유지한 채 동공을 빛냈다.

유도행은 무슨 영문인지 몰라 눈을 껌벅이다가 갑자기 흠칫 고개를 돌렸다.

이윽고.

펄럭—

옷자락이 나부끼는 소리와 함께 멀지 않은 측방의 높은 바위 위에 백분처럼 새하얀 장포를 두른 장령의 사내가 표홀히 등장했다.

현허진인과 순우솔은 상대의 기척을 미리 감치한 터였으나 유도행은 그러지 못했다.

한 박자 늦은 반응, 당연히 공부의 차이다.

유도행이 제아무리 무당파의 대제자라고 하지만 십대무신에 포함된 두 노고수의 감각은 그것을 초월한 영역을 이르러 있었으니까. 또 달리 말하면 불청객의 무위가 두 노고수와 비등한 수준이란 의미도 됐다.

유도행의 눈동자가 바위 위에 자리한 백포인의 행색을 내리 훑었다.

정체 모를 상대의 자태는 매우 인상적이었다.

흰 건을 둘러 높이 튼 상투에 강인해 보이는 선 굵은 이목구비, 좌측 관자놀이부터 광대뼈 아래 뺨까지 길게 새겨진 흉터, 제비 꽁지깃을 닮은 수염, 그리고 천고의 세월을 견뎌 낸 운산(雲山)과도 같은 늠연한 풍채.

하지만 무엇보다 가장 인상적인 것은 만인을 압도하는 듯한 무형의 기도다.

'엄청나구나! 사부님과 비교해도 전혀 꿀리지 않는 군계일학의 기도다!'

크게 감탄한 유도행은 마른침을 꿀꺽 삼키며 전신의 피부를 팽팽히 당기는 기류에 신경을 한껏 곤두세웠다.

단순히 등장한 것만으로 장내 공기를 돌처럼 무겁게 가라앉히는 위풍은 아무나 뽐낼 수 있는 것이 아님을 그는 잘 알고 있었다.

무거운 정적에 휩싸인 숲길.

백포인이 이내 눈을 근엄히 내리깔곤 세 사람의 얼굴을 차례로 살폈다.

유도행은 흡사 칼날처럼 날카로우면서도 호수처럼 심유한 그 눈빛을 접하자 긴장감이 한층 고조되었다. 당대 자신의 경쟁자라 할 수 있는 화산파 대제자 매화검학(梅花劍鶴)과 친선비무를 가졌을 때 이후 실로 오랜만에 느끼는 긴장감이었다.

그런 유도행의 눈동자가 백포인의 등 뒤로 비스듬히 걸려 있는 장검을 발견했다.

'인골(人骨) 장식의 검? 그, 그렇다면……'

자루 끝에 사람 머리뼈 장식이 달린 그 섬뜩한 칼자루를 본 순간 비로소 상대가 누구인지 깨달았다.

백골검종사(白骨劍宗師) 은가야(殷伽倻).

저도 모르게 온몸에 소름이 돋은 유도행은 전율했다.

'백골검종사가 이렇듯 직접 나타날 줄이야!'

촉루혈문의 수장이자 절세 보검 패천백골검(覇天白骨劍)의 주인, 그리고 사천팔무절의 으뜸인 사파 최강의 초인이 아무런 예고도 없이 불쑥 등장한 것이다.

오늘 처음 본 순우솔의 기도도 절륜하기 짝이 없었으나 은가야의 기도는 그것을 뛰어넘는 듯했다.

'으음, 왠지 모르게 숨이 막히는구나. 과연……'

촉루대산은 물론이고 그 주변 지역까지 통할하는 사파의 거대 무문을 이끄는 인물답게 존재감이 남달랐다. 하기야 십대무신 내에서도 소림방장 일화와 어깨를 나란히 할 만큼 위명을 떨치는 인물이니 당연했다.

은가야의 가공할 공력은 외형만 살피더라도 능히 짐작이 갔다. 마치 오십대 같은 얼굴을 가지고 있었으나 실지 그의 나이는 일흔다섯 살로 현허진인, 순우솔 보다도 세 살이나 위였다.

은가야가 이내 가벼운 도약으로 지면에 내려서며 두 손을 모아 물었다.

"무당 장문께서 예까진 무슨 일로 오셨습니까?"

일신의 무력과 연륜에 기대 거드름을 피울 법도 한데, 매우 정중한 어조로 나오는 본새가 여느 사파 무리와 달리 기본적으로 예의를 아는 자였다.

현허진인도 의당 예를 갖춰 인사를 건넸다.

"은 문주, 십여 년 만에 뵙습니다."

"저는 무당파의 유도행이라 합니다."

고개를 끄덕인 은가야는 쾌속한 신법으로 일행 앞에 가까이 다가섰다.

그야말로 눈 깜빡할 틈에 이뤄진 운신.

유도행은 움찔 놀랐지만 현허진인은 의연했다. 그로부터 어떠한 적의나 살기도 감지되지 않았기 때문이다.

"반갑소, 유 대협. 무당오협의 명성은 내 익히 들었소. 듣던 대로 영웅의 풍모를 지닌 듯하오. 역시 무당오협의 수좌답구려."

그러곤 한옆에 자리한 순우솔에게로 시선을 옮겼다.

"공교롭게 만남이 겹쳤는데, 함께해도 괜찮겠소?"

"훗, 난 개의치 마시오. 어차피 서로 방문 목적이 똑같으니……."

순우솔의 말에 은가야가 희미한 미소를 머금었다. 그러자 현허진인이 물었다.

"빈도가 방문하리란 것을 미리 알고 계셨습니까?"

은가야가 고개를 끄덕거렸다.

"실은 은작단을 통해 파악한 터였지요. 물론 쉽진 않았습니다만……. 참고로 은작단은 근래에 본문 산하의 첩보 기관으로 편입되었습니다."

그 말에 현허진인은 내심 혀를 내둘렀다.

'허어, 요화문과 쌍벽을 이루는 은작단이…… 촉루혈문 밑으로 들어갔다고? 예상대로 촉루혈문 또한 육대마가의 행보에 촉각을 곤두세우며 발 빠르게 움직이고 있었구나.'

순우솔은 이미 그 사실을 알고 있었던 모양인지 아무런 표정 변화가 없었다.

은가야가 걸음을 떼며 일렀다.

"자, 일단 본문으로 가, 대화를 하십시다."

*   *   *

천공이 계곡의 한 동혈에 이르자 손묘정이 그 입구 앞을 지키고 서 있는 것이 보였다.

"아, 천공 스님. 수련을 마치고 오시는 길이에요?"

"예, 한데 흑선께선 언제쯤……?"

"하루나 이틀 정도 더 기다리셔야 할 듯싶네요."

해오담은 한 달 전쯤 이곳 동혈 안으로 들어 천리신안을 발동해 하늘의 운수를 읽고 있는 중이었다.

천공의 낯빛을 살피던 손묘정이 뭔가 이상한 낌새를 느껴 물었다.

"수련이 뜻대로 잘 안 되어 그러세요? 무릇 강기란 지고한 무학이라 꾸준히 연마하시는 수밖에……."

"아니, 그것 때문이 아닙니다."

머리를 가로저은 그는 잠시 머뭇거리다가 이내 솔직히 말했다.

"실은 잠든 줄로 알았던 천마존이 얼마 전부터 내게 전성을 보내 오고 있습니다."

손묘정이 화들짝 놀랐다.

"네?"

"게다가 놀랍게도 제 공력을 십성 수위 가까이 회복했다고 합니다."

천공은 그 말과 일련의 일을 설명해 주었다.

이야기를 다 듣고 난 손묘정의 안색이 어둡게 변했다.

"그가 흑운의 도움으로 공력을 회복했으리라곤 예상도 못했어요."

"소저 생각은 어떻습니까?"

"선뜻 이해가 가지 않네요. 공부의 차이에 따라 해를 입는 정도가 다르단 것은 알고 있지만, 아무리 그래도 피해가 아예 없을 리는 만무한데……."

"흑운의 힘이 혹 육신을 가진 정신에게만 유효한 건 아닐까요?"

"흠, 그럴 수도 있겠네요. 아무튼 사부님 말씀대로 천마존은 모종의 변수로 작용할 가능성이 큰 존재임이 틀림없군요. 지금 이 순간에도 계속 말을 걸고 있나요?"

"아니요. 심법을 이용해 교감을 차단했습니다. 심력을 꽤나 소비한 상태이나, 저녁 먹기 전까진 괜찮을 겁니다."

"휴우…… 그나마 차단이 가능하니 다행이에요. 여하간 사부님께서 밖을 나오시면 천마성의 성운이 어떤 운수를 부를지 알 수 있으리라고 봐요. 바로 그것을 가늠해 보시고자 동혈로 드신 것이니까요."

"그 대신 건강은 한층 악화되시겠지요?"

"그렇죠."

"소저, 혹시 세 번째 안배가 무엇인지 알고 있습니까?"

"흠, 글쎄요. 저도 그것에 대해 아는 바가 없어요. 하지만 대충 짐작은 가요."

"그래요? 뭡니까?"

"바로 천공 스님의 공력을……."

한데 그 순간.

꽈과광…….

저 멀리, 아련히 울려 퍼지는 한 줄기 폭성.

화들짝 놀란 천공과 손묘정의 고개가 소리가 들린 방향으로 꺾였다. 물론 자욱한 흑운 때문에 눈으로 확인하긴 힘들었다.

"누군가가 이곳에 발을 들인 모양이에요!"

손묘정의 뾰족한 외침에 천공은 불길한 예감이 들었다.

'단 소저가 수련 중인 장소와 가까운 곳이다!'

그는 즉각 내공을 운용하며 말했다.

"소저, 이곳을 지켜요. 내가 가서 알아보도록 하지요."

그러곤 극성의 혈해유영비를 전개해 저편으로 빠르게 사라졌다.

*　　　　*　　　　*

쩌거엉—!

검과 검이 충돌하며 불똥이 튀었다.

사위로 퍼지는 아지랑이의 파도.

막대한 검력을 대변하듯 일대 지면이 사납게 흔들리며 균열을 토했다.

단희연은 신속히 오 보 뒤로 교구를 물리며 전방에 자리한 불청객을 매섭게 쏘아보았다.

'엄청난 검수다! 그것도 하필 마도의…….'

어깨를 짓누르는 마기의 압력에 그녀는 눈살을 찌푸렸다.

세맥과 잠맥을 사 할 가까이 타통 했음에도 불구하고 낯선 노마인이 내뿜는 무형지기 속의 마력은 일련의 호흡에 큰 압박을 가해 오고 있었다.

"본좌의 검을 다섯 번 연속으로 맞받다니…… 실로 탁월한 검술을 지녔구나."

"이봐요! 초면에 다짜고짜 살초를 뿌리다니, 이 무슨 무례한 짓이죠?"

"성깔 있는 암고양이로군."

그 말이 단희연의 불편한 심기를 건드렸다.

"늙은이! 이곳을 어떻게 찾았지? 아니, 일단 정체부터 밝혀!"

존대가 사라진 매서운 외침에 노마인이 탁한 기류에 휩싸인 검을 비스듬히 기울였다.

"단순한 사류의 검술이 아니구나. 일련의 검초 속에 정파의 그것처럼 광명한 기운이 서린 것을 보니……."

"물음에 답해! 누구냐니까! 옳아, 육대마가인가?"

그 말에 노마인의 입술이 경멸에 찬 냉소를 머금었다.

"후훗. 내가 한낱 육대마가 따위에 몸담고 있을 인물로 보이느냐?"

'육대마가 소속이 아니라면 대체……?'

단희연이 의문을 품은 찰나 노마인이 다시 물었다.

"교주께선 어디 계시느냐?"

"교주? 무슨 소리지?"

"시치미 떼지 마라. 이곳에 계심을 이미 다 알고 왔으니까."

순간 단희연의 머릿속을 스치는 한 존재.

'교주라면 혹시 천마존을 뜻함인가?'

그 생각과 함께 설명하기 힘든 불길함이 보이지 않는 올가미처럼 몸을 옭기 시작했다.

"내 이름은 율악이다. 무림에선 흔히들 악마검신이라 칭하더구나."

동시에 단희연의 표정이 돌덩이처럼 굳었다.

'아, 악마검신이라고? 그럼 천마교 부교주? 세상에……! 죽은 게 아녔어?'

비로소 눈앞에 선 상대의 정체를 알게 된 그녀는 순간 머릿속이 복잡해졌다. 하지만 곧 특유의 냉랭한 표정으로 평상심을 유지했다.

'가만, 한데…….'

무엇보다 가장 큰 의혹 하나.

단희연은 마중마라 할 수 있는 율악이 흑운 속에서 멀쩡하게 버티고 자리해 있다는 사실이 선뜻 이해가 가지 않았다.

'골수까지 어두운 마성에 젖은 마인일 텐데, 어떻게 흑운 속에서 평소처럼 멀쩡할 수가 있는 거지? 아무런 동요도 느낄 수가 없잖아!'

상대의 눈빛이 살짝 흔들리는 것을 본 율악이 기다렸다는 듯 강력한 마기를 이끌어 냈다.

쿠구구구구구……!

체외로 빠르게 번져 나오는 한없이 탁한 기운.

잿빛 기류가 발한 육중한 풍압에 의해 사위를 감싸고 흐르던 검은 운무가 산지사방으로 휘날렸고, 반경 십 장의 공간이 드센 진동에 휩싸였다.

'웃, 이 고강한 기운······! 예전 명성이 결코 과장이 아니었구나. 앞서 그가 구사했던 검초는 그저 몸 풀기에 불과했어!'

단희연으로선 강호인이 된 이래로 최강의 상대와 맞닥뜨린 셈이었다.

마도의 근원 중 하나인 악마맥을 계승한 초인.

과거 천마존과 더불어 공포의 상징으로 군림한 자.

악마검신이란 별호 하나만으로도 천하를 숨죽이게 만드는 위용을 발휘하는 초절정 검도 고수.

향후 다시 마주할 기회가 없을지 모를, 그야말로 극상 수준의 강력한 적수가 아닌가.

하나 단희연은 그런 율악을 앞에 두고도 전혀 위축됨이 없었다. 되레 그 어느 때보다 뜨거운 눈빛을 내뿜고 있었다.

'그래, 지금의 나라면······!'

호락호락 당하지 않으리라.

대환단에 이어 독각혈망의 내단까지 복용해 어느덧 절정의 반열에 올라선 그녀가 아닌가.

섬섬옥수가 칼자루를 강하게 움켰다.

그런 그녀의 가슴속에 불씨가 피었다. 그리고 그 불씨는 곧 커다란 불꽃을 일구었다. 다름 아닌 무인의 호승지심이란 불꽃을.

악마검법 대 유령검법.

태고의 전설인 악마황의 진전과, 이백 년 전 강호를 치마폭에 쓸어 담았던 유령검후의 진전이 긴 세월을 격해 자존심을 건 자웅을 겨루려 한다.

악마검법이 마도 내 으뜸에 꼽히는 검학이라지만 유령검법 역시 그에 버금가는 무림사 최고 반열의 검학. 둘 다 이름값만 으론 우열을 가리기 힘든 고절한 수준의 검학이었다.

결국 승패는 각자의 공력에 달렸으리라.

단희연은 하단전의 진기를 한껏 끌어 올리며 칼자루를 쥔 손에 힘을 주었다.

'흑운 속에 머무는 한 공력이 달려 낭패를 볼 일은 없을 거야! 한데……'

여전한 의문점 하나.

천연의 결계야 절륜한 마학을 통해 무사히 뚫고 왔다고 쳐도 어째서 흑운의 영향을 받지 않는 걸까?

'천 소협이 이르길 천마존은 오히려 흑운의 도움으로 공력을 되찾았다고 했어. 그러면 악마검신이 멀쩡한 이유도 그것과 일맥상통하는 건 아닌지……'

율악이 두 눈 위로 살광을 토하며 말했다.

"내 신분을 밝혔으니 앞서 질문의 요지도 파악이 됐을 터."

"미안한데 당신이 하는 말은 하나도 못 알아듣겠어. 이미 죽고 없는 천마존을 왜 여기 와서 찾는 거지?"

단희연이 시치미를 떼자 율악이 장포를 젖혀 요대에 걸린 마혼석등을 드러내 보였다.

"이것이 무언인지 아느냐?"

순간 그녀의 뇌리로 천공이 예전 갈웅문에서 월영마가의 초월마장 달지극을 통해 들었다던 이야기가 떠올랐다.

"육대마가는 마혼석등이란 천마교의 물건을 보관하고 있다고 했습니다. 아마도 천마존의 생사나 현 상태를 알려 주는 물건인 듯싶은데……."

'저게 바로 마혼석등이구나!'

하지만 잇달아 시치미를 떼는 그녀다.

"흥! 알 리가 없잖아."

"초대 교주로부터 전해 내려온 절대 신물이니라. 이것이…… 본좌를 신비괴림으로 인도했지. 그러니 당돌한 거짓말은 거기까지 하거라."

'조금만 있으면 천 소협이 이리로 올 거야! 그때까지 그를 붙잡아 두면 능히 처치할 수 있어!'

단희연은 그런 판단과 함께 율악을 향해 호기롭게 고함쳤다.

"좋아, 어디 날 쓰러뜨려 봐! 그럼 원하는 말을 들을 수 있을 테니까!"

그때 마혼석등이 귀화를 닮은 시퍼런 불을 밝히더니 한 방향을 가리켜 길게 뻗어져 나왔다.

그것을 본 율악의 눈동자 위로 이채가 반뜩였다.

'가까이에 계시는구나!'

찰나지간 단희연이 지면을 강하게 차고 돌진했다.

파파파파팟—!

이향금을 사사한 향혼추보가 아닌, 유령난보(幽靈亂步).

유령검법 비급에 있는 검초의 투로를 보조하는 보법이다.

유령난보란 명칭에 걸맞게 좌우를 복잡하게 오가는 운신과 보폭만 보더라도 초절한 재능이 없으면 익히기 힘든 상승 공부임이 분명했다.

순식간에 압축된 거리, 뒤이어 그와 연계한 검초가 공기를 갈랐다.

쐐애액!

이곳에 와 새로이 깨달은 유령검법 제삼초 유령각화.

일직선으로 쏘아진 검극에서 날카로운 검기가 발출돼 꽃봉오리를 터뜨리듯 상하로 퍼졌다.

율악은 즉각 악령마검을 정면으로 휘돌렸다. 그러자 잿빛 기류가 장방형의 기막을 형성했다.

꽈광, 꽈아앙—!

잇단 폭음과 함께 유령각화의 검기가 허공중으로 흩어진 순간 악령마검이 사납게 떨어져 내렸다.

하늘과 땅을 두 쪽으로 갈라 버릴 듯한 검격.

슈아아아앗!

율악 자신이 즐겨 구사하는 검초, 악마단천검이다.

저용마랑 범조도 감당하지 못했던 막강한 검초 앞에 단희연은 오싹 소름이 끼쳤다. 하나 검을 움킨 그녀의 우수는 이미 검초를 전개하고 있었다.

유령검법 제사초 유령비승(幽靈飛昇).

솟구친 검날로부터 파생된 날카롭고 기다란 검기가 무거운 압력을 발해 찍어 누르는 검격과 한 점에서 충돌하자.

쩌어엉— 쿠아아아아앙……!

어마어마한 기의 잔해가 둥글게 퍼져 나가며 일대 사물을 마구 헝클어 놓았다.

'윽!'

단희연은 손목과 팔뚝을 지나 허리까지 엄습한 통증에 눈살을 찌푸리며 신속히 퇴보를 밟았다.

'하마터면……!'

기맥에 충격을 받았지만 피해는 막았다. 정확히 말하면, 외상이나 내상으로부터 몸을 지켜 주는 흑운의 이능 덕분이었다.

율악이 즉각 발을 굴렀다.

파핫!

악마맥의 최상승 경신 보법, 악마단속보.

끊어질 듯 이어지는 묘리를 담은 보식이 전개됐다.

그렇게 율악은 눈 깜빡할 사이에 예의 간격을 압축해 들며 회색 기파가 일렁이는 악령마검을 머리 위로 치켜들었다가 맹렬히 그어 내렸다.

다시 한 번 가공할 위용을 드러낸 악마단천검.

앞서 검격과 달리 한층 난폭하고 강대한 마력이 잿빛 칼날에 실려 든다.

단희연은 이를 악물며 극성의 공력을 실은 유령비승을 펼쳤다.

카차앙! 꽈르르르릉—!

검과 검 사이에서 거대한 불꽃과 기파가 터지고, 천지가 무너지는 듯한 굉음이 사위에 메아리쳤다. 동시에 단희연은 상대의 검력이 버거웠는지 두 무릎을 지면에 세게 쿵! 찧었다.

방원 오 장의 지면이 움푹 꺼진 가운데, 율악은 숨 돌릴 여유도 없이 곧장 세 번째 검격을 뿌렸다.

'앗!'

단희연은 즉각 꿇어앉은 자세로 검극을 놀려 지면을 때렸고, 그 반탄지력을 이용해 뒤로 튕기듯 교구를 물렸다.

쿠아아앙! 꽈드득, 꽈드드득! 쿠구구구궁……!

악마단천검의 위력에 의해 일대 지면이 무참히 터지며 괴로운 비명을 내질렀다. 더불어 먼지구름과 검은 운무가 한데 뒤섞여 시야를 마구 어지럽혔다.

간발의 차이로 율악의 검격을 회피한 단희연은 등골을 타고 오르는 전율을 느꼈다.

단순한 검력이 아니었다.

율악은 지금 자신을 죽일 생각으로 매 손속에 일신의 내공을 한껏 실어 보내고 있었다. 그것은 곧 이 싸움을 길게 끌지 않으리란 의지였다.

'이렇게 된 이상 죽을 각오로 맞서는 수밖에…….'

천공이 와 줄 때까지 적당히 시간을 끌 계획이었는데, 율악의 기세로 보아 자칫 잘못하면 위험한 상황을 맞을 가능성이 있었다.

제아무리 흑운의 이능이 작용하는 중이라지만, 상대는 예상의 범주를 웃도는 마도제일의 검수. 사실상 천마존 다음가는 절대 강자다. 그러니 흑운의 힘만 믿고 있다간 어떤 일이 생길지 모른다.

율악이 입술이 사악한 미소를 그렸다.

"후훗, 당금 중원에 이토록 출중한 젊은 여검수가 존재할 줄은 몰랐느니라. 과거 본좌와 검을 섞었던 아미파 여중을 떠올리게 만드는구나."

아미파 여중이란 다름 아닌 단엄사태를 뜻함이다.

율악은 수십 년 전 천마교 정예를 이끌고 아미파와 큰 싸움을 벌였는데, 그때 단엄사태를 맞아 사십 합 겨룸 끝에 승리를 거둔 적이 있었다.

하나 그 전적과 별개로 아미파를 집어삼키진 못했다. 같은 지역의 청성파가 도우러 왔었기 때문이다.

단희연은 콧방귀를 뀌며 쌀쌀맞게 대꾸했다.

"흥! 패악한 노마두에게 칭찬 따윈 듣고 싶지 않아."

"자못 궁금하구나. 내가 아는 범주를 벗어나는 검법인 듯한데, 누굴 사사한 것이냐?"

"유령검후."

율악의 동공이 기이한 빛을 뿜었다.

"무어라?"

"유령검후의 유령검법이다. 그 악마검법에 결코 뒤지지 않는 절학이지."

"허어, 실전된 줄 알았던 유령검후의 진전이 아직도 이어지고 있었더니……."

그런 율악이 악령마검을 제 가슴 앞으로 세웠다.

"얼마나 고절한지 구경해 볼까."

"좋을 대로!"

일갈한 단희연은 표홀한 도약과 함께 율악의 정면으로 쇄도해 갔다. 단숨에 오륙 보 간격으로 접근한 그녀는 유령검법이 아닌 멸혼회무검법의 검초를 꺼내 들었다.

물결처럼 구불구불 춤을 추는 일선의 검기.

율악은 반월을 그리듯 검날을 돌려 멸혼회무검법 제일초 독무검파를 강하게 쳐 냈다.

카하앙!

검날의 충돌로 기의 파문이 허공중으로 번진 찰나, 단희연은 표독검무, 회행원무검, 백검오살무 등 멸혼회무검법의 검초를 잇달아 전개했다.

카캉, 쩌저정, 끼기깅, 쩡—!

돌풍처럼 휘몰아치는 연속 검세에 따가운 금속성이 쉴 새 없이 터져 나왔다.

공격을 방어하던 율악은 의아함이 일었다.

'이것은…… 유령검법이 아니다!'

달라진 검결의 요체를 대번에 간파한 그다.

"시답잖은 장난을 치는구나."

짧게 중얼거린 율악이 쾌속한 동작으로 악령마검을 쭉 내질렀다. 그러자 검극으로부터 한 줄기 묵직한 검기가 단희연의 검초 가운데를 쇄파해 나아가더니 곧 여러 가닥으로 화해 그녀 주위에 작은 회오리를 일으켰다.

촤촤촤촤촤촤—!

검풍과 검기를 한꺼번에 발출하는 검초.

악마와선검(惡魔渦旋劍).

검풍으로 상대의 운신 반경을 장악하고 검기로 전신 요혈을 노리는 최상승 검학이다.

검풍과 검기의 소용돌이 속에 갇힌 단희연은 신속히 몸을 팽이처럼 돌리며 무수한 검영을 토했다.

후후흥, 후후후흥, 슈슈슈슈슈슈―!

멸혼회무검법 절초 표풍난검무가 펼쳐진 것이다.

칼날을 따라 파생된 수십 개의 검영이 서로 겹치고 겹치더니 거대한 회오리 방벽이 되어 사방을 압박해 드는 악마와선검과 그대로 맞부딪쳤다.

차차차창, 차차차창, 차차차창!

두 장엄한 검세가 요란한 쇳소리와 함께 분쇄되어 흩어지자 투명한 파형이 공간을 화려히 수놓았다.

단희연은 잽싸게 유령검법으로 전환했다.

지평선을 긋듯 횡단하는 검세. 그 칼날의 궤적을 따라 광대한 검기가 큰 물결을 이루며 전방을 크게 뒤덮었다.

유령검법 제사초 유령노도(幽靈怒濤).

질세라 율악의 악령마검도 좌에서 우로 반듯한 선을 그어 회색 검기를 발출했다.

악마지멸검(惡魔地滅劍).

종단의 검세인 악마단천검과 짝을 이루는 검초다.

유령노도와 악마지멸검이 간극의 중앙에서 충돌하자 엄청난 굉음과 함께 반경 오륙 장의 지면이 갈라져 뒤집혔고, 산산이 부서진 나무와 돌의 잔해가 허공으로 치솟았다.

단희연은 얼른 퇴보를 밟아 거리를 벌리며 체내 기맥을 정돈했다.

흑운과 먼지가 뒤섞인 너머로 율악의 음성이 들렸다.

"볼수록 놀라운 계집이군."

"겨우 이 정도로 놀라면 곤란한데."

단희연의 당돌한 말에 율악이 흑운과 먼지를 헤집으며 걸어 나왔다.

"두 종의 검학, 그리고 일신의 내공, 어느 것 하나 모자람이 없구나. 그 실력이면 당장 사천팔무절에 들고도 남을 것이리라."

그러다가 눈을 가늘게 뜨며 중얼거리듯 말했다.

"분명 공력 소모가 컸을 터인데……."

"어째서 호흡이 평온하냐고? 말해 줄 생각 없어. 당신은 아마 죽었다 깨어나도 모를 테지."

돌연 율악의 전신으로 잿빛 기류가 넘실넘실 파도쳤다. 동시에 형언 불가한 압력이 온 사방을 휘감았다.

'이럴 수가……! 앞서 그가 발휘한 힘은 극성의 공력이 아니었나!'

율악이 입꼬리를 올리며 비릿한 조소를 머금었다.

"팔성 공력으론 빠른 결판이 힘들 듯싶으니, 이제부터 십성 공력으로 상대해 주마."

'아, 내 예상이 맞았구나! 여력을 두고 있었어!'

단희연은 칼자루를 쥔 손에 힘을 잔뜩 주었다. 손바닥엔 땀이 흥건히 뱄다.

악마와선검과 악마지멸검, 그 두 가지 검초에 실린 검력은 결코 가볍지 않았다. 눈부시게 발전한 자신이 버겁다고 느낄 정도로 가공할 괴력이 실려 있었다. 한데 그것이 극성 수위가 아닌 팔성 수위였다니…….

게다가 지금 단희연의 실력을 보고 나서도 극성이 아닌 십성 수위로 상대할 것이라 공언하고 있잖은가.

자존심이 상한 단희연이 아랫입술을 지그시 깨물었다.

'치익, 얼마나 대단한지 몰라도 나 역시 다 꺼내 보이지 않았다고!'

율악이 일순 미소를 거두나 싶더니 신쾌한 보법을 밟아 고강한 검초를 뿌려 왔다.

채챙, 쩌저정, 카가각, 키힝……!

두 사람은 짧은 시간 동안 십여 합을 넘겼다.

우열을 가리기 힘든 치열한 공방.

하나 단희연의 내력은 아직 율악에 비해 한 수 정도 뒤지는지라 이십 합을 채우지 못한 채 수세에 몰리기 시작했다.

'으윽, 과연 견고한 검력이야!'

손속을 놀릴 때마다 그녀의 이마에 맺힌 땀방울이 하나둘씩 허공으로 튀었다.

율악이 검초를 뿌리는 와중에 비웃듯 말했다.

"그래서야 삼십 합을 채우기도 힘들지."

무려 십성의 공력을 동원해 검을 휘두르면서도 또렷한 목소리를 발한다는 것은 어지간한 초일류 고수가 아니고선 감히 흉

내조차 낼 수 없는 일이었다.

단희연은 그런 율악의 심후한 내공 수위에 속으로 다시 한 번 감탄했다. 찰나지간, 집요하게 몸통을 노리던 악령마검의 검세가 행로를 바꿨다.

쐐쐐액!

즉각 반응한 단희연의 검이 유령비상의 검초로 미간을 찔러 드는 악령마검을 강하게 쳐 냈다. 한데 아무런 감촉도, 소리도 나지 않았다.

'허상……!'

그녀는 즉각 보법을 이용해 교구를 뒤로 날렸다. 그때, 진짜 검날이 거리를 격해 재차 미간으로 쇄도했다.

피힛!

이마를 스치고 지나간 검기, 그리고 혈흔.

십 보 뒤로 후퇴한 그녀는 좌수로 이마를 감쌌다.

'위험했어! 동작이 조금만 늦었더라면…….'

그야말로 종이 한 장 차이였다.

단희연은 이내 이마를 덮은 손바닥을 뗐다. 한데 그 모습을 보던 율악의 눈동자가 갑자기 작은 파문을 일으켰다.

'허어! 상처가 아물어?'

단희연의 이마에 있던 가느다란 검상이 흔적도 없이 사라져 버린 것이다.

율악으로선 도저히 납득할 수 없는 현상. 그것이 흑운의 이능 때문임을 알지 못하니 당연했다.

단희연은 그런 상대의 표정을 읽고서 냉소를 지었다.

"훗! 천하의 악마검신이 당황한 눈빛을 드러내다니, 이거 황송해서 어쩌나."

"무슨 사술을 부린 것이냐?"

"아까 말했잖아. 당신은 죽었다 깨어나도 알 수 없을 거라고."

율악이 눈동자를 굴려 주변을 살피더니 의미심장한 얼굴로 고개를 가볍게 끄덕였다.

"옳아, 이곳에 잔뜩 끼어 있는 검은 운무는 단순히 자연이 만들어 낸 신비로운 괴현상이 아니었군. 아무래도 네게 모종의 영향을 끼치는 것이 분명할 터."

비정상적으로 일정한 호흡도, 검상이 저절로 치유된 것도 그제야 조금 이해가 간다는 표정이었다.

율악의 남색 장포가 요란하게 펄럭거리자 악령마검의 회색 검신이 파르르 떨리며 기괴한 울음을 자아냈다.

끄어엉, 끄어어어어엉……!

흡사 악마의 통성을 연상시키는 섬뜩한 검명에 단희연은 눈살을 찌푸렸다.

ㅊㅊㅊㅊㅊ.

율악의 신형 위로 회색 아지랑이가 피어올랐다. 뒤이어 농후한 살기와 심혼을 갈가리 찢어발길 듯한 무형의 마력이 갈고리처럼 대기를 감쌌다.

'웃……! 혹시 극성의 공력을 발휘할 셈인가?'

단희연은 하단전을 힘껏 돌려 내공을 극한으로 이끌어 냈다. 이에 뭉개질 대로 뭉개진 지면이 쩌저적! 소리를 토하며 어지러이 거미줄을 그렸다.

동시에 율악이 생성한 회색 아지랑이가 한데 뭉쳐 거대한 악마의 형상을 만들었다. 더없이 음침한 기운을 간직한 기운이었다.

악마 형상은 이내 율악의 정수리로 갈무리되어 사라졌고, 소름끼치는 검명을 토하던 악령마검은 급작스레 떨림을 뚝 그쳤다.

정적 속에 가라앉은 숲.

검극을 똑바로 겨눈 율악의 입술이 무미건조한 음성을 흘렸다.

"놀이는 끝났다. 지금부터 삼 합 내로 승부를 결정지을 것이야."

광오하기 짝이 없는 말. 그러나 그는 그것을 능히 실현할 만한 무력을 가진 마도 최강 반열의 고수다.

단희연은 즉각 유령검법의 상위 검초를 준비했다.

'온다!'

아니나 다를까, 율악의 신형이 새처럼 높이 도약하더니 허공을 격해 떨어져 내리며 검을 내리그었다.

쿠콰콰콰콰콰콰—!

육중한 풍압과 함께 맹렬히 낙하하는 칼. 그 검날을 따라 뿜어진 탁한 기류는 거구의 악마로 변모해 단희연을 찍어 눌러 왔다.

악마단천검이 아니다.

악마검법 삼대 절초, 붕탑악마태검(崩塌惡魔太劍)이다.

심지어 십성을 넘어 극성인 십이성의 공력을 고스란히 품은 검초였다.

단희연의 검이 마중을 나갔다.

번쩍, 츄츄츄츄─!

번갯불처럼 솟구친 백색의 광대한 검기는 순식간에 잘게 쪼개지듯 수십 가닥으로 나뉘어 투명한 유령의 입김처럼 붕탑악마태검의 기운을 휘감아 삼켰다.

유령검법 제오초 유령분혼(幽靈分魂).

최후 검초와 더불어 깨닫는 데에 가장 오랜 시간이 걸린 난해한 공부였다.

꽈우우웅, 꽈우우우우웅!

천지가 무너지는 듯한 굉음이 메아리치고.

파스스스스스스슷……!

잿빛 기류의 파문과 하얀 기류의 파문이 공기 중으로 넓게 퍼지는 가운데, 그 폭발력과 반탄지력에 의해 단희연의 교구가 크게 휘청대며 한쪽 무릎을 꿇었다. 덩달아 지면도 원을 그리며 움푹 꺼져 내렸다.

율악의 신형 역시 검격의 충격파로 허공에서 뒤로 튕겨 나가 두 다리로 땅을 쾅! 찍어 눌렀다. 그렇게 몇 번의 뒷걸음질을 치더니 이내 중심을 잡고 섰다.

"호오, 그걸 맞받아 쳐?"

읊조리듯 중얼거리는 율악의 음성 속에 놀라움이 깃들었다. 하나 표정은 여유로웠다. 상대의 공력이 자신보다 아래임을 제대로 확인할 수 있었으니까.

반면 단희연의 표정은 살짝 일그러져 있었다.

'으윽…… 기혈이 날뛰고 있어.'

그녀의 입가로 새어 나온 가느다란 선혈이 턱 밑으로 방울져 떨어졌다. 신비로운 흑운의 도움을 받고도 끝내 내상을 피할 수 없었던 것이다. 그만큼 붕탑악마태검에 실린 힘은 가히 일절이었다.

'과연…… 이것이 천마교 부교주의 무력인가.'

체내의 모든 기맥과 혈맥이 뜨겁게 요동쳤다. 하지만…….

사납게 날뛰던 기혈은 빠른 속도로 진정되었다. 또한 내상도 조금씩 희미해졌다.

율악의 탁월한 기감이 그 변화를 간파해 냈다.

'크흠! 또……? 여긴 도대체 어떻게 생겨 먹은 곳인가. 신비괴림이란 이름이 괜히 붙은 것이 아니로군.'

그러다가 낯빛이 돌변했다.

'음?'

뜨끔거리는 통증이 중단전을 엄습한 까닭이다.

내상이었다.

율악은 즉각 운기를 해 중단전에 깃든 상대의 기운을 체외로 몰아냈다. 다행히 기혈이 다치진 않았지만 통증을 말끔히 없애진 못했다.

'내 저 계집을 너무 얕봤구나! 젊다곤 해도 명색이 유령검 후의 진전을 이었거늘. 극성의 공력을 쓰지 않았다면…… 예의 검초에 의해 기혈이 뒤집히고 말았을 것이야. 끌, 그래도 체면이 있지.'

단희연의 검력에 의해 내상이 깃들다니, 율악으로선 자존심에 금이 가는 일이었다. 그녀의 검술에 대한 공부는 자신과 비등한 수준이나, 내공 수위는 분명 한 수 아래였다.

그러한 사실에 다소 화가 치밀었지만 초고수답게 냉정함을 잃지 않았다.

'흑운이 가진 기이한 묘용은 내 예상을 뛰어넘고 있다. 그렇다면 심맥을 끊어 버리는 수밖에……'

제아무리 미증유의 회복력을 선사하는 흑운이라 하더라도 죽은 사람을 되살릴 수는 없는 법.

율악은 즉각 악마밀보를 펼쳤다.

악마단속보가 오직 빠른 속도에 중점을 둔 운신이라면 악마밀보는 그 기척을 최대한 감춰 접근하는 운신이다.

전진하는 율악의 신형이 희미해지나 싶더니 몇 호흡의 짧은 시간 사이에 시야로부터 사라졌다.

단희연은 즉각 전신의 감각을 활짝 열었다. 하나 악마밀보의 기척을 완전히 파악하기란 무리였다.

다름 아닌 내공 수위에 기인한 격차.

'좌측!'

단희연이 판단과 동시에 신형을 선회하자 이미 오 보 내외로 육박해 들고 있는 율악의 모습이 두 눈에 확대되었다.

그녀는 더 생각할 것도 없이 검을 휘돌렸다.

츄츄츄츄츄츄츄—!

십이성 내공이 검날을 타고 흐른다.

쾌속한 검날의 궤적을 따라 유령 같은 검기들이 폭죽처럼 터져 나오며 창졸간에 시야를 가득 메웠다. 그 무수한 검기들 중 절반은 허상. 하지만 육안은 물론 기감으로도 쉬이 구분하기 힘들었다.

허와 실이 절묘한 변화를 이룬, 더없이 위맹한 검세.

바로 완성을 본 지 얼마 되지 않은 유령검법의 마지막 검초, 유령만천이다.

율악도 그에 맞서 극성의 공력을 실은 가공할 검초를 꺼내 들었다.

삼대 절초 팔비악마충검.

악령마검의 칼날이 날카로운 궤적을 뿌림과 동시에 사악한 마귀의 모습을 한 기류가 파생되었다. 여덟 개의 팔에 저마다 검을 움킨 악귀의 형상이었다.

중원 무인들 중 이 검초를 경험한 사람은 단엄사태가 유일했다. 또한 그런 단엄사태로 하여금 패배를 맛보게 한 절학이기도 했다.

회색의 악귀는 여덟 개의 검을 마구 휘둘러 공간에 난무하는 유령만천을 쳐 내며 단희연에게로 서서히 다가갔다.

퍼엉, 퍼버벙, 퍼펑, 파하앙……!

고막을 찢는 파공음과 함께 조금씩 좁혀지는 간극.

팔비악마충검을 앞세운 율악이 마침내 지척에 이르렀다. 그렇게 악령마검이 만든 악귀는 먹잇감을 움키는 거미처럼 단희연의 교구 좌우를 노렸다.

'어딜!'

그녀는 질세라 제이초 유령홰비를 시전 했다.

봉긋한 가슴 앞으로 살짝 끌어당겨졌다가 곧 세차게 쭉 내질러진 검날은 극점에 이르러 좌우로 쾌속하게 흔들렸다.

촤촤촤, 촤촤촤촤—!

곤충의 날갯짓을 연상시키는 그 움직임을 따라 맹렬히 뿜어진 검기들이 양방향으로 쇄도한 팔비악마충검과 격돌하자 요란한 폭성이 대기에 울려 퍼졌다.

퍼버버버버벙……!

양쪽을 동시에 공략하는 유령홰비의 요체가 빛을 발한 순간이었다.

그런데.

'앗!'

단희연의 눈동자로 비추어 드는 여덟 개의 팔과 검.

팔비악마충검은 소멸되지 않았다. 단지 유령홰비의 기세에 잠깐 주춤했을 뿐이다.

율악의 초절한 무위에 단희연은 척추를 타고 올라 정수리를 관통하는 오싹한 전율을 느꼈다.

예전 구천혈궁에서 보았던 용문검신 동방표호의 검초만 하더라도 가히 인세를 초월한, 개세(蓋世) 지경의 그것이나 다름 아니었다. 그 이름도 찬란한 십대무신의 한 자리를 차지하고 있는 동방표호의 검술은 실로 경이로웠다. 말 그대로 압도적인 존재감을 과시했다.

한데 지금 자신의 눈앞에 자리한 율악의 무위는 그러한 동방표호을 웃도는 것 같았다. 유령만천에 이어 유령홰비까지, 세맥과 잠맥을 사 할 가까이 타통 한 극성 공력의 검초와 연거푸 충돌하고도 흔들림 없는 팔비악마충검이 그러한 생각을 들게 만들었다.

율악의 살의를 대변하는 악귀가 다시 검들을 갈고리처럼 내찔러 왔다.

단희연은 급한 대로 손에 익은 표풍난검무를 흩뿌렸다.

후우우우웅! 까가가강—! 쩌엉, 쩌어엉!

바람소리와 쇳소리가 뒤섞이며 불똥이 마구 튄다.

팔비악마충검이 잠시 주춤하나 싶더니 돌연 육중한 무형지기를 발해 단희연의 전신을 압박했다. 그렇게 여덟 개의 검극이 표풍난검무의 검세를 헤집고 그녀의 몸통 좌우로 바짝 접근해 들었다.

그 순간.

단희연의 검이 맹렬하게 회전해 선명한 검영들을 파생시키더니 둥그런 거대 장막을 생성했다.

차차창, 차차차창—!

여덟 개의 검을 강하게 튕겨 낸 방패 같은 검세.

검도의 최상승 경지 중 하나인, 이른바 '검막'이라는 검식이다.

투명한 기의 파형이 드넓게 번짐과 동시에 팔비악마충검이 마침내 소멸되었고, 그 팽창력에 율악과 단희연은 각자 십 보 뒤로 밀려났다.

율악의 눈동자로 한층 짙은 살기가 어렸다.

'검막을 구사해? 허어……! 향후 마도 무림에 큰 걸림돌이 될 위험한 재능이로다!'

일순 단희연이 상체를 숙이며 피를 왈칵 토했다.

율악은 그 기회를 놓치지 않고 악마단속보로 간극을 압축하며 재차 팔비악마충검을 시전하려 들었다.

그때, 우렁찬 일갈과 함께 우측으로부터 천공이 불쑥 쇄도해 들며 돌개바람처럼 무수한 권영을 쏟아 냈다.

후후후훙, 후후후후훙—!

32장.
해방(解放)

시계를 붉게 물들이는 혈라구궁연환권.

율악은 즉각 상체를 비틀며 악마지멸검으로 맞섰다.

그렇게 서로의 육중한 공력이 맞부딪치자.

꽈아아아앙—!

큰 파공음이 메아리치며 율악의 신형이 일 장 뒤로 미끄러지듯 후퇴해 고목에 등을 쾅! 들이받았다.

"크으음⋯⋯!"

숨통이 꽉 막힌 듯한 답답한 신음.

바로 율악의 입에서 발해진 신음이었다.

천공은 숨 돌릴 틈도 없이 혈해유영비로 전진한 후 율악의 면전에 이르러 단혈회류마황권을 날렸다.

거대한 마귀의 주먹을 닮은 핏빛 권경의 회오리에 맞서 율악의 악령마검도 회전을 일으키며 어지러운 검영을 파생시켰다.

쩌저저저저저정, 꽈르르르르릉!

금속성과 폭성이 사위를 두드리는 가운데 율악의 신형이 다시금 오 보 남짓 후퇴했다.

'큭! 이 공력은……'

표정을 일그러뜨린 율악은 팔다리에 잔뜩 힘을 주어 악마단천검을 뿌렸다.

좌아아아아아!

천공은 종단의 기세로 뚝 떨어져 내리는 검기를 향해 쌍수를 쭉 뻗었다. 그러자 혈마라상지은현공이 발출돼 악마단천검을 덥석! 움키더니 손아귀에 넣고 무참히 구겨 부쉈다.

콰차아아앙!

잿빛 마기의 잔해가 공기 중으로 물결치는 사이 천공은 보법을 밟아 상대를 향해 빠르게 나아갔다.

삼 보 내외의 간격.

질세라 율악의 검이 궤적을 그려 가공할 마기를 토했다.

팔비악마충검이다.

악귀가 여덟 개의 팔을 이용해 검을 찔러 넣은 순간, 천공의 전신으로 가시 같은 핏빛 마기가 무수히 돋아 나왔다.

카항, 키히잉, 키히이잉—!

혈극방호경기가 발한 반탄지력이 팔 검(八劍)을 모조리 튕겨 냈고, 율악은 침음을 삼키며 신속히 십 보 밖으로 운신해 섰다.

천공이 주먹을 꽉 쥔 채 서늘한 눈빛으로 물었다.

"마공을 지녔군. 정체가 뭐지?"

그러자 율악이 악령마검을 가슴 앞으로 세우며 되물었다.

"내가 묻고 싶은 말이다. 네놈의 그 마공, 실체가 무어냐?"

그 순간, 저편에 자리한 단희연의 전음이 천공의 귓가에 와 닿았다.

[천 소협, 그는 천마교 부교주 악마검신이에요!]

그 말에 천공의 낯빛이 굳었다.

'악마검신? 이럴 수가, 죽은 게 아니었나?'

그는 놀라는 한편 단희연의 몸 상태를 걱정했다.

[내상을 입었습니까?]

[네, 하지만 괜찮아요. 흑운의 이능으로 곧 완쾌될 테니까. 그보다 악마검신은 마혼석등을 지니고 있어요. 천마존을 찾고자 이리로 온 것이죠.]

'아, 마혼석등……! 흐음, 그것이 악마검신을 이곳으로 인도한 모양이구나!'

그 생각과 함께 즉각 전진하는 천공이다.

운신과 더불어 신형 주위로 부챗살 퍼지듯 여러 마귀의 형상을 떠올리는 분신 같은 잔영들.

극성의 혈마군림보.

율악 역시 악마단속보로 내달리며 앞을 향해 검극을 세차게 뻗었다.

촤촤촤촤촤촤—!

검풍과 검기를 한꺼번에 발출하는 검초, 악마와선검이었다.

예기를 발하는 작은 회오리와 더불어 섬뜩한 검기들이 사납게 전진하는 붉은 마귀의 잔영들과 격돌했다.

퍼버벙, 퍼버버벙…….

폭성과 더불어 지진이라도 난 듯 요동치는 지면이 가공할 위력을 대변하고 있었다.

파아아아아.

공세가 충돌한 곳으로부터 어마어마한 반탄지력이 터져 나왔지만 천공의 혈마군림보는 견고했다. 그는 기의 아지랑이가 뒤섞인 먼지구름을 똑바로 뚫고 나와 율악을 향해 주먹을 내질렀다.

투투투투투—!

한 줄을 지어 연달아 발출된 대포알 같은 붉은 마기에 율악의 검이 바쁘게 움직였다.

카가강, 카가가강!

따가운 금속성이 울리기가 무섭게 율악의 신형이 뒤로 세게 튕겨 나가며 발바닥으로 지면을 길게 긁었다. 공력에 밀려 무려 삼 장이나 밀려난 것이었다.

천공의 공세는 거기서 그치지 않고 혈마라상지은현공을 시전 했다. 손놀림을 따라 길게 발출된 한 쌍의 거대한 혈수는 단숨에 거리를 격해 나아갔다.

율악은 즉각 팔비악마충검으로 맞섰다.

꽈아앙, 꽈아아앙!

충격에 의해 세차게 흔들린 율악의 신형이 재차 일 장 남짓 후퇴했다.

'크윽!'

눈살을 찌푸리는 그의 입가로 가느다란 선혈이 주르륵 흘러 나왔다.

안 그래도 앞서 단희연과 겨루다 가벼운 내상을 안고 있었는데, 천공이 구사한 절기로 말미암아 그 내상이 한층 악화된 까닭이었다. 특히 체내 혈맥을 들끓게 만드는 혈신마라공 고유의 마력 때문에 더 괴로웠다.

'놈, 볼수록 대단하구나! 이토록 고강한 마인이 현세에 존재하다니…….'

그 분한 심경을 반영하듯 악령마검을 움킨 손등 위로 굵은 힘줄이 내돋쳤다.

극성의 힘을 되찾은 천공의 무위는 가히 일절이었다.

당금 천하에 어느 누가 율악과 정면 승부를 벌여 여러 번 뒷걸음질 치게 만들 수 있을까. 설사 십대무신이나 육대마가주라 하더라도 결코 쉽지 않은 일이다.

하나 천공 역시도 상대의 무위에 은근히 감탄하는 중이었다.

'과연 악마맥 본맥을 계승한 마인답구나. 최대 공력의 혈마라상지은현공을 맞받아치고도 외상을 피하다니……. 짐작컨대 그의 무력은 십성 수위의 천마존과 비등한 수준인 듯싶다.'

여느 고수들 같았으면 예의 일격에 의해 늑골이 박살 나거나 몸통이 으스러진 채 혈맥이 터져 죽었을 것이다.

바로 그때.

우웅―!

한 줄기 음향이 짧게 울리더니 마혼석등이 환한 빛을 내뿜었다. 그리고 그 빛은 곧 마신의 형상으로 바뀌어 허공중으로 무수한 파형을 퍼뜨렸다.

일순 율악의 두 눈에 희열의 빛이 감돌았다.

'교주께서 바로 앞에……! 옳아, 네놈이렷다!'

천공은 갑작스런 괴현상에 몸을 움찔했다.

'저건 뭐지?'

율악의 입술이 반월을 그렸다.

"후훗. 네놈 몸속에 교주의 영혼이 머물고 계신 것이로구나. 좋아, 시작해 볼까."

번쩍이는 마신의 형상의 두 팔을 쫙 펼치자 일대 공간이 사납게 진동했고, 미증유의 무형지기가 천공의 몸을 강하게 휘감았다.

"윽……!"

마치 보이지 않는 밧줄에 의해 온몸이 묶인 듯한 느낌이다.

당황한 천공은 문뜩 불길한 예감이 들었다.

'마혼석등이 알 수 없는 힘을 발동한 것인가?'

그는 즉각 전신으로 핏빛 마기를 폭사해 무형지기를 떨치려했다. 하지만 그럴수록 무형지기에 실린 압력은 한층 거세졌다.

율악이 한껏 고무된 표정으로 외쳤다.

"천마성의 신물이여, 비로소 위대한 권능을 발휘할 때가 되었노라!"

그러자 마신의 형상을 한 빛이 투명한 화살처럼 바뀌더니 그대로 천공의 머리 쪽으로 쇄도해 들었다.

때마침 내상을 추스른 단희연이 날렵한 운신으로 천공 곁에 나타나 검격을 휘둘렀다. 하지만 예의 빛살은 그녀의 칼날에 아무런 영향도 받지 않은 채 천공의 이마로 흡수되었다.

"끄아아아악……!"

천공은 괴로운 비명을 내지르며 머리를 감싸 쥐었다.

"천 소협!"

기겁한 단희연은 즉시 지면을 박차고 율악에게로 돌진해 들었다.

"무슨 짓을 한 것이냐!"

일갈과 함께 전개된 고강한 검초, 유령분혼.

조소를 머금은 율악이 마주 붕탑악마태검을 시전 했다.

콰차앙!

그사이 천공은 가까스로 정신을 차려 양팔을 가슴 앞으로 모아 붙였다.

'으윽…… 뭔가 심상치 않다! 어서 심계로 들어 천마존의 상태를 확인해야 해!'

구오오오오오!

우렁찬 소리를 토하며 쏟아져 내리는 광대한 빛살. 그 빛살은 곧 수천 가닥으로 나뉘어 심계 가운데에 자리한 금빛 장막을 무차별적으로 강타했다.

꽈과과광, 꽈과과과광—!

연속된 폭성의 메아리가 심계를 울리는 가운데, 천마존이 어리둥절한 표정으로 나지막이 중얼거렸다.

"갑자기 이게 무슨……?"

혜가천도심법에 의해 일시적으로 교감을 차단당해 바깥 상황을 알지 못하니 당연히 그럴 수밖에.

그때였다.

찌적, 쩌저적, 쩍…….

미약한 파열음과 함께 결계의 표면에 균열이 일기 시작했다. 그것을 본 천마존은 등골을 훑는 전율에 몸을 떨었다.

'아니! 밀류봉령술이 깨지고 있다?'

쉴 새 없이 격렬한 기세로 쇄도하는 빛살들, 그로 인해 견고하기 짝이 없던 금빛 장막이 조금씩 부서지고 있는 것이었다.

쩌저저저, 쩌저저저저…….!

파열음이 한층 빠르고 강하게 들리자 결계의 표면이 자잘한 거미줄을 쳐 놓은 것처럼 갈라졌다. 그리곤 이내 콰장창! 하며 한쪽 귀퉁이가 가루로 화해 흩날렸다.

"뭐야, 설마 밀류봉령술의 효력이 다한 건가? 크하하하, 크하하하하! 이거 정말 뜻밖의 행운이군. 응……?"

천마존은 별안간 자신의 몸을 속박하고 있는 그물 같은 빛줄기가 느슨해진 듯한 느낌을 받았다.

"옳거니!"

그는 즉각 십성 수위에 도달한 내공을 운용했다.

츠츠츠츠츠…….

검은 물결이 넘실거리듯 체외로 번지는 마기의 아지랑이.

그사이 전방과 측방의 결계가 무참히 깨져 나가며 시야가 훤해졌다.

"후훗, 천공! 들리느냐? 애석하게도 본좌의 영혼은 다시금 자유를 찾았느니라!"

흥분한 외침과 동시에 흡사 교어의 이빨 같은 흑색 마기가 가닥가닥 일어나 몸을 칭칭 묶은 빛줄기를 모조리 썰어 분쇄해 버렸다.

인거천마결(引鋸天魔結).

십성 수위에 이르러 비로소 구사할 수 있게 된 천마신공 오대절기의 하나다.

천마존은 그걸로 성에 차지 않았는지 최대 공력의 천마흑풍살기까지 펼쳤다.

후우우우우우우웅─!

신형을 중심으로 생성된 거대한 흑색 돌풍이 조각조각 부서진 금빛 장막의 잔해를 흔적조차 남기지 않고 없애 버린 직후, 허공으로부터 사람 형상을 한 빛이 나타났다.

천마존은 흠칫하며 쌍안을 한껏 치떴다.

'저건…… 뭐지?'

뇌리로 의문이 깃든 찰나, 누군가의 전성이 귓전에 와 닿았다.

[교주! 제 목소리가 들리십니까?]

다름 아닌 허공에 있는 사람 형상을 한 빛이 보내는 전성이었다.

천마존도 즉각 전성으로 화답했다.

[넌 누구냐?]

그러자 사람 형상을 한 빛이 꿈틀꿈틀 움직여 한층 선명한 모습을 만들었다.

바로 율악의 모습이었다.

천마존은 믿을 수 없다는 듯 주먹을 꽉 움켰다.

[율악? 정말로 율악, 너인가?]

[그렇습니다. 어서 마혼석등이 보낸 인도의 빛과 접촉하십

시오. 그럼 그 육신을 벗어나실 수 있을 것입니다.]

[그게 무슨 뜻이냐?]

[요약하자면 교주의 혼을 마혼석등으로 옮겨 안전히 보관할 계획입니다.]

[아니, 마혼석등이 그러한 힘을 발휘한다고?]

[예. 그리하여 새로운 육신을 통해 교주께서 부활하실 수 있게끔 손을 쓰려고 합니다.]

[무어라? 새로운 육신……?]

[자조지종은 나중에 설명 드리겠습니다. 전 마혼석등을 이용해 목소리만 전할 수 있을 뿐 내부를 보진 못하니 서두르십시오.]

천마존은 잠깐 망설였다.

'크흠, 막상 천공의 육신을 떠나려니 아까운데…….'

세상 어디에도 이토록 어마어마한 하단전을 가진 인물을 찾긴 힘들 터. 하나 율악의 한마디가 그의 마음을 단번에 돌려세웠다.

[제가 마련해 놓은 육신을 차지하신다면 그 누구도 이루지 못했던 전설상의 경지 '탈마경(脫魔境)'에 도달하실 수 있을 것입니다.]

탈마경이란 마가 가지는 탁한 번뇌의 굴레를 벗고 가히 하늘의 선(仙)과 같은 경지에 이름을 뜻함이었다.

마이되 마가 아니며, 선이되 선이 아닌, 말인즉 천공이 이룬 마불의 이치와 일맥상통하는 그야말로 마류 극상의 영역이었다.

천마존의 입가에 환한 미소가 맺혔다.

'그래, 율악이 허튼소리를 할 인물은 아니지!'

마도 무림의 시조이자 최초로 극마경을 이룬 오마황이 저마다 이루고자 했지만 끝내 이루지 못했던 공부, 그것이 바로 탈마경이었다.

일설엔 오마황 중 혈마황이 유일하게 그 탈마경의 초입을 넘봤다고 하는데, 아직까지 확인된 바는 전무했다.

'크흐흣! 내가 탈마경을 이룬다면 이 땅추 새끼가 보유한 하단전도 더 이상 부럽지 않을 것이야!'

천마존은 신속히 용천혈로 내력을 모아 폭사시키며 율악의 형상을 하고 있는 빛을 향해 날아올랐다.

한데 그 순간.

허공의 한쪽이 열리더니, 환한 빛살을 타고 천공이 쾌속하게 떨어져 내렸다.

'이런! 밀류봉령술이 깨졌구나!'

천공은 낙하하는 상태로 혈마거령장을 쏘아 보냈다. 이에 천마존도 허공에 뜬 채로 흑마아형장을 발출했다.

퍼어어어엉!

폭죽이 터지듯 붉은 기파와 검은 기파가 드넓게 번지는 아래, 두 사람 신형이 차례로 바닥에 내려섰다.

천마존은 인상을 구기며 속으로 투덜댔다.

'망할 새끼! 하필이면 이때…….'

일 장 남짓한 거리를 두고 자리한 천공이 주먹을 꽉 움키며 말했다.

"마혼석등의 도움으로 밀류봉령술을 파훼한 모양이군."

"왜, 본좌의 얼굴을 다시 보니 반가우냐?"

"농담이라도 그런 말은 하지 마, 늙은 마귀."

천공은 그 말과 함께 심계의 허공에 머문 율악의 모습을 한 빛을 슬쩍 눈에 담았다.

"방금 전…… 뭘 하려던 거지?"

"크흐훗, 네놈은 짐작조차 할 수 없을 것이야."

"그렇다면 없애 버리는 수밖에!"

"뭣?"

천공의 우수가 대뜸 위로 내뻗쳤다.

혈음격창.

파아아아아아—

핏빛에 물든 창날 같은 경력이 그대로 길게 솟구쳐 마혼석 등의 빛을 노려 간다.

'안 돼!'

화들짝 놀란 천마존의 우권이 질세라 천마붕권을 뿜어 혈음 격창을 파쇄했다.

공력의 충돌로 심계가 진동하는 가운데, 천공의 두 다리가 내력을 싣고 움직였다.

파파파파파—!

쾌속한 혈해유영비에 맞서 천마존은 천마섬전비를 전개해 나아갔다. 그렇게 간극의 중앙에서 마주친 둘은 동시에 손속을 놀려 막대한 공력을 뿌렸다.

혈마단섬기와 마력원구장.

날카롭게 횡단하는 핏빛 경력과 구체로 화해 맹렬히 회전하며 쏘아진 장력이 격돌하자 우렁찬 폭음이 다시 한 번 심계를 떨쳐 울렸다.

천마존은 상체가 휘청 젖히며 십 보 이상 뒤로 밀려났다.

천공 역시 휘청걸음으로 오 보 남짓 후퇴했지만 곧 중심을 잡고서 쏜살처럼 나아갔다.

후우우우우웅!

풍성이 터졌을 때 천공은 이미 천마존 바로 앞에 이르러 있었다. 그렇게 천공의 쌍수가 합장을 하듯 손바닥을 마주하자 거대한 혈수가 발출돼 상대의 좌우를 압박했다.

어금니를 앙다문 천마존이 그에 맞서 인거천마결을 운용하자 톱날 같은 마기가 가닥가닥 솟아나 혈마라상지은현공을 막았다.

카가가가각—! 퍼퍼퍼펑, 퍼퍼퍼퍼펑!

연속된 굉음과 함께 한 쌍의 거대한 혈수는 조각조각 부서져 소멸했고, 충격을 받은 인거천마결도 안개처럼 사위로 흩날려 사라졌다.

묵직한 폭발력에 밀린 천마존은 재차 십 보 뒤로 미끄러지듯 후퇴하며 표정을 일그러트렸다.

'우욱……! 십성 공력으론 무리다!'

예전 천마신공 십이성으로도 이길 수 없었던 상대이니 당연했다.

오 보 가량을 후퇴한 천공이 두 손목을 가볍게 휘돌린 후 다시금 돌진하려는 찰나, 마혼석등의 빛이 갑자기 광대한 빛살을 마구 토했다.

쏴아아아아, 쏴아아아아아!

제 주인을 보호하기 위함이리라.

천공은 흠칫 놀라며 혈극방호경기로 몸을 방어했다.

그사이 천마존은 발바닥에 집중시킨 내력을 폭자결로 운용해 터뜨리며 허공으로 힘껏 뛰어올랐다.

사납게 쏟아져 내리는 빛살을 방어하던 천공의 두 눈이 그 광경을 놓치지 않았다.

'어딜!'

그는 혈극방호경기를 운용한 상태에서 좌수를 빠르게 놀려 혈마라상지은현공을 구사했다.

슈아아아아앗!

단숨에 공간을 격해 솟구치는 시뻘건 마수.

내공을 분산한 탓에 크기가 작았지만 천마존을 붙잡는 데엔 성공했다.

콰악!

예의 빛에 거의 근접한 천마존은 자신의 왼쪽 정강이를 움킨 혈수에 의해 혈맥이 들끓는 화끈한 통증을 느꼈다.

"끄으윽……!"

그는 비명을 흘림과 동시에 반사적으로 오른손을 힘껏 뻗어 빛을 어루만졌다. 그러자 가느다란 기류가 파생되어 뱀처럼 팔을 휘감아 묶었다.

"크윽…… 아직 견딜 만하다! 자, 어서 날 꺼내 가거라!"

외침에 감응한 빛이 한 차례 가벼운 떨림과 함께 흡자결의 내공을 발하듯 천마존의 영혼지체를 강하게 빨아들이기 시작했다. 한편 천공은 연속적으로 쇄도하는 빛살 때문에 시야가 어지러웠지만, 천마존의 다리와 연결된 혈마라상지은현공의 마력을 거두지 않았다.

'늙은 마귀를 새로 부활시키려는 것인가!'

마혼석등의 빛이 천마존의 영혼을 밖으로 데리고 나가려 한다는 사실을 직감한 그였다.

"놓칠 것 같으냐!"

"이익……! 놔! 어서 놔라, 이 빌어먹을 땡추 새끼!"

영혼지체를 사이에 둔 팽팽한 줄다리기. 덕분에 천마존이 받는 고통만 가중되었다.

"으아아아악……! 제기랄!"

천마존은 신경질적으로 좌수를 휘둘러 오대절기인 천겁마인을 전개했다.

슈아아아아앗!

손날의 동선을 따라 발출된 마기의 칼날이 천지를 가를 듯한 기세로 다리를 움킨 혈수의 긴 팔목 부위를 강타했다.

꽈우우우웅—!

굉음이 터지며 혈마라상지은현공이 크게 휘어졌다. 덩달아 천공의 신형도 앞뒤로 휘청댔다. 하지만 거기까지였다.

"크윽, 끈질긴 놈 같으니……."

천마존은 거듭 천겁마인을 뿌려 혈마라상지은현공을 가격했고, 그 충격에 의해 천공의 혈극방호경기에 빈틈이 생겼다.

파하앙, 펑, 퍼펑!

몇 차례의 따가운 파공음.

예의 빈틈을 비집고 든 빛살이 천공의 어깨와 가슴에 적중된 소리다.

금강불괴를 이룬 덕분에 외상과 내상은 피했으나 충격으로 인해 잠시간 몸의 균형을 잃고 말았다. 그 바람에 팽팽하던 줄다리기의 균형도 깨져 버렸다.

'이런……!'

천공의 눈빛이 작은 파문을 일으켰다.

마혼석등의 빛이 발하는 미증유의 흡입력을 감당할 수 없었던 것이다.

빛은 이내 천마존을 이끌고 심계 위쪽으로 빠르게 날아올랐다. 혈마라상지은현공을 통해 천마존과 연결된 천공의 신형 또한 허공으로 떠올라 격해 그 빛 쪽으로 이끌렸다.

'쉬이 나가게 두지 않겠어!'

천공은 즉각 혈마라상지은현공을 압축시켜 천마존에게로 바짝 따라붙었다. 그것을 본 천마존이 붉으락푸르락한 성난 얼굴로 고함쳤다.

"망할 새끼! 제발 좀 꺼져라!"

"누구 좋으라고!"

찰나지간, 두 사람은 전혀 예상하지 못한 상황을 맞이했다.

마혼석등의 빛이 폭발하듯 퍼져 둘의 영혼지체를 한꺼번에 감싼 것이다.

번쩍!

광파(光波)에 휩싸인 천공과 천마존은 돌연 전신이 투명하게 변하더니 한데 뒤엉켜 하나로 합체됐다.

　　　　　＊　　　　　＊　　　　　＊

　채채채챙, 채챙, 채채챙!

　단희연은 숨고를 새도 업이 유령난보와 연계한 맹렬한 검초를 연거푸 구사해 율악을 압박했다. 하나 천마교 제이인자인 율악을 제압하기란 쉽지 않은 일이었다.

　'칫! 역시 십대무신과 비견되는 마인답구나! 내상을 입고서도 저 정도로 칼을 놀릴 수 있다니…….'

　그녀는 악마검법의 견고함에 새삼 감탄했다.

　한편 율악은 슬며시 걱정이 일었다.

　'교주께서 나오실 때가 됐는데…….'

　그 걱정엔 자신의 내력 소모에 대한 것도 포함되었다.

　물론 여전히 우위를 점하고 있는 상태이긴 하나 단희연이 흑운이 발휘하는 이능을 등에 업고 있어 이대로 계속 시간을 끌게 되면 좋지 않은 결과를 초래할 수도 있으니까.

　단희연은 잠시 호흡을 고르고자 검초를 거두고 퇴보를 밟았다. 동시에 시선을 흘깃 돌려 저편에 가부좌를 틀고 있는 천공의 모습을 보았다.

　'분명 심계에서 모종의 일이 일어나고 있는 듯한데.'

　찰나지간 율악의 악령마검이 그 짧은 틈을 노려 위에서 아래로 쾌속한 예기를 내리그었다.

　쿠콰콰콰콰콰―!

　막강한 절기인 붕탑악마태검이 거리를 격해 쏟아지자 단희연도 곧장 유령분혼을 구사했다. 그렇게 두 검초가 맹렬히 맞부딪쳐 굉음을 터뜨린 순간, 천공의 뇌천으로부터 번쩍이는 광구(光球)가 뿜어져 나왔다.

충돌로 인한 반탄지력에 밀려 뒷걸음질 치던 단희연이 그것을 보고서 흠칫 놀랐다.

율악은 그 찰나의 틈을 놓치지 않았다.

악마밀보와 더불어 전개된 팔비악마충검.

순식간에 상대의 면전으로 육박한 잿빛 악귀가 여덟 개의 검을 휘둘러 전신의 요혈을 노리고 든다.

움찔한 단희연은 즉각 새로이 깨달은 검막을 구사했다.

까가가가강— 퍼버버버벙—!

따가운 금속성과 파공성이 터지고.

"으익!"

뾰족한 소리와 함께 단희연의 교구가 흔들리며 검막이 흐트러졌다. 좌측 허벅다리와 우측 어깨에 잿빛 악귀가 찌른 검이 쑤셔 박혔기 때문이다. 거의 동시에 허공에 있던 광구가 기이한 음향을 토하더니 둘로 나뉘어 하나는 율악의 허리에 걸린 마혼석등 쪽으로, 다른 하나는 천공의 정수리로 이끌리듯 흡수되었다.

[율악, 일단 계집을 떨쳐 내라!]

천마존의 또렷한 전성에 반색한 율악은 좌수로 일 장을 쏘아 단희연의 가슴팍을 강타했다.

퍼허엉!

충격을 받은 그녀는 일 장 뒤로 튕겨져 나가 괴로운 듯 상체를 숙였다.

[어서 흑운동으로 가자! 내가 안내하마!]

천마존의 외침에 율악이 의문을 표했다.

"흑선의 거처를 말씀하시는 것입니까? 그곳엔 왜……?"

[거기에 마경이 보관되어 있다! 육대마가 놈들이 찾고 있는 마계로부터 넘어온 일종의 보물이지. 자, 서둘러라!]

율악은 궁금증을 뒤로 한 채 즉각 신형을 날려 저편으로 사라졌다.

한 차례 각혈을 한 단희연이 이내 상체를 일으켜 세웠다.

'윽…… 통증이 여느 마기와 달라!'

그녀는 어깨와 다리의 상처를 번갈아 살피며 옥용을 일그러뜨렸다.

오대마맥 본존들의 마학은 저마다 속성이 다르다.

혈신마라공 같은 경우 상대의 기혈을 마구 들끓게 만들고, 천마신공은 패도적인 마기의 압력과 더불어 파괴력이 가히 일절이며, 빙백마공은 호칭 그대로 빙결의 묘용을 발휘한다.

율악이 계승한 악마황의 진전 악마기공(惡魔氣功)은 다름 아닌 상처를 부패시키는 속성을 가졌다.

물론 부패의 속도나 피해 정도는 일신의 공부에 따라 다른데, 예전 금부마가의 광무기나 월영마가의 백자개는 그런 악마기공의 속성을 감당하지 못했다.

하나 단희연은 달랐다.

세, 잠맥을 사 할 가까이 타통 한 절륜한 내공이 검상의 부패를 한껏 저지했으니까. 게다가 흑운까지 그에 도움을 주고 있었다.

여느 고수 같았으면 벌써 살이 썩어 들어가 죽음을 목전에 두었으리라.

그때 천공의 나지막한 신음이 단희연의 귓가에 와 닿았다.

"으음……."

그녀는 다친 몸을 이끌고 즉각 그 곁으로 향했다.

"천 소협, 괜찮아요?"

눈을 뜬 천공은 머리를 좌우로 흔들며 비로소 가부좌를 풀고 일어섰다. 그러다가 단희연이 검에 찔려 피를 흘리는 것을 보곤 화들짝 놀라 물었다.

"엇! 악마검신에게 당했습니까?"

"아, 네. 잠깐 허점을 노출하는 바람에…… 너무 걱정하지 말아요. 흑운 속에 머무는 이상, 시간이 흐르면 자연적으로 치유될 테니까. 그보다 심계에서 무슨 일이 있었던 거죠?"

"천마존의 영혼이 떠났습니다."

"네?"

"앞서 뜻하지 않은 영혼지체의 합일로 그의 머릿속에 있는 여러 가지 것들을 엿보았어요. 악마검신은 지금 천마존을 부활시킬 계획이에요."

"어머! 그럼 혹시 마혼석등이 모종의 작용을……?"

내공을 운용한 천공이 고개를 끄덕이며 일렀다.

"소저, 무리하지 말고 예서 운기요상을 행해 몸을 돌보도록 해요. 난 이대로 악마검신을 뒤쫓을게요."

"같이 가요! 윽……."

단희연이 욱신거리는 통증에 눈을 질끈 감은 찰나, 천공은 부리나케 혈해유영비를 펼쳐 저 멀리로 쏘아지듯 나아갔다.

33장.
고개를 드는 야심(野心)

[그렇지, 바로 저곳이다!]

천마존의 외침에 율악은 한층 운신 속도를 높여 멀지 않은 곳에 자리한 흑운동 입구 앞에 당도했다.

흑선은 현재 다른 동혈에 머물고 있는 상황. 덕분에 율악은 아무런 훼방도 받지 않은 채 통로를 지나쳐 광장처럼 널따란 공간으로 발을 들였다. 그리곤 천마존의 명에 따라 벽면에 박혀 있는 마경을 떼어 품에 갈무리했다.

[됐다! 크흐흐. 마가의 개들아, 기다려라. 본좌가 기절초풍하게 만들어 줄 테니까.]

"교주, 앞서 그 청년의 정체는 무엇입니까? 나이를 초월한, 더없이 고강한 마공을 지녔던데……."

[혈마황의 진전을 이은 녀석이다.]

율악이 뜻밖의 소리에 놀라 눈을 휘둥그렇게 떴다

"예? 그렇다면 혈신마라공을······?"

[그렇다. 또한 소림사가 비밀리에 육성한 희대의 무재이기도 하지.]

"소, 소림사? 그게 무슨 말씀입니까?"

[후훗, 설명하자면 길다. 자, 놈이 추격해 올 것이니 우선 이곳을 떠나도록 하자.]

천마존의 명에 율악은 의문을 접고 흑운동 밖으로 나오자마자 극성의 경공술을 운용해 자취를 감췄다.

그로부터 얼마 후.

한 줄기 풍성과 함께 천공이 흑운동 앞에 나타났다. 그는 주위를 둘러보다가 곧장 흑운동 내부로 향했고, 마경이 없어졌음을 알게 됐다.

'한발 늦었어! 한데······ 마경을 훔쳐 가다니, 그 늙은 마귀가 대관절 무슨 꿍꿍이속이지?'

밖으로 나온 그는 일대를 부지런히 돌며 탐색을 벌였지만 끝내 율악의 종적을 파악할 수 없었다.

아쉬움과 답답함을 대변하듯 입술을 비집고 새어 나오는 긴 한숨 소리.

바로 그때, 자욱한 흑운과 무성한 수풀을 헤치고 다가드는 날렵한 기척 하나가 감지됐다.

천공은 즉각 싸울 태세를 취하다가 이내 전신의 힘을 풀었다. 눈앞에 등장한 기척의 주인 다름 아닌 손묘정이었다.

"천공 스님, 어서 사부님께 가 보세요."

그렇게 말하는 손명의 안색은 다소 무거워 보였다.

"예? 지금 당장 말입니까?"

"그래요."

"하루이틀 더 기다려야 한다더니, 갑자기 왜……?"

"아무래도 세 번째 안배를 취할 시기가 앞당겨진 것 같아요."

"……!"

*   *   *

촉루혈문 내부의 한 웅장한 전각의 집무실.

백골검종사 은가야는 탁자에 놓인 찻잔을 어루만지며 의미심장한 눈빛으로 물었다.

"……그래서 구파와 칠가는 중원 서쪽 변경으로 전력을 편성해 보냈습니까?"

현허진인이 소성으로 화답했다.

"허헛. 은작단을 통해 이미 알고 계시지 않습니까?"

은가야가 마주 미소를 지으며 고개를 가로저었다.

"은작단이 제아무리 유능하다고 해도 개방처럼 인원이 남아도는 단체가 아니잖습니까."

바로 옆에 앉은 순우솔이 그의 말을 거들었다.

"나 또한 요화문을 통해 여러 가지 정보를 입수한 바이나, 정파의 세부적인 움직임까진 모르오. 예까지 온 마당에 굳이 말을 아낄 필요가 있소?"

현허진인 잠깐 무언가 생각하나 싶더니 은가야를 향해 입을 뗐다.

"개방주와 신기제갈세가주가 세운 작전에 따라 일차 선발대가 곤륜파로 집결하고 있는 중입니다. 그리고 겨울이 지나기 전 감숙, 사천, 운남 지역에 추가적으로 공동 전력을 파견할 계획이지요."

고개를 끄덕거린 은가야가 의미심장한 눈빛을 흘렸다.

"육대마가의 노림수가 무엇인지 정확히 알진 못하나…… 우리 역시도 지난 세월을 넋 놓고 보내진 않았지요. 안 그렇소이까? 순우 문주."

"후후훗. 지당한 말씀이외다."

직후 은가야가 목소리에 힘을 주어 선언했다.

"본문은 구파와 칠가의 뜻에 적극 응할 것입니다. 대승적 견지에서 서로 손을 맞잡고 마도의 무리가 함부로 설치지 못하도록 힘쓰십시다."

순우솔도 어깨를 으쓱거리며 동참 의사를 밝혔다.

"촉루혈문의 뜻이 그렇다면 본문 역시 그 길을 함께 걸으리다. 참고로 본문을 제외한 나머지 사문의 뜻도 별반 다르지 않으리라 생각되오. 뭐, 촉루혈문이 정식 공문을 보내면 눈치를 살피다가 차례차례 힘을 보태지 않겠소? 아무튼 간만에 새외 마인들 상대로 몸 좀 풀 수 있겠구려."

현허진인은 별다른 논쟁 없이 일이 해결되자 너무나도 기뻤다. 또한 정파와 사파의 관계를 떠나 강호의 안위를 먼저 생각해 큰 결단을 내려 준 은가야의 품성에 새삼 감탄해 마지않았다.

촉루혈문이 이대로 전면에 나서면 귀주, 호남, 강서 지역의 사파 세력도 자연히 그 뜻에 응할 것임이 분명했다. 게다가 흑도오문인 흠도문까지 가세했으니 향후 엄청난 파급을 몰고 올 것이었다.

"은 문주, 참으로 고맙습니다."

"별말씀을……."

그때 순우솔이 한 가지 조건을 달았다.

"다른 건 몰라도 최종 결정권은 양측이 나눠 가짐이 마땅하오. 그래야 이쪽도 큰 반발이 없을 터이니……. 말인즉슨 각 진영을 대표하는 두 명의 맹주로 운영되어야 한다는 뜻이외다."

현허진인은 흔쾌히 그 요구를 받아들였다.

"물론이오. 처음부터 그럴 생각이었소. 삼백여 년 전의 그때처럼……."

만족한다는 듯 입꼬리를 씰룩 올린 순우솔이 고개를 돌려 은가야를 보았다.

"은 문주, 아마도 만장일치로 그대가 될 듯싶소만."

은가야는 점잖게 미소를 보인 후 현허진인을 향해 말했다.

"참, 얼마 전 귀검성의 십대고수 조식이 본문을 다녀갔습니다. 그를 통해 구 성주의 요언을 전해 들었는데, 정파의 움직임에 대한 거부감과 적대감이 상당했습니다. 게다가 육대마가에 대한 일은 한낱 유언비어로 치부하는 듯한 느낌을 받았습니다."

그러자 순우솔이 피식 웃었다.

"풋, 천하의 소림 방장마저 설득에 실패해 걸음을 돌렸으니 말 다한 것 아니겠소. 본문에도 십대고수 중 한 명을 보냈더이다. 정파의 술수에 놀아나지 말라며……. 솔직히 신검귀의 마음을 돌리는 건 어려울 것이라 생각되오."

가만히 듣고 있던 현허진인이 안타까운 표정을 짓자 은가야가 곧바로 말했다.

"무당 장문께선 너무 심려치 마십시오. 본문의 입장을 정리해 공표하는 즉시 구 성주에게 맹 합류를 거듭 촉구해 보겠습니다."

"예, 수고스럽더라도 친히 그렇게 해 주신다면 우리로선 더할 나위가 없을 것입니다."

일행의 대화는 그로부터 반 시진 가까이 더 이어지고 나서야 끝이 났다.

은가야는 하룻밤 묵고 갈 것을 제안했지만, 현허진인은 극구 사양하며 유도행을 데리고 떠났다.

순우솔은 싸늘히 식어 버린 차를 후루룩 마신 후 싸늘한 소성을 내뱉었다.

"후훗. 어리석은 정파 놈들 같으니……. 알아서 범의 아가리 속으로 드는구나. 은 문주, 다음 계획은 무엇이오?"

은가야가 턱수염을 쓰다듬으며 조용히 일렀다.

"귀검성을 철저히 고립시켜 제 발로 미쳐 날뛰게 만드는 것, 그리고 그것을 통해 소림사를 위시한 정파로부터 확실한 신뢰를 얻어 내려고 한다."

마치 다른 사람인 양 돌변한 언사.

앞서 예를 갖추던 태도는 온데간데없었다.

"호오! 귀검성을 은근슬쩍 차지해 버린 월영마가의 개를 이용할 것이라…… 꽤 재미있을 것 같구려. 한데 그러자면 어느 쪽이든 반드시 피를 봐야 할 텐데, 그마저도 감수하겠단 뜻이오?"

"피로써 원적의 마음을 취할 수 있다면 얼마든지."

그 말에 순우솔이 고개를 젖히며 너털웃음을 터뜨렸다.

"하하하, 하하하하! 시원시원해서 좋구려. 아무튼 한 배를 탄 이상은 문주를 전적으로 믿고 따를 터이니, 최소한의 손실로 최대한의 성과를 거둘 수 있게끔 작전을 짜 주시오. 하기야 '그들'이 암암리에 우릴 돕고 있으니 달리 걱정은 안 되지만……."

"자세한 일정은 추후 따로 사람을 보내 전달할 터이니, 그 때까지 도처에 깔린 개방의 눈과 귀를 조심토록 하라."

"알겠소이다."

*　　　　*　　　　*

천공이 동혈 안으로 발을 들이자 작은 모닥불을 밝힌 채 바닥에 자리한 해오담이 잔잔한 미소를 띠며 맞이했다.

"왔는가."

"예, 그런데 실은……."

"알고 있네. 천마존의 영혼이 자네 육신을 떠났지?"

"아……! 천리신안을 통해 파악하신 것입니까?"

"그렇다네, 우웨엑!"

돌연 피를 토한 해오담이 괴로운 얼굴로 굼벵이처럼 몸을 웅크렸다.

질겁한 천공은 즉각 그의 곁으로 가 어깨를 감싸 쥐었다.

"이런, 또 천형이 엄습을……! 괜찮으십니까?"

"크으음…… 괘, 괜찮네. 그만…… 자리에 앉게."

말은 그렇게 하지만 얼굴은 전혀 괜찮은 표정이 아니다.

천공이 안타까운 눈빛을 머금은 가운데, 가쁜 호흡을 고른 해오담이 이내 평온한 표정을 되찾고서 자세를 똑바로 갖췄다. 그리곤 엄숙한 음성을 흘려보냈다.

"내 몸이 조금 더 버텨 주리라 여겼는데…… 이번 천리신안 운용을 통해 상태가 더 악화되고 말았어. 후우, 이젠 진짜 내 일조차 기약하기 힘들게 되었구먼."

하루나 이틀 정도 더 걸린다던 일이 앞당겨 끝난 것도 그 때문인 듯싶었다.

"하나 중요한 천기를 읽어 내는 데엔 성공했네. 특히 전마신의 운명을 상징하는 이마성이 가장 환한 빛을 발하게 될 날짜와 장소까지도 비로소 파악할 수 있었지."

"오늘 벌어진 일도 예견을 하셨습니까?"

"음, 정확히 닷새 전에 읽은 천기의 내용이 그랬다네. 천마성의 성운이 새로운 몸을 찾아 부유할 것이며, 또 그로 인해 불마성의 성운이 영향을 받게 될 것이라고……. 그 때문에 초조한 마음이 들어 다소 무리를 했어. 몸이 급격히 나빠진 것도 바로 그 이유일세."

천공은 침중한 낯빛으로 고개만 끄덕일 뿐 아무런 대꾸도 하지 않았다. 결코 자신의 잘못이 아님에도 왠지 모를 미안함을 느낀 까닭이었다. 그러다가 오늘 있었던 일을 차례로 설명해 주었다.

이야기를 들으며 연신 고개를 끄덕인 해오담이 이윽고 입을 열었다.

"허어, 일시적인 영혼의 일합을 이루었다니……. 그것이 장차 불마성과 천마성, 그리고 이마성의 성운에 어떠한 변수로 작용을 할지 자못 궁금하구먼."

"저도 그렇고, 천마존도 그렇고…… 그 괴현상으로 인해 각자의 심념을 공유하게 되었습니다. 예를 들면 지난 삶의 기억이나 천마신공의 운용 구결과 같은 것들 말입니다."

"흥미로워, 참으로 흥미로워."

그렇게 중얼거리던 해오담이 말을 이었다.

"악마검신이 마경을 훔쳐 달아난 것은 분명 천마존의 의지일 터."

"영혼지체가 분리된 뒤의 일이라 그 속내가 무엇인지는 저도 알 길이 없습니다. 어쨌든 마경을 가지고 무언가 일을 꾸미려는 것만은 분명합니다. 그런데 천마존은 어떻게 밀류봉령술에 갇히고도 공력을 십성 수위까지 회복한 것일까요?"

"자네의 신체가 방패막이 된 것일세."

"예?"

"즉, 혜가선도심법의 불력이 의도치 않게 흑운의 이능으로부터 천마존의 영혼을 보호한 것이야. 물론 결과에 따른 짐작에 불과하지만 십중팔구 틀림없으리라고 보네."

"그런……."

"아무튼 자넨 차후 천마존과 다시 조우하게 될 것이야."

"천리신안을 통해 그것까지 읽으셨습니까?"

"육대마가에서 두 마선이 잠든 곳으로 향하면 천마존이 가지고 간 마경도 틀림없이 반응을 보일 것이네. 그러면 아마도 그곳에서 서로 만나게 될 듯싶구먼. 바로 어젯밤, 이마성이 부활의 빛을 발하는 때에 천마성과 불마성도 함께하게 되리란 계시를 받았으니까. 그 운명의 장소는 바로 새외와 인접한 감숙 지역 북단의 명사산(鳴沙山)일세."

명사산.

패검마선 작외겸과 섬륜마선 공야징이 잠들어 있는 곳.

천공이 두 주먹을 불끈 쥐었다.

"마침내 장소를 알게 됐으니, 천기를 누설하신 그 노력이 물거품이 되지 않게끔 제 반드시 그들을 저지해 보이겠습니다! 그리고 천마존도……."

"비록 천마성의 성운이 변수로 화하는 바람에 천의에 의한 길흉과 화복이 향후 어떤 식으로 펼쳐질 것인지 가늠하긴 힘드네. 하지만 제세의 무용을 떨칠 자네의 천명, 불마성의 성운은 여전히 찬란한 빛을 발하고 있어. 그러니 용기를 잃지 말고 정진토록 하게."

"예. 어차피 하늘은 큰길로 가는 방향만 제시할 뿐, 나머지는 제 의지와 노력에 달렸으니까요."

일순 해오담의 눈빛이 일변했다.

"내가 시일을 앞당겨 천리신안 운용을 끝낸 것은 세 번째 안배를 베풀기 위함이라네."

천공은 조용히 고개를 끄덕거렸다. 기실 손묘정을 통해 부름을 받았을 때부터 직감한 터였다.

해오담이 두 눈을 지그시 감으며 말을 이었다.

"자네가 안배를 취하고 나면 난 더 이상 산사람이 아닐 것이야."

그 말에 천공이 화들짝 놀랐다.

"그, 그게 무슨 말씀입니까?"

"세 번째 안배란 다름 아닌 개정대법일세."

"아……!"

"내가 가진 내공과 진원진기를 전수하게 되면 당금 하늘 아래 자네를 막을 수 있는 무인은 전무하리라고 보네. 잘 알다시피 개정대법은 엄청난 고통을 수반하니 부디 정신을 똑바로 차리게."

"하, 하오나……."

"허헛, 괜찮네. 처음부터 이럴 계획이었으니까. 다만 시기가 조금 앞당겨졌을 따름이지."

오늘 일로 천마존이 일련의 천운에 변수가 될 존재임이 확인됐으니, 이쪽도 세 번째 안배를 미리 베풀어 일종의 변수를 두어야 한다는 의미였다.

천공은 천 근 바위를 인 듯 가슴이 무거웠다. 그러나 해오담의 뜻을 차마 거부할 수는 없었다.

해오담이 물었다.

"강기 구사는 현재 어느 정도까지 진척되었나?"

"아직까지 초입에 머물고 있습니다. 힘껏 내뿜을 수 있는 강기의 길이가 고작 서너 치에 불과하니까요."

천공은 만족스럽지 않다는 듯 말했지만 해오담은 오히려 감탄했다.

"허어, 정말 대단하구먼. 다른 무인들 같으면 운용의 묘리조차 제대로 파악하지 못했을 텐데. 아무튼 걱정하지 않아도 될 듯싶네. 자네의 재능과 시간이 능히 해결해 줄 것이야. 그럼 은형천섬비는?"

"그것도 매한가지입니다. 아니, 강기보다 성취가 더딥니다. 아무래도 방술의 요체를 근간으로 하는 기예라……. 그래도 운용법은 확실히 깨우쳤습니다."

"과연 제세지재로다. 그 역시 따로 걱정할 필요가 없을 것 같군, 어허헛."

소성을 발한 해오담은 자리에서 일어났다.

"가부좌를……."

그 말에 천공은 즉각 운기조식을 취할 때처럼 기맥을 정돈해 자세를 고쳤다.

해오담이 그의 등 뒤로 조용히 다가서며 일렀다.

"이런 내 행위가 강호의 안위를 지키고 대의를 세움에 조금이나마 보탬이 된다면 죽어서도 기쁠 것이야."

한때 흑의마선이라 불리며 천하를 피로 씻어 내렸던 해오담이나 지금은 천하에 둘도 없는 의인이었다.

천공은 그런 인물이 죽음을 앞두고 있다고 생각하니 너무나 안타까웠다. 하지만 내색하지 않고 마음을 다잡았다.

"저승으로 가 과거의 죄업에 대한 벌을 달게 받으며 끊임없이 속죄할 것이니, 자넨 부디 저 패악한 마도로부터 세상을 구하게나."

그렇게 해오담이 내뻗은 두 손이 천공의 등에 밀착되었고, 곧이어 광대한 빛살이 온몸을 휘감기 시작했다.

고오오오오오—

＊　　　＊　　　＊

온 사방에 어둠이 짙게 깔린 가운데, 율악은 한 풀숲에 이르러 신형을 멈춰 세웠다. 쉬지 않고 경공술을 전개한 탓에 지쳐 보였지만 초일류 마인답게 신속히 숨기를 골라 예의 평온한 호흡을 되찾았다.

그는 이내 마혼석등을 바닥에 놓은 후 예를 갖췄다.

"교주, 이젠 안심하셔도 될 듯싶습니다."

[참으로 감개무량하구나, 율악. 네가 이렇듯 살아 돌아오리라곤 예상조차 못했느니라.]

"저 역시 본교와 교주께 변고가 생겼을 줄은 꿈에도 몰랐습니다. 생존자 하나 없이 폐허가 되어 버린 본교를 봤을 땐 눈앞이 막막하고 더없이 참담했지요. 하나 다행히 비밀지단이 건재해 이렇듯 교주를 다시 뵙게 되었으니……."

천마존이 대뜸 말꼬리를 잘랐다.

[무어라! 비밀지단? 그들이 무사하단 말이냐?]

"예, 교주. 그들 덕분에 육대마가로부터 마혼석등을 탈취할 수 있었습니다."

[크하하하하, 크하하하하하핫……!]

굉소를 발하던 천마존이 이내 말했다.

[율악, 우선 본좌가 그간에 겪은 일을 알려 주도록 하마. 운기를 통해 뇌천의 혈을 활짝 열어라.]

율악은 얼른 명을 따라 뇌천의 혈을 개방하자 마혼석등에서 한 줄기 빛이 뿜어져 그의 머리를 감쌌다. 직후 놀라운 현상이 일어났다.

천마존의 설명과 더불어 그의 기억 속에 있는 장면들이 율악의 머릿속에 그림첩처럼 차례로 펼쳐진 것이다.

한 식경쯤 지났을까, 마혼석등은 예의 빛을 거둬들였고 율악은 그동안 어떠한 일들이 있었는지 모조리 알게 되었다.

"항마조라……."

읊조리듯 중얼거리는 율악의 음성에 천마존이 보이지 않는 입술로 미소를 그렸다.

[훗, 네가 있었더라도 결과는 똑같았을 것이야. 당시 항마신승 개개인의 무위는 십대무신에 필적하는 수준이었으니까.]

"충격적이군요. 과연 소림사의 저력이란……. 불력의 심법과 마력의 무공을 합일하리라고 어느 누가 짐작이나 했겠습니까. 게다가 전마신의 마경, 천외삼마선과 관련한 비사도 놀랍기 짝이 없습니다."

율악은 그 말과 함께 자신의 사연을 털어 놓기 시작했다.

"저는 원정대를 이끌고 몽고에 도착해 사막과 초원을 누비며 그곳에 자리한 군소 마도 세력을 하나둘씩 제압해 나갔습니다. 그렇게 한 일 년쯤 지나니 완전히 평정이 되더군요. 한데 기를 쓰고 저항하는 세력 하나가 있었습니다. 그들은 끝내 보금자리를 버리고 북방으로 도주했고, 저흰 괘씸한 마음에 곧바로 추격을 했습니다."

[몽고 북쪽의 거대한 산맥을 넘은 것이냐?]

"예, 저흰 그들 행적을 뒤쫓아 그 산맥을 넘고, 암벽 가득한 협곡을 지나 마침내 바다처럼 드넓은 얼음 호수가 있는 곳까지 이르렀습니다. 그러던 어느 날 전력을 정비하고 야숙할 장소를 물색하던 중 그만 뜻밖의 함정에 빠지고 말았습니다."

[함정?]

"그렇습니다, 원대(元代)에 전쟁을 위해 제작된 것으로 짐작되는 기관 장치였습니다. 시대의 흐름에 따라 자연스레 잊히고 버려진 함정이었지요. 아무튼 그 기관 장치에 의해 저흰 모조리 지하 뇌옥에 갇혀 버렸습니다. 어찌나 견고한지 무력으로 뚫고 나오기란 무리였습니다."

[흠, 그래서 우리가 찾지 못했던 것이로군.]

"전 그곳에 갇혀 무려 삼 년 이상을 보냈습니다. 말 그대로 지옥이나 다름 아니었지요."

지하 뇌옥에 갇힌 율악과 교도들은 식량 부족으로 곧 위기를 맞았다.

아사(餓死)하는 자가 속출하자 교도들은 생존 본능에 이끌려 서로를 잡아먹으려 들었다. 차마 그 꼴을 볼 수 없었던 율악은 몸소 교도들을 전부 죽여 버렸다. 그리고 그 자신은 독방에 들어 귀식잠매마술(龜息潛寐魔術)을 시전 했다.

귀식잠매마술은 호흡을 한없이 느리게 만들고 체내 장기의 움직임을 조절해 기나긴 잠에 빠지는 악마맥 고유의 절학이었다. 내공 성취에 따라 아무것도 먹지 않은 채 최소 육 개월에서 최대 사오 년까지 목숨 유지가 가능한, 일종의 고절한 마도 방술이라 할 수 있었다.

율악의 육신은 목내이처럼 앙상하게 말라 갔고, 그렇게 귀식잠매마술의 효력의 거의 한계에 도달했을 때 뜻밖의 행운을 맞이했다.

그것은 다름 아닌 북리야향의 등장이었다.

과거 구파에 의한 굴욕적인 조약을 무력화시키고자 절치부심의 한을 품고서 빙마맥의 절기를 완벽히 터득한 북리야향은 본격적으로 세를 확장하는 과정에서 그 지하 뇌옥을 발견했고, 독방에 잠들어 있던 율악을 꺼내 보살펴 준 것이었다.

[일이 또 그리 된 것이었군. 후훗, 천우신조로다.]

"빙정마후의 배려로 빙마신궁에 머물며 몸을 원상회복한 저는 곧바로 그녀와 동맹을 맺었습니다. 그때까진 모든 것이 순조로웠지요. 한데 기쁜 마음으로 귀환하고 보니 총단이 괴멸해 버린 게 아니겠습니까."

[그러다가 비밀 지단의 교도들과 조우했는가.]

"예. 일련의 상황과 교주께서 이야기하신 것을 종합해 추측하건대, 항마조는 총단으로 진격하며 여러 지단을 섬멸하는 과정에서 비밀 지단의 존재를 모르고 있었음이 분명합니다. 안 그랬다면 비밀 지단도 무사하지 못했을 테지요."

율악은 그 이후의 일까지 상세히 설명한 다음 마혼석등의 신비로운 능력에 대해 말했다.

"전 북해에 머무는 동안 마혼석등의 새로운 묘용에 대해 깨닫게 되었습니다."

[심히 궁금하구나. 어서 말해 보라.]

"기억나십니까? 천우마용사(天宇魔勇士)란 별호……."

[천우마용사? 서, 설마……!]

"그 '설마'가 맞습니다. 바로 북해에 천우마용사의 육신이 온전한 상태로 빙벽 속에 갇혀 보관되어 있습니다."

천마존은 경악을 금치 못했다.

방금 율악이 언급한 천우마용사는 바로 초대 교주 천마대종사 혁비의 둘째 제자로, 그 사형인 대제자 천마태자(天魔太子)가 교주 자리에 올랐을 때, 항명을 했다가 추방을 당한 비운의 인물이었다.

[천우마용사의 육신이 어떻게 북해에 있는 게지?]

"빙마신궁에 그때의 기록이 고스란히 남아 있었습니다. 그는……."

천우마용사는 재기를 꿈꿨다.

다른 곳에 정착해 세력을 키운 다음 교주의 자리를 자신이 빼앗을 심산이었다.

그래서 천마교의 눈과 귀가 닿기 힘든 북쪽 이역으로 향했고, 자신을 따르는 무리와 함께 마침내 북해로 발을 들였던 것이다.

하나 그곳은 애초부터 빙마신궁의 영역이었다. 때문에 당시 궁주이던 빙류신마(氷流神魔)는 함부로 세력을 불려 설치는 천우마용사를 용납할 수 없었다.

천우마용사가 경고를 무시한 채 나날이 힘을 키우자 빙류신마는 결국 정예 전력을 동원해 큰 싸움을 벌였다. 그 과정에서 천우마용사가 실수로 빙마신궁조차 접근을 꺼리는 천험한 자연의 빙벽 결계에 갇히며 사태는 마무리되었고, 빙류신마는 그곳을 절대 금지로 선포했다.

[그럼 천우마용사는 그 속에서 얼어 죽은 것인가?]

"정신은 죽었지요. 하나 빙벽 결계로 인해 육신은 아무런 손상을 입지 않았습니다. 그러니 교주께서 그 몸을 차지하신다면 능히……."

[가만, 가만. 이거 정말 흥미롭군. 알다시피 난 이미 역천이 혼술을 쓸 수 없는 신세……. 하지만 마혼석등을 통해 역천이 혼술과 같은 묘용을 발휘하는 게 가능하다, 그런 뜻이렷다?]

"천우마용사가 지녔던 책자에 그와 관련한 방법이 상세히 나와 있습니다. 당시 천우마용사는 빙마신궁과 격전을 치르다가 그 책자를 소실했는데, 그것을 입수한 사람이 바로 궁주인 빙류신마였지요."

[옳아, 그 책자를 네가 건네받은 것이군. 다름 아닌 동맹의 증표로……. 내 말이 맞나?]

"맞습니다. 천우마용사는 과거 초대 교주께서도 극찬하셨을 만큼 천마신공 습득에 최적화된 아주 특별한 신체를 보유했습니다. 흔히 천마흡공지체(天魔吸功之體)라 부르지요. 그러니 탈마경도 결코 불가능한 이야기가 아닐 것입니다."

[한데…… 천우마용사의 몸을 빙벽 결계로부터 어떻게 꺼내지?]

"저와 빙정마후가 합심해 이미 빼냈습니다. 기실 공력 대부분을 소진했을 정도로 꽤 힘든 작업이었지요. 현재 빙마신궁의 신물인 마빙관(魔氷棺)에 넣어 보관 중인데, 비밀 지단에 당도하는 즉시 빙정마후에게 기별을 보내 운반해 오도록 하겠습니다."

[드디어 본교를 다시 화려하게 일으켜 세울 기반이 마련되었도다! 크하하하, 크하하하하!]

그런 천마존의 굉소에 마혼석등도 덩달아 자잘한 떨림을 발했다.

＊　　　　＊　　　　＊

호북성 흥산(興山)의 남서쪽 외곽에 위치한 작은 마을.

예로부터 승냥이 떼가 많이 발견돼 시랑촌(豺狼村)이라 불리는 이곳에도 밤은 어김없이 찾아들었다.

촌락 어귀에 위치한 청산객잔(靑山客棧)은 현재 창가로 환한 불빛만 새어 나올 뿐 그 안은 몹시 조용했다.

여느 때 같으면 일과를 끝낸 손들로 복작댈 시간이나 오늘따라 모두 꼭꼭 숨기라도 한 듯 코빼기조차 보이지 않았다. 그 대신 다양한 복색을 갖춘 무인 열두 명이 그 자리를 차지하고 있었다.

밤늦은 시간에 회동한 십이 인(十二人)의 면모는 꽤나 흥미로웠다. 저마다 전국적인 무명을 떨치는 사파 무림의 고수들인 까닭이었다.

네모난 식탁 세 개를 두고 자리를 나눠 앉은 그들은 일절 오가는 말이 없었다.

그렇게 제법 긴 시간 동안 침묵이 흐르던 어느 순간, 호피를 두른 사십대 중반의 말총머리 거한이 문득 노성을 토했다.

"이 망할 늙은이는 벌써 치매가 왔나, 왜 이리 늦어! 짜증나게…… 큼!"

만인적창호(萬人敵槍虎) 태무한(兌無限).

사천팔무절의 일인으로 일신의 용력이 만 명을 감당할 정도라는 창술의 대가였다. 또한 호왕부(虎王府)란 세력의 수장이기도 했다.

그때, 맞은편 자리에 동년배로 보이는 회의(灰衣) 사내가 냉랭히 대꾸했다.

"어이, 응하기 싫거든 그냥 가도 돼. 말릴 사람은 아무도 없으니까."

얄브스름한 눈매와 염소수염이 특징인 그는 사파 내 수위에 꼽히는 낭인 검수 괴외(怪巍)로 칼을 휘두르는 소리가 흡사 소의 울음 같다고 하여 우곡검자(牛哭劍子)라 불렸다.

비록 사천팔무절 반열은 아니지만 요 몇 년 새의 활약으로 이름값이 높아 여기저기서 회유와 포섭의 손길이 끊이지 않는 인물이었다.

세간엔 촉루혈문 가입이 유력시하다는 풍문이 돌고 있는데,

본인은 아직까지 뚜렷한 의사를 밝히지 않은 상태였다.

"어이, 어쭙잖은 떠돌이 검객. 함부로 이죽거리다간 모가지가 꿰뚫리는 수가 있어."

태무한의 우수가 등에 걸린 장창(長槍)으로 향하자 괴외의 눈썹이 꿈틀 올라갔다.

"그런 거추장스러운 긴 창으로 나무 기둥이나 제대로 뚫을 수 있을까?"

"크흐흣. 네놈이 나무 기둥이 되어 준다면 내 기꺼이 솜씨를 발휘해 보지."

"하! 몇 해 전 노쇠한 도사 따위를 상대로 오십 합도 넘기지 못한 그 실력 가지고 뭘 어쩐다고?"

노쇠한 도사란 다름 아닌 무당파 장문인 현허진인을 뜻함이었다.

"뚫린 주둥이라고……!"

발끈한 태무한이 긴 창 자루를 거머쥐기가 무섭게 정면을 노려 내질렀다.

후우우웅.

육중한 풍압을 일으키는 창극.

동시에 괴외의 검도 기이한 검명을 발하며 횡으로 궤적을 그었다.

쩌어엉—!

창극과 검날이 몸을 섞자 고요하던 장내에 쇳소리가 요란하게 울려 퍼졌다.

일순 괴외는 손목을 휘감는 쩌릿한 충격에 눈살을 찌푸렸다.

하마터면 저도 모르게 신음까지 흘릴 뻔했다.

"이대로 꼬치처럼 꿰어 죽여 주마!"

태무한이 울툭불툭한 양팔에 힘을 주자 병기가 맞닿은 지점으로부터 키기긱! 불똥이 일었다.

사천팔무절에 거저 오른 것이 아님을 증명하는 듯한 괴력에 괴외의 신형이 조금씩 뒤로 밀리기 시작했다.

'윽! 엄청난 힘……'

하나 곧 검신에 내공을 한껏 실어 장창을 밀어제치자 상대의 바위 같은 몸집이 반 보 후퇴했다.

"호오, 제법이군."

입아귀를 씰룩인 태무한이 잼처 창을 휘두르려는 찰나, 오른편의 이십대 사내와 왼편의 사십대 여인이 신형을 일으키며 손을 놀렸다.

츄츄츄! 스아악—!

공기를 가르는 두 줄기 예리한 음향.

버들잎 같은 연검(軟劍)과 땅딸막한 반월도(半月刀)가 각각 태무한의 옆구리와 팔꿈치 가까이에서 우뚝 멈췄다.

덩달아 태무한의 동작도 정지됐다.

"두 분 다 그쯤 하시지요. 서로 힘자랑이나 하자고 모인 자리가 아니잖습니까."

차분한 음성을 발한 청년은 사천성의 신흥 세력 은검보(銀劍堡)의 젊은 보주 세류신검(細柳神劍) 선우독래(鮮于督來)로 장차 사천팔무절의 한 자리를 넘볼 만한 고수로 성장하리라 평가받는 무재였다.

그리고 반대편의 반월도를 든 중년 여인은 유명한 도객이자 대봉방(大鳳幇)의 방주인 장담도봉(壯膽刀鳳) 홍가멱(洪可冪)이었다.

홍가멱이 싸늘한 눈빛으로 입을 뗐다.

"제아무리 팔무절의 강자라지만 홀로 여럿을 감당하긴 버거울 텐데?"

고갤 돌린 태무한은 그녀를 향해 방소했다.

"카하하핫! 이것들 진짜 건방이 하늘을 찌르는구먼! 가만있자, 설마 괴외를 포섭하고 싶어서 아양을 부리는 건 아니겠지?"

정색한 홍가멱이 꾸짖듯 외쳤다.

"망발도 정도껏 하시지! 네 감히……. 난 그저 회동의 주관자가 오기 전까지 쓸데없는 분란이 생김을 미연에 방지코자 함일 뿐이다!"

"흔히 있는 칼부림에 호들갑은……. 네들 솜씨론 본좌의 강석지체(鋼石之體)에 흠집 하나 내지 못해. 큼, 짜증나는데 그냥 다 죽여 버릴까?"

신형을 움찔한 선우독래와 홍가멱의 동공 위로 큰 파문이 일었다. 원래 호전적이란 소문은 익히 들었지만 이렇듯 막무가내로 나올 줄은 미처 예상 못했다.

자칫하면 진짜로 한바탕 혈투가 벌어질 판국.

한데 강포한 투기를 마구 발산하던 태무한의 낯빛이 일변했다.

"움찔 놀라는 꼴을 보니 별로 재미없군. 오늘은 자리가 자리이니만큼 피를 뿌리는 짓은 삼가도록 하지. 운 좋은 줄 알아, 나부랭이들! 크흐흐."

그러곤 천천히 장창을 갈무리했다.

선우독래와 홍가멱도 곧 못 미더운 표정으로 조용히 병기를 거두었다.

한편 괴외는 일합 겨룸에서 밀린 게 분했는지 검을 꽂아 넣으며 빠드득 이를 갈았다.

그 순간, 건너편 탁자에 있던 흑색 배자(背子) 차림의 여인이 전광석화처럼 운신해 괴외의 등 뒤를 점하고 섰다.

'앗!'

화들짝한 괴외가 신형을 돌리려 했지만 꼼짝달싹할 수 없었다.

한 가닥의 예기.

여인의 두 손 사이에 팽팽히 당겨진 새까만 극세철사(極細鐵絲)가 목덜미로 와 닿았기 때문이다.

양 갈래로 길게 땋아 내린 머리칼에 앳된 얼굴을 한 그녀는 두 눈을 날카롭게 빗뜨며 말했다.

"노쇠한 도사 따위…… 라고?"

그 살기 짙은 음성에 괴외는 물론 선우독래와 홍가멱마저 섬뜩함을 느꼈다.

흑승묘희(黑繩妙姬) 반시현(潘視玄).

당년 서른세 살의 그녀는 흑도오문 중 가장 오랜 역사와 전통을 자랑하는 암영문(暗影門)의 문주로, 십대무신 가운데 가장 나이가 어렸다.

일신의 초절한 무위를 떠나 '묘희'란 두 글자가 붙은 것은 오락가락하는 성격 때문인데, 어떨 땐 선행을 베풀고 또 어떨 땐 악행을 저지르는 묘한 기행으로 말미암아 그러한 별호로 불리게 된 것이었다.

"이 흑승이 네 모가지를 휘감아 끊어 버리면 더 이상 주둥이를 놀릴 수 없을 테지. 자, 기분이 어때? 무서워?"

동안의 귀여운 외모와 달리 몹시도 표독스러운 말투다.

괴외는 흑승이 목뒤 살갗을 살짝 파고드는 듯하자 기겁해 외쳤다.

"반 문주……! 대, 대체 왜 이러는 것이오?"

"오호호호. 이유를 몰라? 생긴 대로 참 멍청하기 짝이 없구나."

보다 못한 선우독래가 엄중한 투로 만류했다.

"반 문주, 괜한 소동 일으키지 마시오!"

하지만 반시현은 눈길조차 주지 않은 채 연홍빛 입술을 괴외의 귀 가까이로 가져다 댔다.

"인정하긴 싫지만…… 무당파 노도사의 무위는 적어도 나와 동급이거든. 떠들기 좋아하는 족속들이 붙여 준 '십대무신'이란 시답잖은 칭호로 한데 묶여 있으니 말이야."

괴외는 그제야 퍼뜩 깨달았다.

'그러니까 현허를 무시한 것은 곧 자신을 무시한 것이나 마찬가지란 뜻인가? 크윽, 그런 억지가……!'

태무한을 상대로 소위 팔무절의 실력은 어느 정도인지 맛만 보려 했던 도발이 긁어 부스럼이 된 꼴이었다.

반시현의 목소리가 재차 괴외의 귓가로 스민다.

"너 따윈 떼거리로 덤벼도 날 베기 힘들어. 내 일찍이 음양검왕(陰陽劍王)을 여덟 토막 내 죽여 버린 일은 소문으로 익히 들어 알고 있지?"

오 년 전, 사파 최강 반열의 검객 음양검왕 도조(陶肇)가 그녀와 자웅을 겨룬 끝에 잔인한 죽임을 당하며 구무절이 곧장 팔무절로 바뀐 것은 너무나도 유명한 이야기였다.

당시의 팔십 초 승부는 지금껏 강호인들 사이에 널리 회자되고 있었다.

"과거 음양검왕의 실력은 무절들 중 상급을 다툴 정도였는데, 네 검도 수준은 어떨지 자못 궁금한걸. 날 상대로 현허나 저기 있는 만인적창호를 깔볼 만큼 강하단 것을 증명해 보일 수 있겠어?"

이마에 식은땀이 송골송골 맺힌 괴외는 저도 모르게 마른침을 꿀꺽 삼켰다.

바로 그때.

옆쪽 탁자에 앉은 사십대 사내가 제 허리에 걸린 검을 어루만지며 기분 나쁜 소성을 흘렸다.

"끼힐힐힐. 방금 전까지 기세등등하던 대봉방 계집은 갑자기 꿀 먹은 벙어리로세."

그 말을 들은 홍가멱의 낯빛이 수치와 분노로 시뻘겋게 변했다. 하지만 그녀는 사납게 노려보기만 할 뿐 섣불리 대응하지 않았다.

비웃듯 지껄인 인물과 동석한 두 명의 사내가 모두 친형제인 까닭이다.

'칫. 궤휼삼소(詭譎三魈)……'

홍가멱은 그들 삼형제의 별호를 곱씹으며 아랫입술을 지그시 깨물었다.

암만 성질이 나도 피를 나눈 형제이자 사파의 일류 고수 셋을 한꺼번에 상대할 순 없는 노릇이 아닌가. 상황이 불리하다면 마땅히 삼가는 게 현명한 처사이리라.

그녀는 자신을 조롱한 궤휼삼소의 맏형 활망(滑茫)으로부터 시선을 거두며 다짐했다.

'활망, 두고 봐라! 언제고 본방이 너희 사령당(邪靈堂)의 명성을 앞지르는 날이 올 테니까!'

반시현이 돌연 활망 쪽으로 고갤 돌리더니 싸늘한 안광을 흘렸다.

"너도 입 닥치고 있는 게 좋을 거야. 턱주가리가 동강 나 죽고 싶지 않다면."

순간 활망은 화가 욱 치밀었으나 가까스로 심기를 고르며 벌떡 일어선 두 동생에게 눈짓을 보냈다.

함부로 나서지 말란 신호다.

반시현이 어디 보통 강한 상대인가.

천하의 십대무신에 최연소로 이름을 올린, 그야말로 초절정 여고수가 아닌가.

물론 활망도 사천팔무절에 속할 만큼 대단한 무공을 보유했으나, 반시현의 그것에 미치진 못했다.

'저 계집의 무위는 나이를 초월해 있다. 두 아우와 함께 덤

빈다고 하더라도…….'

십중팔구, 아니, 십 중 십 필패를 당할 것이다.

음양검왕 도조보다 더 험한 꼴로 죽음을 맞지나 않으면 다행이리라.

게다가 암영문은 흑도오문의 정점에 선 강성 세력. 그 위세가 실로 어마어마해 촉루혈문과 쌍벽을 이룬다고 평할 정도다.

괜히 반시현의 심기를 건드려 세력 다툼으로 번진다면 활망의 사령당은 다른 세력과 연합하지 않는 한 그날로 괴멸해 버릴 것임이 자명했다.

귓불이 한껏 달아오른 활망은 애써 반시현을 외면하며 주위를 핼금 살폈다.

이곳엔 태무한 외에도 내로라하는 상위 고수가 여럿 자리해 있었다.

나머지 네 명이 바로 그랬다.

염라문(閻羅門)의 지옥검성(地獄劍聖) 관융(關隆), 자죽검림문(紫竹劍林門)의 충파신검군(衝波神劍君) 번가(樊暇), 현음밀동(玄陰密洞)의 현음괴공(玄陰怪公) 상지학(相摯壑), 상인귀원(霜刃鬼院)의 독안귀무자(獨眼鬼武子) 위정연(魏睛延).

관융, 번가, 상지학은 사천팔무절의 강자이고, 위정연 역시 전국적인 명성을 떨치는 인물. 그럼에도 불구하고 어느 한 사람도 반시현의 돌발 행동을 제지하려 들지 않았다.

특히 염라문주 관융은 지옥검성이란 무시무시한 별호에 걸맞게 십대무신에 포함된 초고수라 지나가듯 한마디 던질 법도 한데 미동조차 없었다.

그것만 보더라도 반시현이 얼마나 부담스러운 상대인지 쉬이 알 수 있다.

체면을 구긴 활망은 조용히 의자에 엉덩이를 붙였다.

'끙, 이 자리에서 저년을 감당할 수 있는 인물은 지옥검성이 유일한데, 그마저 팔짱을 낀 채 방관하고 있으니…….'

못내 분하지만 어쩌겠는가.

강자존(强者存) 약자멸(弱者滅)의 세계에 몸담은 이상 죽임을 당하기 싫으면 알아서 꼬리를 말아 기는 수밖에.

반시현은 다른 사람들 반응 따윈 신경조차 쓰지 않으며 다시금 괴외를 향해 다그쳤다.

"멍청이, 그 냄새나는 아가리를 찢기 전에 어서 대답해 봐. 내 면전에서 네 실력을 맘껏 뽐낼 기회를 줄까? 허리춤의 그 칼로 음양검왕의 전례를 당당히 넘어서 볼 테야?"

무인의 자존심을 철저히 짓밟는 언사였지만 괴외는 끝내 힘없는 목소리로 굴복하고 말았다.

"아까 한 말은…… 명백한 실언이오. 그러니 그만……."

"실언? 웃기는군. 실언이 아니라 망언이지."

"그, 그렇소. 망언을 했소. 진심으로 사과하리다."

위신을 버리는 대신 목숨 보존을 택한 괴외의 표정은 너무나도 초라하고 처참했다.

반시현은 상대의 비굴한 태도가 만족스러웠는지 깔깔 교성을 토하며 흑승을 소매 안으로 갈무리했다.

잠자코 지켜보던 태무한은 내심 감탄해 마지않았다.

'흑승묘희…… 과연 명성대로 엄청나구나. 앞서 펼쳐 보

인 운신이 그 유명한 육합암영신법(六合暗影身法)인가? 은
밀함과 쾌속함이 불가해할 정도로 대단한 경공이군. 아무튼
소림 방장이나 촉루혈문주 정도의 초인이 아닌 이상 그녀의
거센 치맛바람을 감당하기 힘들지. 불쌍한 괴가(怪哥) 놈,
크큭.'

반시현의 돌출 행동으로 장내 분위기가 한층 싸늘해진 가운
데 불현듯 객잔 문이 끼익 열리며 황갈색 무복 차림의 칠순 노
인 한 명이 안으로 들어섰다.

"음, 다들 모였나?"

반시현을 비롯한 일행의 시선이 일제히 그리로 쏠렸다.

예의 노인은 바로 사파 제일의 도객, 흠도문주 쾌도일곤 순
우솔이었다.

태무한이 불뚝대듯 소리쳤다.

"영감, 왜 이리 늦었어! 노쇠한 관절이 말을 안 듣던가?"

순우솔이 희끗한 눈썹을 찡그리며 혀를 찼다.

"녀석, 버릇없는 말짓거리는 여전하구나."

하지만 전혀 기분 나쁜 목소리가 아니었다.

제아무리 이름난 고수라도 십대무신이자 사천팔무절인 순우
솔의 면전에서 막말을 지껄이기란 힘든 법이다.

그러나 태무한은 예외였다.

기실 이들 두 사람은 과거에 특별한 인연이 있었고, 그로 인
해 순우솔은 자신 보다 한참 어린 태무한을 일종의 양아들처럼
대하는 터였다.

당대에 이르러 흠도문과 호왕부의 관계가 각별한 것도 그

때문이다.

순우솔은 먼저 관융, 번가 등과 짧은 인사말을 나눈 후 반시현의 얼굴에 시선을 고정키셨다.

"그 눈빛은 뭐지? 왜, 내가 온 게 의외인가?"

반시현의 냉랭한 목소리에 순우솔이 점잖게 고개를 가로저으며 웃었다.

"후훗, 의외이긴 하지. 그대와 같은 변덕스러운 여인이 천하에 어디 또 있어야 말이지."

"시끄럽고, 오늘 이 자리에서 구미가 당기는 제안을 제대로 내놓지 못하면 그 늙어 빠진 몸뚱이를 잘게 쪼개어 돼지 먹이로 던져 줘 버릴 테니 명심해."

반시현의 포악한 언사에 장내 고수들은 저마다 속으로 깜짝 놀라며 혀를 내둘렀다.

순식간에 싸늘히 내려앉은 공기.

태무한이 슬그머니 창 자루로 손을 가져갔다.

'이거 자칫하면…….'

만약 순우솔이 그 말을 고깝게 여겨 모종의 행동을 취한다면 자신도 돕지 않을 수 없으니까. 그래서 미리 준비하는 것이었다.

반시현은 고개를 돌리지도 않은 채 그것을 파악해 냈다.

"호왕부 머저리, 손 떼. 너도 돼지 먹이가 되고 싶어?"

직후, 검붉은 무복 차림의 오십대 검수가 준엄한 표정으로 말했다.

"태 문주, 각 수장끼리 대화를 갖고자 마련된 자리외다. 그

렇게 병기를 자꾸 만지는 것은 보기 좋지 않구려. 반 문주의
유별난 변사는 만천하에 알려진 사실인데, 너무 민감하게 반응
하는 것 아니오?"

지옥검성 관용.

태무한을 비롯한 여러 사람의 안색이 급격히 굳었다.

설마 관용이 그녀 편을 들 줄이야, 라는 표정들.

순우솔이 미소를 지으며 분위기를 수습했다.

"몇 달 전 궁핍한 이들에게 식량을 베푼 그 선량한 여인의
모습은 온데간데없구먼. 뭐…… 노부는 개의치 않아. 그러니
무한 너도 괜한 오해를 살 행동은 삼가라."

태무한이 못마땅한 눈빛으로 팔짱을 끼자 반시현의 입술이
냉소를 머금었다. 하지만 태무한은 짐짓 모른 체했다.

이내 관복처럼 생긴 독특한 무복을 두른 육순 노인이 두 눈
을 게슴츠레 뜨며 물었다.

"촉루혈문과 흠도문이 작성한 공문은 잘 읽어 보았소이다.
아무튼 촉루혈문의 주도로 맹을 결성하는 것까진 좋으나, 정파
쪽에서 과연 우리 조건을 순순히 받아들이려 하겠소? 분명 크
고 작은 반발이 있을 것이오."

현음괴공 상지학이었다.

순우솔이 염려 말라는 듯 손을 내저었다.

"촉루혈문이 전령을 보내 우리 뜻을 다시 한 번 확실히 전
달했고, 보름 전쯤 답신이 왔다고 하더이다. 빠르면 내달부터
공식 출범을 준비하자고……."

반시현이 흥미롭다는 듯 눈을 빛냈다.

"호홋, 일사천리로군. 그만큼 육대마가의 행보가 위협적이란 의미인가. 하기야 정파가 무너지면 우리도 위태로우니 우선은 서로 손을 잡는 수밖에 없지."

관용이 말했다.

"아무튼 우릴 이렇듯 한자리에 모이게 한 것은 보나마나 맹주를 누구로 할 것인가, 그걸 결정하기 위함인 듯한데."

그러자 순우솔이 고개를 끄덕거렸다.

"서신이 아닌 그대들 입을 통해 직접 확인하고 싶었소."

"물론 백골검종사의 뜻이겠구려."

"그렇소. 은 문주는 이번 일을 통해 대통합의 발판을 마련하고자 한다고 당부했소."

태무한이 대뜸 투덜거렸다.

"하! 어이, 영감! 도대체 언제부터 백골검종사의 심부름꾼이 신세가 된 거요?"

질세라 반시현도 싸늘히 한마디를 보탰다.

"흥, 대통합? 그런 자가 코빼기도 안 보이다니, 뭐하자는 거야? 슬슬 짜증나는걸."

순우솔이 그런 그녀를 타일렀다.

"너무 그러지 마라. 은 문주도 사정이 있어 불참한 것이니까. 대신…… 앞서 네가 말한 구미가 당기는 제안을 가지고 왔으니 그걸로 된 것 아닌가?"

좌중은 귀가 솔깃했다.

성질 급한 태무한이 보챘다.

"영감, 그게 뭐야? 얼른 말해 봐!"

눈살을 찌푸린 순우솔이 턱짓으로 그를 만류했다.

"일단…… 이곳에 모인 사람들 의사부터 확인하리다. 자, 은 문주가 맹주가 되는 것에 다들 찬성하시오?"

잠시간 침묵이 이어지나 싶더니 관용을 시작으로 전원 찬성의 뜻을 밝혀 왔다.

순우솔은 흡족한 얼굴로 품에서 종이를 꺼내 탁자 위에 펼쳤다. 다름 아닌 맹주 추대와 관련한 공동 서약문이었다.

십이 인은 저마다 자필 서명을 한 다음 손바닥에 먹물을 묻혀 장인(掌印)을 찍었다. 무려 삼백여 년의 세월을 격해 사파혈맹이 재결성되는 순간이었다.

순우솔이 공동 서약문을 고이 접어 갈무리한 순간, 반시현이 검지로 탁자를 톡톡 두드리며 말했다.

"어디 한번 들어 볼까? 그 제안……. 거듭 말하는데 내 성에 차지 않으면 본문은 맹을 탈퇴할 것이고, 당신은 잘게 썰려 돼지 먹이가 될 거야. 내가 그깟 종이 한 장에 얽매일 사람으로 보이진 않지?"

수틀리면 암영문 주도로 또 다른 맹을 결성할 수도 있단 의미다.

암영문은 능히 그럴 만한 힘을 가진 단체였다.

흑도오문의 으뜸이자 세력 기반인 산동성을 중심으로 강소, 하북, 요녕, 길림 지역까지 두루 영향력을 행사하는 명실상부사파 제이세이므로.

촉루혈문에 버금간다는 세간의 평판은 결코 과장이 아니었다. 만약 하남성에 귀검성이 버티고 있지 않았다면 그 지역마저 손길을 뻗었으리라.

순우솔이 의미심장한 눈빛으로 좌중을 보며 말했다.

"아까 언급한 대통합의 발판, 그건 단지 사류라 일컫는 우리가 거대한 동맹을 맺어 결속하는 것만을 뜻함이 아니오. 바로 강호 질서의 재편! 즉, 정, 사, 마를 초월한 이제껏 없던 세상을 우리 손으로 세우자는 것이외다. 달리 표현하자면……무림일통(武林一統)이 되겠구려."

무림일통.

실로 엄청난 소리에 다들 입을 다물었다.

"본문과 촉루혈문은 이제부터 무림일통이란 원대한 목표를 위해 힘껏 나아갈 것이오. 장차 마도도, 정도도, 모조리 무릎을 꿇려 전토 무림을 군림할지니…… 부디 우리와 함께 천추에 길이 남을 위업과 위명을 남기도록 하오. 나와 은 문주를 믿고 따라와 준다면 앞으로 십 년, 그 십 년 안에 반드시 중원 천하를 품에 안게 될 것이외다."

정적은 꽤 길었다.

순우솔의 이야기가 몰고 온 충격.

어지간한 반시현조차도 얼음장 같던 눈에 놀라움을 담아내고 있었다.

마침내 태무한의 입이 열렸다.

"여, 영감……! 진심으로 하는 소리야?"

"왜, 노망이 난 것 같으냐? 걱정 마라, 아직 말짱하다."

그런 순우솔의 눈길이 이내 반시현에게로 옮겨졌다.

"어떤가?"

그녀는 날카로운 시선을 쏘아 보내다가 입꼬리를 비틀며 웃었다.

"오호호홋! 말이야 누군들 못해. 그건 제안이 아냐. 그저 듣기에 달콤한 헛소리일 뿐. 안 그래? 실현 가능성이 있는 얘기를 해야지."

"실현 가능성이 있다면?"

"뭐라고?"

"그것을 증명해 줄 사람들이 이곳에 오기로 했다. 그런데 약속 시간 보다 조금 늦는군."

말이 끝나기가 무섭게 객잔 문 너머로 기척이 감지되었다.

"호랑이도 제 말하면 나타난다더니……."

순우솔이 말끝을 흐린 순간 문이 열리며 중년 검수가 조용히 발을 들였다.

태무한은 단번에 그가 누구인지 알아보았다.

"아니, 냉면귀검사!"

귀검성 십대고수의 수좌, 양판교.

예상치 못한 인물의 등장 앞에 좌중은 두 눈 위로 강한 의혹의 빛을 띄워 올렸다.

'저자가 귀검성의 양판교……?'

'허어, 그가 왜 이곳에 나타난 거지?'

귀검성은 분명 촉루혈문과 흑도오문을 상대로 서신을 보내 정파 무리와 겸상하지 않으리라고 선언했을 만큼 맹 결성에 부정적이었는데, 성주의 최측근인 양판교가 이 자리에 참석한 것은 그들 입장에서 불가해한 일이었다.

양판교는 특유의 무표정한 얼굴로 양손을 모아 인사를 건넸다.

순우솔이 미소 띤 얼굴로 일행을 보며 일렀다.

"내가 부른 사람들 중 한 명이오. 그는 더 이상 귀검성주 밑의 사람이 아니외다. 그러니 경계심은 갖지 마시구려."

직후, 객잔의 문을 통해 네 명이 더 발을 들였다.

사 인(四人)의 선두에 선 인물은 꽃무늬 단삼(團衫)을 두른 사십대 초반의 여인이었다.

운계(雲髻)로 높이 쪽진 머리에 요사한 분위기의 옥안과 호로병처럼 풍만하고 육감적인 몸매를 가진 그녀. 바로 현 요화문의 문주, 그리고 사천팔무절의 하나인 화향무비(花香武妃) 방윤하(龐贇荷)다.

좌중의 시선이 일제히 집중된 순간, 반시현이 벌떡 일어나 체외로 짙은 살기를 내뿜었다.

"지금 뭐하자는 거지?"

덩달아 다른 고수들도 일제히 자리에서 일어서며 적대적인 눈빛을 날카롭게 쏘아 보냈다.

방윤하 때문이 아니라 그녀와 함께 등장한 나머지 세 사람이 원인이었다.

학사(學士) 같은 복장의 오십대 사내, 제비가 수놓인 자의(紫衣)의 사십대 여검수, 그리고 빛바랜 도포를 두른 육십대 도인, 그들의 신분이 좌중의 심기를 불편하게 만든 것이다.

가운데 자리한 오십대 사내가 좌수에 쥔 학우선(鶴羽扇)을 흔들며 여유로운 투로 말했다.

"모두 진정하시오. 공연한 신경전이나 벌이자고 예까지 온 것 같소?"

제갈유, 별호는 황학선생(黃鶴先生).

대정십이무성, 신기제갈세가주, 구파와 칠가 연합의 우원수…… 그것이 이 사내의 정체다.

나머지 두 사람도 정파 무림의 명숙으로, 먼저 제갈유 좌측에 선 중년 여검수는 자앙여협(紫鴦女俠) 교만옥(橋曼玉)으로 정파가 득세하는 하남성 북부에 자리한 원앙무문(鴛鴦武門)의 문주였다.

대정십이무성 중 유일하게 구파나 칠가 소속이 아닌 무인이 한 명 끼어 있었는데, 그게 바로 교만옥이었다.

원앙무문은 그런 그녀의 존재로 인해 지난 십여 년간 가파르게 성장해 하남 지역을 대표하는 세력으로 자리매김했다.

또한 우측에 선 늙은 도인은 구대문파에 속한 공동파(崆峒派)의 장문인 영송자(永松子)였다.

순우솔이 정식으로 그들을 소개하며 말을 보탰다.

"신기제갈세가, 공동파, 원앙무문은 앞으로 우리와 손을 잡고 무림일통의 대업을 이룰 동반자라오. 정과 사, 그 같은 세속적 구분 따윈 아무런 의미도 없소."

반감을 드러내던 좌중의 눈빛이 크게 흔들렸다.

다른 세력이면 모를까, 정도 무림의 오랜 명문 중에 명문인 신기제갈세가가 이 자리에 있는 무인들과 뜻을 함께할 것이라고 말하니 당연히 놀랄 수밖에.

하나 반시현은 쉽사리 의심을 거두지 않았다.

"흥, 웃기지 마. 그가 이중 첩자일 가능성도 있잖아."

화향무비 방윤하가 기다렸다는 듯 나섰다.

"요화문 이름을 걸고 그를 보증하지요. 어때요?"

그러자 제갈유가 학우선을 팔락거리며 입을 열었다.

"본가가 무어 아쉬워서 이럴까. 물론 그리 생각할 수도 있을 것이오. 하지만 난 이미 예전부터 촉루혈문, 요화문과 은밀히 교류하며 무림일통을 위한 전략을 준비해 왔소이다. 구파, 칠가, 오문…… 이러한 틀에 박힌 구도는 그저 구시대의 유물에 불과하오. 참으로 신물 나지 않소? 이젠 그만 강호의 고인물을 바꿀 때가 되었다고 보오. 새로운 시대, 새로운 질서, 그리고 새로운 무림……. 본가는 그것을 이룩하기 위해 촉루혈문주를 보필하며 모든 것을 불사를 준비가 되어 있소."

영송자가 고개를 끄덕거리며 맞장구를 쳤다.

"장담하는데, 백골검종사의 능력은 그대들 생각 이상으로 대단하오. 사파는 물론이고 정파와 새외 마도까지 맘대로 주무를 수 있을 만큼……. 허헛, 그러니 이 늙은 몸도 여러 위험 부담을 감수한 채 손을 잡은 것 아니겠소."

반시현은 비로소 살기를 조금 누그러뜨렸다. 그에 다른 이들 역시도 굳은 안색을 풀기 시작했다.

관용이 의미심장한 표정으로 순우솔을 보며 일렀다.

"저들 덕분에 당초 예상보다 훨씬 무거운 자리가 되었구려. 자, 우리가 모르는 모든 것을 말해 주시오. 무림일통, 그 실현 가능성이 얼마나 높을지…… 일단 듣고 난 다음에 판단하리다."

34장.
전란(戰亂)의 향기

촉루혈문.

사파 무림 역사 최초로 혈맹을 만들어 대규모 정사대전인 촉루혈맹대란을 일으켰던 주역.

그 당시 문주는 촉루검존(髑髏劍尊) 무염(撫念)으로 촉루혈문을 창건한 초대 문주 촉루신군 서문걸의 제자였다.

스물다섯 살 때 이미 고절한 검술로 만천하에 명성을 떨친 그는 스승의 유업을 계승하고 발전시켜 촉루혈문을 사파 최강의 세력으로 우뚝 서게 만들었고, 나아가 여러 세력을 규합하여 어수선한 시국을 틈타 정파 전체를 상대로 본격적인 싸움을 벌였다.

촉루혈맹의 목표는 오로지 하나였다.

장구한 무림사를 통틀어 어느 누구도 이루지 못했던 강호

제패, 바로 그것이었다.

한데 뜻밖의 변수가 발생했다.

천외삼마선이 홀연 나타나 정사를 가리지 않고 대혈겁을 자행한 것이다.

그로 인해 촉루검존 무염의 계획은 결국 흐지부지되어 버렸고, 정파와 더불어 천외삼마선을 어렵사리 무찌른 후엔 자연스레 촉루혈맹도 산회 절차를 밟았다.

무염이 천수를 다하여 죽은 다음엔 그 제자인 해골천자(骸骨天子) 배소(裴紹)가 삼대 문주에 올랐다.

배소는 제 스승인 무염에 못지않은 야심가였다. 또한 유별난 인내심을 가진 인물이기도 했다.

그는 전대 문주들이 달성하지 못한 패업을 위해 당장 눈앞의 결과에 집착하지 않고 좀 더 멀리 내다보며 계획을 세웠다. 즉, 자신의 대에 굳이 큰 업적을 쌓지 못하더라도 상관없으니 언제고 반드시 실현될 수 있게끔 확실한 기반을 마련하고자 결심했던 것이다.

무염은 그냥 죽은 게 아니었다. 그는 생전에 연단술(煉丹術)에 능통하였는데, 일련의 비법을 책자로 남겼다. 또한 일평생 꾸준히 공력을 불어넣어 만든 환약도 함께…….

배소는 그 환약을 복용하지 않고 스승이 그랬듯 자신의 공력까지 그에 불어넣었다. 그리고 다른 한편으론 강호 일통에 도움이 될 인맥을 선별해 은밀히 다져 나갔다.

촉루혈문과 가장 먼저 유대 관계를 맺은 세력은 은작단이었다.

촉루혈문의 무력과 은작단의 정보력이 결합되자 인맥 연결은 한층 탄력을 받았고, 그것으로 말미암아 육대마가의 하나인 일양마가와 전략적 동맹을 체결했다.

배소는 당시 은작단을 통해 일양마가 수뇌부가 육대마가 중 독보적인 위치의 뇌룡마가에 대해 질투하고 견제하는 마음을 가졌음을 알게 된 것이었다. 그래서 그 점을 적극 이용해 한편으로 가담시켰다.

배소의 죽음과 함께 환약은 자연스레 다음 문주에게 이양되었으며, 다시 두 대를 지나 마침내 칠대 문주 백골검종사 은가야의 손에 쥐어졌다.

한마디로 세월과 세대를 초월한 안배나 다름 아니었다.

예의 환약은 전대 문주들 손을 거치며 그 효험이 형언하기 힘들 정도로 강화된 상태였다. 또한 비밀스러운 인맥도 늘어나 사파의 요화문, 그리고 정파의 명문 무가 신기제갈세가까지 전략적 동맹 속에 발을 담근 상황이었다.

은가야는 확신했다.

자신의 대에 비로소 패업을 이룰 수 있으리라고.

무림일통, 그 원대한 목표는 그렇게 당대 문주인 은가야에 이르러 구체화되어 본격적으로 굴러가기 시작했다. 그 과정에서 흠도문의 순우솔, 귀검성의 양판교 등이 가담해 한층 힘을 실어 주었다.

거기까지 말한 순우솔이 설명을 덧보탰다.

"현재 은 문주는 그 환약을 복용하여 일신의 무력이 역발산기개세(力拔山氣蓋世)란 표현조차 무색할 정도라오. 내 직접 그의 무력을 시험해 보았는데, 불과 삼십 초를 채우지 못하고 패배했소. 기실 본문도 그때 그 비무 결과로 말미암아 무림일통이 요원한 일이 아님을 깨닫고 선뜻 동맹을 체결한 것이외다. 은 문주는 이미 십대무신의 범주를 벗어난 존재요. 일양마가의 정보에 따르면 천마존이 죽지 않고 탈태환골과 반로환동을 한 몸으로 중토를 배회하는 중이라는데…… 설사 그런 천마존이 일대일로 도전해 오더라도 은 문주를 이길 순 없소."

뒤이어 그는 육대마가가 은밀히 진행하고 있는 음모에 대한 것도 모조리 알려 주었다. 물론 일양마가의 도움이 없었다면 까맣게 몰랐을 일이다.

순우솔의 이야기가 끝나자 좌중은 거듭 충격에 휩싸인 표정이었다.

태무한이 믿기지 않는단 얼굴로 순우솔을 보았다.

"여, 영감……! 그게 전부 다 사실이야?"

"훗, 녀석. 오늘따라 표정이 참 가관이구나. 아무렴, 사실이고말고."

"허, 세상에!"

태무한의 감탄 섞인 외침.

덩달아 같은 탁자에 앉은 괴외, 홍가몃 등도 잇달아 나지막한 탄성을 흘렸다.

순우솔이 의미심장한 미소를 띠며 물었다.

"자, 다들 내 이야기를 듣고 난 소감이 어떻소? 이만하면 무림일통을 실현할 가능성이 높은 듯싶소?"

자죽검림문주 번가가 고개를 끄덕거리며 대답했다.

"백골검종사는 과연 그 그릇이 남다르구려. 솔직히 탄복을 넘어 어떤 경외감까지 느끼게 만드오."

흑도오문의 수장들 중 한 명이자 사천팔무절인 그로부터 이렇듯 극찬을 들을 수 있는 인물이 과연 몇이나 될까.

반시현의 시선이 이내 양판교의 얼굴로 향했다.

"너도 이제 보니 그 무표정한 얼굴 뒤로 아주 큰 야욕을 숨기고 있었군. 호홋, 재미있어."

"구예는 애초부터 큰일을 감당할 만한 인물이 아니었소. 내 그래서 천기마랑을 이용해 구예를 죽여 없앤 것이오. 여하간 이젠 그 어리석은 천기마랑을 처리할 차례…… 놈의 목을 베어 귀검성을 손아귀에 넣은 다음, 촉루혈문주의 원대한 과업에 보탬이 되고자 하오."

나이가 가장 어린 선우독래는 그 누구보다 안색이 무거웠다. 가뜩이나 내로라하는 중견 고수들 사이에 끼어 부담감이 컸는데, 이토록 중대한 사안까지 논의되니 저도 모르게 식은땀이 흘렀다.

황학선생 제갈유가 진중한 눈빛으로 말했다.

"과거 촉루혈맹의 야심찬 계획은 천외삼마선이란 예기치 못한 존재가 불쑥 등장하는 바람에 유야무야 허무하게 끝이 났소. 하나 지금은 다르오. 정사의 해묵은 관계를 떠나 본가와 공동파, 원앙무문이 협력하고 있고, 또 육대마가에선 뇌룡마가에 버금가는 일양마가가 긴밀하게 힘을 보태고 있소이다. 이는 무의 이념을 초월한, 그야말로 전무후무한 혈맹……! 그러니 이 자리에 모인 여러분이 추후 맡은 바 역할을 제대로 수행만

해 준다면 작은 손실로 큰 성과를 이루리라 확신하오."

반시현이 머리칼을 어루만지며 물었다.

"이봐, 잘난 제갈가 나리. 그럼 우리가 가장 먼저 해야 될 일은 뭐지?"

여전히 무례한 반말로 일관하는 그녀이나 이젠 다들 그러려니 여겼다.

태무한은 속으로 피식 웃었다.

'풋, 오만방자하던 계집이 저런 적극적인 질문을 던지다니……. 아마도 일련의 이야기가 흡족했나 보군.'

제갈유가 곧바로 대답했다.

"귀하의 암영문을 위시한 흑도오문은 당연히 다른 세력이 혈맹에 가입하도록 설득하는 것이 최우선 임무일 터. 흔히 사람들 뇌리에 강렬했던 과거의 역사는 차츰 미화되기 마련이라오. 현재 사파 무림 내에선 삼백여 년 전 촉루혈문이 구축한 혈맹의 그 강력하던 위용을 그리워하는 자가 적지 않을 것으로 사료되오이다. 그러니 흑도오문이 적극 나서 그때 그 시절에 대한 향수를 자극한다면 일이 한결 수월할 게요. 그런 다음 엔…… 우리 쪽에 유리하도록 전력을 배치할 생각이오. 현재 칠가와 구파는 청해성 곤륜산맥을 기점으로 감숙, 사천, 운남 지역에 걸쳐 전력을 차례로 편성 중에 있으니 이쪽도 티 나지 않게 장단을 맞추는 척하며 움직여야 하오."

여태껏 냉랭하던 반시현의 얼굴 위로 돌연 상냥한 웃음기가 감돌았다.

"호홋. 옳아, 무슨 말씀인지 알겠어요. 마가 연맹의 행로는 일양마가가 몰래 알려 줄 것이니, 그에 맞춰 우리 전력을 최대한 그들과 덜 부딪치는 쪽에 배치하여 어떻게든 손실을 줄이리라는 뜻이죠?"

좀 전까지 장내 분위기를 얼어붙게 한 표독스러운 기세는 온데간데없다.

제갈유가 고개를 주억이며 말을 받았다.

"그렇소. 그래야 차후 마가 무리를 정리한 다음 정파를 배반하고 전면전에 돌입했을 때 초반부터 우위를 점할 수 있을 것이오."

"좋아요, 맘에 쏙 드네요."

규중처녀 같은 그 얌전한 태도에 활망, 괴외 등은 히죽 웃음이 나는 걸 겨우 참았다

'하! 정말 미친년이 따로 없군. 저 계집을 왜 묘희라 부르는지 이제야 확실히 알겠어.'

'좌우지간 어디로 튈지 종잡을 수 없는 계집이라니까.'

바로 그때, 반시현이 서늘한 눈빛을 흘리며 활망을 향해 이기죽거렸다.

"야, 사령당의 늙은이. 근육이 쇠약해져 표정 관리가 안 되는 모양이네. 내가 갑자기 상냥하게 구니까 우스워?"

동시에 그녀의 전신으로 농후한 살기와 시퍼런 아지랑이가 샘솟아 일대 공기를 무겁게 만들었다.

활망은 신형을 움찔하며 손사래를 쳤다.

"미, 미안하오."

"정중하게 못해?"

결국 활망은 머리를 조아리며 거듭 사과했다.

반시현은 그제야 살기와 기파를 갈무리하며 중얼거리듯 음성을 내뱉었다.

"내가 지금 기분이 꽤 괜찮아. 군이 피를 보고 싶지 않다는 말이지. 널 포함한 모두에겐 참 다행한 일 아냐? 그러니 오장육부까지 토막 나 뒈지기 싫거든 신경 거슬리게 하지 마. 알겠어? 그 더러운 귓구멍에 잘 새겨 넣어 둬."

그 말에 활망의 얼굴은 수치심으로 붉게 물들었다.

괴외는 내심 자신을 지적하지 않아 다행이라 여기며 조용히 안도의 한숨을 뿜었다.

다시 대화가 이어지다가 양판교가 언제쯤 천기마랑 범소를 처리할 것인지 물었다.

순우솔이 두 눈에 기광을 머금고서 나지막이 일렀다.

"내년 봄, 촉루혈문주가 직접 칼을 빼 들 것이다. 정파의 환심을 사기엔 더없이 좋은 기회이지. 또한 마가 연맹이 천외삼마선을 깨워 일을 도모하기 전에 천기마랑을 죽여 심적 타격을 가할 기회이기도 하고……. 후훗, 일석이조가 아니랴."

그렇게 일행은 이야기를 몇 차례 더 주고받은 후 어슴푸레한 달빛에 잠긴 시랑촌을 떠났다.

청산객잔의 오랜 주인 온소우(溫嘯寓)가 칼에 찔려 죽은 채로 발견된 것은 다음날 아침 무렵의 일이었다.

부인과 아들은 그 차가운 시신을 붙잡고 오열했지만 하늘은 아무런 말이 없었다.

      *   *   *

"사부님……."

읊조리듯 중얼거림을 발하는 손묘정의 머리칼에 한 줄기 미풍이 와 닿았다. 그 바람은 이내 그녀 앞에 자리한 봉분의 풀들을 가볍게 흔들고 사라졌다.

봉분은 다름 아닌 해오담의 것.

이곳은 흑운동이 위치한 검은 협곡으로부터 제법 멀리 떨어진 어느 양지바른 언덕이었다.

손묘정은 말없이 봉분을 손질하다가 문득 하늘을 올려다보았다. 그런 두 눈에 금세 습기가 어렸다.

그녀는 창천을 수놓은 하얀 구름을 동공에 담으며 슬픈 미소를 머금었다.

"그곳에서 부디 편히 계시길 바라요. 현세의 일은 걱정하지 마시고……. 마경의 의지가 제아무리 강력하다고 해도 천공 스님 앞에선 아무 소용이 없을 테니까요."

그 순간, 가벼운 기척과 함께 단희연이 모습을 드러냈다.

"손매, 여기 있었구나."

손묘정은 소맷자락으로 눈을 훔치며 말을 받았다.

"언니, 떠날 준비는 다 하셨어요?"

두 여인은 서로 호칭을 편히 쓸 만큼 친밀한 관계로 발전한 상태였다.

"응, 내일 날이 밝자마자 길을 나설 거야. 시간 참 빠르지? 어느덧 해를 넘겨 초봄의 문턱이라니……."

"한데 천공 스님께선……?"

"흑운동 내에 들어 일신의 성취를 최종적으로 점검하는 중인 듯싶어 그냥 혼자 이리로 왔어. 흑선께 마지막 절도 올릴 겸……."

"그동안 정말 감사했어요."

"어머, 무슨 그런 말을……. 되레 우리가 감사하지. 내가 만약 이곳에 발을 들이지 않았다면 지금 같은 성취는 꿈도 꾸지 못했을 거야."

"언니께선 반드시 강호 역사에 길이 남을 여협이 되실 거예요."

"훗, 일련의 일을 겪으며 입신양명 따윈 잊은 지 오래인걸. 그래도…… 그런 말 들으니 기분은 좋네."

단희연은 은은한 미소를 보낸 후 이내 봉분을 향해 정중히 절을 했다. 그리고 속으로 해오담의 명복을 빌었다.

바로 그때.

저 멀리 보이는 흑운 가득한 협곡이 변화를 일으켰다. 다름 아닌 시커먼 운무가 뭔가에 이끌려 사라지듯 희미해지고 있는 것이었다.

두 여인은 그 광경을 눈에 담고도 별로 놀란 기색이 아니었다.

"그가 드디어 손매가 만들어 준 기보(奇寶)의 신력을 발동한 모양이야."

"언니, 우리 어서 가 봐요."

단희연과 손묘정은 나란히 경공술을 펼쳐 협곡 쪽으로 내달렸다. 이윽고 두 사람이 협곡에 당도하자 예의 검은 운무는 완전히 사라지고 없었고, 흑운동 입구 앞에 천공만 덩그러니 자리해 있었다.

햇살 아래 훤히 드러난 주변 풍광.

운무가 넘실거릴 때완 사뭇 다른 분위기였다. 마치 딴 세상에 온 듯한 기분마저 들었다.

천공은 이내 두 여인을 향해 노란 부적이 부착된 호로병을 살짝 흔들어 보였다.

"흑운은 모조리 이 속에 담아 두었습니다."

그 호로병은 손묘정이 술력을 발휘해 제작한 것으로 흑운을 끌어모아 봉인하는 묘용을 가졌다.

손묘정은 스승인 해오담이 죽은 후 불철주야 새로운 방술 연구에 매진했고, 마침내 그와 같은 기보를 만들어 냈다.

손묘정이 고개를 끄덕이며 아쉬운 듯 말했다.

"천공 스님, 명심하세요. 그 기보의 힘은 단 한 번밖에 쓸 수 없어요. 그러니 강호로 나가시거든 꼭 필요할 때만 사용하세요. 만약 사부님께서 살아 계셨다면 여러 번 쓰는 것이 가능하게끔 손볼 수 있었을 텐데……. 다 제 공부가 부족한 탓이에요."

"그런 말 말아요, 손 소저. 이것만으로도 아주 큰 도움이 될 겁니다."

그렇게 말한 천공이 주변을 둘러보며 새삼 감탄했다.

"아무튼 흑운이 걷힌 협곡의 정경이 이토록 아름다울 줄은 몰랐습니다. 참, 소저는…… 이곳에 계속 머물 생각입니까?"

"네. 사부님의 진전을 완벽히 깨닫기 전까진 신비괴림을 벗어나지 않을 거예요. 적어도 몇 년은 걸릴 테죠."

조용히 고개를 주억인 천공의 시선이 단희연의 얼굴로 향했다.

"단 소저, 내일 떠나기에 앞서 마지막으로 한 가지 할 일이 있어요."

"네? 마지막으로 할 일이라뇨?"

"바로 내 힘을 이용해 소저의 세맥과 잠맥을 일 할 정도 더 타통시키는 것입니다."

"아……!"

단희연은 등골을 훑는 저릿한 전율을 느끼며 천공의 눈동자를 주시했다.

미소를 띤 천공이 재차 입을 열었다.

"소저는 현재 세, 잠맥을 오 할 남짓 뚫은 상태이나 거기서부터 한계에 부딪쳤지요? 하나 내가 손을 쓰면 육 할 이상도 가능할 겁니다. 그러면 내가 항마조 조장일 때의 무위와 맞먹게 되는 것이지요."

"그, 그게 정말…… 가능한가요?"

"내가 한동안 흑운동에 틀어박혀 있었던 이유도 소저의 세, 잠맥을 추가로 타통시킬 방법을 찾기 위함이었어요. 다행스럽게도 마침 오늘 그 깨달음을 얻었지요."

단희연은 일순 뇌리로 뭔가 퍼뜩 와 닿는 바가 있었다.

"가만, 혹시 불가 심법과 연관이 있는 거예요?"

"예, 맞습니다. 하하, 내가 가진 혜가선도심법의 요체와 소저의 광명무상심법 요체를 접목해 새로운 내공 운용 방법을 고안해 냈거든요. 거기에다 강기를 터득하며 알게 된 운기의 묘로 소저의 주요 경혈에 지속적인 자극을 가하면 일 할 정도는 능히 뚫을 수 있으리라 믿습니다. 아니, 확신해요."

혜가선도심법과 광명무상심법이 같은 소림사 무학으로서 상통하는 부분이 있기에 가능했다.

손묘정이 반색하며 단희연의 손을 살포시 잡았다.

"축하해요, 언니. 아까 제가 말했죠? 장차 무림 여협으로서 정상에 우뚝 서시게 될 거라고……."

그 말을 들은 단희연의 뇌리로 문득 스승 이향금의 유언이 떠올랐다.

"넌 언제고 반드시…… 이 강호의 편견을 깨부술 훌륭한 여검수로 이름을 떨칠 수 있을 것이야."

스승을 본받아 생이 부끄럽지 않은 광명정대한 여검수가 되리라는 꿈, 그리고 유령검법을 완벽히 터득해 강호 최고의 여검수로서 이름을 드높이리라는 꿈…….

단희연은 어느덧 그 꿈의 실현할 수 있는 힘과 자격을 갖췄다. 그리고 이제 천공의 마지막 도움을 받는다면 그 길을 한층 공고히 다질 수 있을 것이었다.

'지금도 충분히 강하지만…… 천 소협의 안배로 말미암아 꿈에 그리던 목표에 한 발짝 더 가까이 다가갈 수 있겠구나.'

한데 다른 한편으론 자신이 너무 욕심을 부리는 것은 아닐지 조금 고민도 됐다.

예전 이향금이 가르치길, 귀로 듣고 눈으로 보아 생기는 욕망은 외부의 적이나 마음과 의식이 만들어 내는 욕망은 내부의 적으로서 치명적인 독이나 다름 아닐지니, 본의(本意)가 맑지 않으면 자신도 모르는 사이 굴복하게 될 것이라 했다.

단희연이 고민하는 것도 바로 그러한 부분이었다.

현재 일신에 보유한 무력도 충분히 세상을 놀래게 만들 수준인데, 그 이상의 것을 탐했다가 혹시 저도 깨닫지 못한 새 어긋난 미혹의 길로 들어서 버리는 것은 아닐까 하는……

천공이 그러한 마음을 눈치챈 듯 조용히 일렀다.

"소저는 절대 과신과 과욕의 늪에 빠지는 실수 따윈 하지 않을 사람이라고 믿습니다. 그랬다면 애초 여기까지 동행하지도 않았을 테니까요."

즉, 단희연이 단지 제 사리사욕을 채우고자 무력을 함부로 사용할 인물이 아님을 알기에 일부러 시간을 할애해 세, 잠맥을 추가로 타통시킬 방법을 연구했다는 뜻이다.

'참 고마운 사람……'

단희연은 새삼 가슴이 따뜻해짐을 느꼈다.

누군가로부터 신뢰를 받는다는 것은 언제나 기분 좋고 감사한 일이다.

여태까지 자신을 향해 이렇듯 믿음을 보내 준 사람은 스승 이후로 천공이 처음이었다.

예전에 몸담았던 귀검성에선 신뢰는 고사하고 되레 차별만 당했잖은가. 그래서 더 고마웠다.

천공이 말을 보탰다.

"예전 흑선께서 하셨던 말씀, 기억합니까? 천리신안은 완벽한 기예가 아니며, 엿본 하늘의 운수는 언제든지 불의의 변수에 의해 뜻하지 않은 방향으로 바뀔 수 있다고……."

"그럼요, 기억하고말고요."

"내가 지금 소저를 보다 강하게 만들려는 가장 큰 이유는 불마성을 돕는 보좌성의 성운을 강화하기 위함입니다. 즉, 어떻게든 기존의 천기대로 혈란의 도래를 저지할 가능성을 높이고자 함이지요. 소저의 진일보는 곧 중원의 안녕과 직결되는 요소이기도 합니다. 어때요, 내가 이렇게 말하니 부담스러워서 앞으로 쓸데없는 고민 따위 가슴에 깃들 것 같지도 않지요? 하하하."

천공의 농담에 단희연은 슬며시 미소를 짓다가 이내 지우곤 짐짓 냉랭히 대꾸했다.

"뭐, 적어도 마도 무리를 저지할 때까진 정신 바짝 차리고 올곧게 살아 볼게요."

아직까지도 천공 앞에서 미소를 짓는 자신의 모습이 쑥스러운 모양이었다.

"소저, 그럼 바로 시작하지요."

천공이 손짓을 보내며 흑운동 안으로 걸음을 떼자 단희연이 냉큼 뒤따르며 물었다.

"아마도 육체적 고통이 상당하겠죠? 아, 내가 너무 당연한 질문을 했네요."

"반드시 성공할 겁니다. 물론 소저가 중도에 정신을 잃지만 않으면 말입니다."

단희연은 두 주먹을 불끈 쥐며 흑선의 죽음을 헛되이 만들지 않으리란 굳은 각오를 다졌다. 그런 그녀의 가슴은 묘한 설렘과 긴장으로 두근두근 방망이질을 쳤다.

"참…… 그러고 보니 천 소협은 세맥과 잠맥을 칠 할 정도 뚫었다고 했죠? 정말 대단해요. 좀 부럽기도 하고요."

고개를 돌린 천공이 잠깐 머뭇거리나 싶더니 나지막이 답했다.

"지금은…… 팔 할 남짓입니다."

"뭐라고요! 파, 팔 할? 아니, 불과 두 달 전까지만 해도 칠 할라더니, 그사이에 또 새로운 깨달음을……?"

천공이 머쓱한 듯 머리를 긁었다.

"소저의 세, 잠맥을 추가로 타통시킬 방법을 찾던 중에 우연히 그리 되었네요."

단희연은 경악한 표정으로 고개를 절레절레 흔들었다.

'우연은 무슨, 전적으로 오성이 탁월한 이유이지. 괴물이야, 진짜……. 천 소협의 무는 이미 무림사를 통틀어 최강이나 다름 아니야.'

두 사람이 이윽고 흑운동 안으로 사라지자 손묘정은 양손을 모은 채 조용히 허공을 올려다보았다.

파란 하늘에 환영처럼 겹쳐 떠오르는 해오담의 얼굴.

'사부님, 부디 그들이 뜻을 이룰 수 있게 지켜봐 주세요.'

그녀의 두 눈에 다시금 물기가 차오른다.

해오담은 환하게 웃고 있었다.

그 어느 때보다 환하게…….

*　　　　*　　　　*

서장 동부 지역, 림지(林芝) 외곽의 한 산골짜기.

폭우가 쏟아지는 가운데, 흰 피풍과 푸른 피풍을 두른 두 무리가 은밀한 보식으로 빗물을 가르며 쾌속하게 나아가고 있었다. 어림잡아 사오십 명 정도 되는 행렬이었다.

그들이 이윽고 가파른 협로를 지나 언덕의 너른 평지에 당도하자 갈색 무복을 걸친 무인이 삼십여 명이 미리 자리를 잡고 병풍처럼 도열해 서 있는 것이 보였다.

예의 십여 명은 바로 지마맥을 계승한 지마신전의 상위 마인들이었다. 그리고 반대편, 각기 다른 색의 피풍을 걸치고 있는 일련의 무리는 천마교와 빙마신궁의 수뇌부였다.

길게 도열한 지마신전 마인들 중 유독 장중한 분위기를 가진 백발노인이 앞으로 한 발짝 나섰다.

부리부리한 호안에 명치까지 드리운 수염과 바위처럼 다부진 체격, 그리고 체외로 자연스럽게 뿜어져 나오는 짙은 마기의 아지랑이.

당금 지마신전의 전주, 지마존 노료(路遼)다.

천마존 섭패와 더불어 한때 마도쌍존으로 불린 그는 극강의 마도 노고수답게 눈빛만으로 상대를 제압하는 위용을 간직지고 있었다.

"아직도 살아 있다니, 참으로 놀랍군."

노료의 카랑카랑한 음성에 율악이 오연한 태도로 말을 받았다.

"더 놀라운 것은 당신이 본교의 뜻을 거역하고 마음대로 활개를 치려 든 게 아닐까 싶은데……. 명색이 지마맥 본맥을 계승한 자가 한낱 육대마가 따위와 손을 맞잡다니, 아랫사람들 보기에 부끄럽지도 않나?"

노료의 한쪽 눈썹과 입꼬리가 실쭉 올라갔다.

"뚫린 입이라고 감히……."

바로 그때, 율악의 곁에 선 북리야향이 청안을 번뜩이며 소매를 가볍게 떨쳤다.

츠파파파파파……!

기이한 음향과 함께 체외로 발출된 냉기가 사위로 번지자 무수한 빗방울이 모조리 우박으로 화했고, 동시에 빙벽이 생성되어 좌중의 주변을 둘러쳤다.

마치 거대한 얼음 방 안에 갇혀 버린 듯한 광경.

한 줄기 미소를 흘린 북리야향은 이내 마기를 갈무리하며 요염한 입술을 움직였다.

"낮말은 새가 듣고 밤말은 쥐가 듣는 법. 조심해서 나쁠 것 없지."

지마맥 마인들은 그런 북리야향의 고절한 솜씨에 저마다 속으로 감탄했다.

실지 다들 상위 고수였으니 망정이지, 그렇지 않았다면 빙벽이 만든 공간 내에 가득한 빙기에 의해 기맥과 혈맥이 수축되고 말았을 것이다.

율악이 다시 말했다.

"단도직입적으로 묻지. 네가 이곳에 나타난 것은…… 우리의 뜻에 응하고자 함인가, 아니면 육대마가 편에 서 우리와 대적하려 함인가?"

"난 보다시피 본전의 인원만 데리고 왔을 뿐, 육대마가엔 알리지 않았다. 이게 무슨 의미인지…… 잘 알겠지? 율악."

"후훗. 어떤 길이 유리할지 재 본 다음 판단하겠다, 아마도 그런 뜻인 듯싶은데."

"그렇다. 한데……."

노료는 말꼬리를 흐리며 율악 뒤편에 선 천마교 마인들을 눈동자에 담았다. 그러다가 이내 입가에 비릿한 조소를 머금었다.

"창마왕 공양적을 제외하곤 눈에 띠는 인물이 없군. 천마존은 어디에 있는가?"

그는 이미 육대마가를 통해 천마존이 이십대 청년의 모습으로 부활했다는 정보를 입수한 터였다. 그런데 아무리 눈을 씻고 봐도 이 자리엔 대다수가 삼사십대의 중년이었고, 젊은 사내는 단 한 명도 없었다.

"갈응문 사건에 대해 들었다. 끌, 보아하니 인성이 변한 천마존을 설득하는 데 실패한 모양이구나. 미안하지만 육대마가 이상의 전력을 발휘하긴 무리일 듯싶으니, 차라리 내 밑으로 들어오는 것은 어떤가?"

노료는 그 말에 이어 북리야향을 쳐다보았다.

"빙마신궁도 선택을 달리하는 게 좋을 것이야. 일파의 수장이라면 최소한 성한 동아줄과 썩은 동아줄 정도는 구분할 줄 알아야지."

그녀가 콧방귀를 뀌며 대꾸했다.

"후, 오지랖도 넓네. 내 걱정일랑 말아."

바로 그때, 율악 뒤편에 자리해 있던 한 사십대 사내가 조용히 걸음을 떼 전면으로 나섰다.

노료를 위시한 지마신전 마인들의 시선이 일제히 집중된 가운데, 중년 사내가 희미한 웃음을 흘리며 피풍을 벗어 던졌다.

강인한 인상에 훤칠한 신장과 건장한 체격, 하지만 마기를 일절 느낄 수 없는 지극히 평범한 기도의 사내. 마치 마공을 아예 익히지 않은 것 같은 묘한 인물이었다.

노료는 기감을 한껏 돋워 상대를 살폈지만 여전히 어떠한 마기도 감지할 수 없었다.

예의 사내가 돌연 서늘한 안광을 발했다.

"오랜만이다, 노료. 못 본 새 많이 늙었구나."

순간 노료는 기이한 전율에 몸을 떨었다.

"서, 설마…… 섭패?"

"감히 본좌의 허락도 없이 봉문 조약을 깼으니, 의당 그 대가를 치러야 마땅할 터!"

직후 천마존의 신형이 빛살처럼 전방으로 쾌속하게 쏘아져 나갔다.

소리를 앞지르는 가공할 속도의 경공술.

천마섬전비.

퍽! 하는 둔탁한 소리와 함께 노료의 몸이 크게 휘청하며 미끄러지듯 사오 보 뒤로 밀려났다.

"큭……!"

짧은 신음을 흘린 노료의 인상이 무참히 구겨졌다.

신속히 두 팔을 놀려 천마섬전비와 연계한 일권을 방어했지만 그에 실린 막대한 힘을 감당하지 못했던 것이다.

율악, 북리야향 등 소수를 제외한 대다수는 천마존의 동작을 육안으로 간파할 수 없었다. 그 정도로 엄청난 속도였다.

찰나지간, 깡마른 팔십대 노인이 흉흉한 기세로 천마존의 우측을 노려 쇄도해 들었다.

지마신전의 부전주, 고지광마(高地狂魔) 필부존(畢赴存).

노료 다음가는 초고수의 손속이 어두운 기운을 머금은 장력을 뿌린 순간, 천마존의 신형이 시야에서 촛불 꺼지듯 픽! 사라졌다. 그렇게 필부존의 장력은 허무히 공기만 두드렸고 천마존은 어느새 그의 등 뒤를 점했다.

퍼허엉!

파공음과 함께 필부존은 뒤로 강하게 주르륵 밀리며 한쪽 무릎을 푹! 하고 꿇었다.

"큭……!"

입술을 비집고 나오는 나지막한 신음.

날선 육감에 이끌려 반사적으로 방어했지만 내상을 피할 수 없었다.

노료가 이마에 핏대를 세운 채 외쳤다.

"나서지 마라!"

그러곤 즉각 지면을 차고 천마존 정면으로 육박해 들며 우수를 내뻗었다.

콰아아아아아아—!

나선을 그리듯 발출된 거대한 마기의 환(環).

지마대공(地魔大功)의 삼대절기, 지마대살기류환(地魔大殺氣流環)이다.

동시에 우수도 놀렸다. 그러자 천마존이 딛고 선 자리의 지면이 쩌저적! 균열을 일으키더니 손 형태의 마기가 단층을 깨부수고 치솟아 두 다리를 강하게 움켰다.

또 하나의 절기, 지동금나마수기(地動擒拿魔手氣).

일순 천마존의 전신으로 시커먼 마기가 폭사되자 빙벽 내부의 공기가 만 근 바위처럼 무거워지더니 어마어마한 압력을 가해 왔다.

북리야향은 즉각 극성의 공력을 이끌어 내 빙벽을 한층 견고하게 만들었고, 나머지 인원도 사력을 다해 가공할 압력에 대항했다.

천마존은 그대로 인거천마결을 발동시켰고, 온몸으로부터 톱니처럼 발출된 그 흑색 마력에 의해 지동금나마수기가 무참히 분쇄되었다. 뒤이어 천마존의 우수가 지척으로 육박한 지마대살기류환을 노려 사나운 궤적을 그렸다.

후우우우우웅—!

수영을 따라 생성된 석 자 길이의 선명한 빛살이 아무런 폭음도 터뜨리지 않은 채 지마대살기류환을 반으로 쪼갰다.

파스스스스스……

절단된 지마대살기류환이 가루처럼 흩어지는 가운데, 사오 보 거리에 멈춰 선 노료가 경악한 표정으로 말을 더듬댔다.

"바, 방금 그것은 무슨……?"

"후훗. 바로 강기라는 것이다."

"가…… 강기!"

노료를 비롯한 좌중의 낯빛이 사색이 되었다.

강기지경.

기공 영역의 끝이라는, 절대 극상 수위의 내력 공부.

천외삼마선을 제외하면 어느 누구도 성취한 적 없다는 전설의 무공이 천마존의 손을 통해 외현되었다.

"크흐흐. 보다시피 강기는 세상의 그 어떤 내가 절학보다 강력하다. 석 자 길이의 강기는 천마신공 절기 세 가지를 합한 위력과 맞먹는 수준이지. 네 녀석의 지마대살기류환 따위론 흠집조차 낼 수 없느니라."

"허, 예서 강기를 보게 될 줄이야. 눈이 호강하는군."

그렇게 말한 노료는 더 이상 다툴 의지가 없다는 듯 내공을 갈무리하며 나지막이 물었다.

"탈태환골에 반로환동을 겪으며 그러한 큰 깨달음을 얻었느냐? 한데 내 듣기로 이십대 청년의 모습을 하고 있다던데, 지금 그 모습은……."

어째서 중년 사내로 변모한 것인지, 일련의 사연이 궁금하단 뜻이다.

천마존이 여유롭게 뒷짐을 지며 씩 웃었다.

"훗, 그건 내가 아니었다. 다른 이의 육신에 내 영혼이 잠깐 머무른 것이었을 뿐."

"으음…… 육신은 죽었으나 정신은 잔존한 상태였다, 그런 말인가?"

"난 다시 그 몸을 벗어나 지금 네가 보고 있는 이 육신을 새로이 얻었다. 비로소 진정한 나로 부활했지. 쉽게 말해 긴 세월 온전한 상태로 보관되어 온 시신에 내 혼을 옮겨 생명을 되찾은 것이니라."

북리야향이 한마디를 보탰다.

"호홋, 본궁의 도움이 컸지."

그러자 노료가 놀랍다는 눈빛으로 물었다.

"너희 빙마신궁이…… 그에게 육신을 선물했느냐?"

"맞아. 뭐, 당신도 마도 역사를 공부했으니 잘 알고 있을 거야. 천우마용사란 별호 말이야."

그 말을 들은 노료의 눈빛이 재차 경악으로 물들었다.

"처, 천우마용사! 세상에……."

그때 천마존이 걸음을 옮겨 노료의 면전에 바짝 다가섰다.

"어때, 네 기감으로도 내 몸에 깃든 마기를 전혀 느낄 수 없지 않느냐?"

"달리…… 이유가 있는 것인가?"

"물론이지. 본좌는 현재 천우마용사의 천마흡공지체로 인해 탈마경에 이른 상태다."

여러 사람들 입에서 나지막한 탄성이 터져 나왔다.

'강기를 성취한 것도 모자라 탈마경까지 도달했다고? 그렇다면 생전의 천외삼마선과 맞먹는 공력일 수도 있겠군. 과연…… 놈은 역시 괴물이다. 용군무가 비록 세상에 다시 나오

기 힘든 재능이라지만, 저 섭패가 가진 그것에 비할 바가 아니야!'

"노료, 자초지종을 듣고 싶거든 그만 길을 선택하라."

천마존의 단호한 음성.

자신을 따를 것인지, 아니면 육대마가와 연합을 지속할 것이지를 묻고 있다.

노료는 슬쩍 고개를 돌려 저편에 자리한 필부존을 바라보았다. 그에 필부존이 의미심장한 눈짓을 보냈다.

의중을 읽은 듯 고개를 끄덕인 노료가 이내 천마존에게로 시선을 옮기며 진중한 목소리를 흘렸다.

"필부존을 통해 들은 뇌룡마가의 젊은 가주 용군무의 무위는 가히 일절이었지. 과거 날 꺾었던 널 너끈히 상회할 정도였어. 잘 알다시피 필부존의 실력은 네 휘하에 있던 십이주교와 비교해도 손색이 없는데, 그런 그가 여러 절기를 구사하고도 옷깃조차 찢지 못했으니까. 육대마가 입장에선 실로 오랜만에 무의 천재가 나타난 셈이지. 솔직히 그와 손을 맞잡으면 중원 정복도 꿈이 아니리라 생각했다. 하지만……."

눈을 한 번 지그시 감았다 뜬 그가 다시 말했다.

"……너의 무위를 보고서 마음이 바뀌었다. 본전은 오늘부터 육대마가와 모든 연을 끊고 그대의 뜻을 전적으로 따르겠다."

노료의 선언에 지마신전 마인들 전원이 정중히 허리를 굽혀 동조의 뜻을 밝혔다.

천마존이 흡족한 미소로 고개를 끄덕거렸다.

"좋아, 마도 무림의 근원이라 할 수 있는 우리 사대마맥이 역사상 처음으로 힘을 모으게 되었다. 육대마가로선 예상조차 못했을 것이야. 본좌는 오늘 이 회동을 발판으로 삼아 마도 무림을 통합한 후 중원을 휩쓸어 버릴 생각이다."

그러자 노료가 의미심장한 눈빛으로 질문을 던졌다.

"보아하니 이미 여러 계획을 세워 놓은 것 같은데……?"

천마존 대신 율악이 대답했다.

"뇌룡마가의 애송이가 잠든 마선들을 깨우는 날짜에 맞춰 우리도 그곳으로 향할 것이다. 그리고…… 마경이 가진 미증유의 힘을 교주께서 취하실 예정이지."

"허어, 마경의 힘까지 취한다고?"

노료가 놀란 표정을 짓는 순간 북리야향의 붉은 입술이 교소를 터뜨렸다.

"호호호홋! 전무후무한 초마인이 탄생되는 순간을 볼 수 있게 되어 영광이야. 앞으로 잘 부탁해, 천마존. 부디 우리 공을 잊지 말라고."

"당연한 소리를……. 북리야향, 이참에 내 여자가 되는 게 어떠냐? 장차 천하를 손에 쥘 사내 곁에 머물 수 있는 기회를 네게 가장 먼저 주고 싶은데."

천마존의 말에 북리야향이 더없이 요염한 표정을 지었다.

"그것도 나쁘진 않지. 한데…… 아직은 일러. 적어도 마경의 힘을 쟁취하기 전까진 내 몸과 마음을 허락할 생각이 없거든."

"반드시 그리 될 것이니 걱정하지 마라, 크큭."

소성을 흘린 천마존이 이내 노료를 보며 일렀다.

"뇌룡마가의 겁 없는 철부지는 이미 내 적수가 아니다. 걱정거리는 따로 있지. 다름 아닌 혈마황의 후인…… 천공이란 새끼."

"무어라! 혀, 혈마황의 후인? 아니, 혈마맥의 진전을 이은 자가 당세에 존재한단 말이냐!"

노료의 외침에 다른 이들도 덩달아 크게 동요했다.

"앞서 너희가 탈태환골과 반노환동을 이룬 나라고 오인했던 인물, 그 녀석이 바로 혈마맥 본존의 혈신마라공을 계승했다. 또한 소림사 고유의 불문 절학도 익혔지. 즉, 마력과 불력을 한 몸에 가진, 무림사에 그 유례가 없는 불세출의 무재이니라."

"마력과 불력을 조화시킨 무인이라니, 그게 정말 가능한 일인가?"

"과거 본좌를 죽음에 이르게 만든 것도 다름 아닌 천공의 소행이다. 녀석과 비교하면 용군무 따위의 재주는 호랑이 앞의 고양이에 불과하거늘."

"큼, 오늘 도대체 몇 번이나 놀라는 것인지……."

노료는 혀를 내두르며 고개를 절레절레 흔들었다. 이에 천마존이 좌중을 둘러보며 말했다.

"아무튼 천공은 필시 마선이 잠들어 있는 장소에 나타날 것이다. 해서 그 녀석을 이용하면 어렵지 않게 마경의 힘을 내 것으로 만들 수 있을 터. 크흐흐흐……."

　　　　　*　　　　　　*　　　　　　*

　천공과 단희연은 신비괴림을 벗어난 즉시 관도를 따라 청룡
동방세가로 향했다. 예전 동방표호와 여태백 앞에서 했던 약속
을 지키기 위함이었다.

　삼월로 막 접어든 무렵, 두 사람은 강소성 소주에 위치한 청
룡동방세가에 당도했다. 그렇게 정문을 두드린 천공과 단희연
은 가신의 안내를 받아 한 전각의 내실로 들어 동방표호와 만
남을 가졌다.

　인사를 나누기가 무섭게 천공은 어렵사리 자신의 사연을 토
로했기 시작했고, 동방표호는 열린 마음으로 그의 말을 경청했
다.

　대략 반 시진 후, 천공이 이야기를 끝내자 동방표호가 더없
이 진중한 표정으로 입을 열었다.

　"흐음…… 내가 예상한 것보다 훨씬 더 무거운 내용이로군.
자네도 마음고생이 꽤나 컸겠어."

　천공이 뭐라 말하려는 찰나 단희연이 불쑥 나섰다.

　"동방 가주, 제발 그의 비밀을 지켜 주세요. 아니, 그가 마
경과 마선의 부활을 저지할 수 있도록 힘을 보태어 주시길 바
라요. 무엇보다 중원 강호의 흥망이 걸린 일이잖아요."

　그녀의 간곡한 목소리에 동방표호가 탁자의 찻잔을 어루만
지며 나지막이 일렀다.

　"아들의 목숨을 구해 준 은인에게 그 정도 약속쯤이야 일도
아닐세. 게다가 지금은 내가 설사 내키지 않는다고 해도 강제

로 도울 수밖에 없는 상황이라네. 실은…… 두 사람이 흑운동에 든 동안 강호 정세가 급변했어."

그는 곧이어 육대마가의 수상한 움직임과 관련해 정파와 사파가 맹을 결성하게 된 일련의 과정과 현재 진행되는 있는 일을 상세히 가르쳐 주었다.

동방표호의 말을 들은 천공의 결연한 얼굴로 말했다.

"역시 흑선의 예측이 틀리지 않았군요. 하지만 육대마가는 저와 단 소저가 변수가 되리란 것을 모르고 있습니다. 그러니 이 점을 적극 활용하면 초반에 승기를 잡을 수 있을 것입니다. 만약 마경과 두 마선의 부활을 성공적으로 저지한다면 의욕을 잃은 채 발을 뺄지도 모르는 일이고요."

"내 생각도 그와 같네. 한데…… 마찬가지로 천마존이 변수가 될 가능성도 염두에 두어야지."

"예, 저도 그것이 신경 쓰이는 부분입니다. 지금쯤 완벽히 부활했을 가능성이 큰데, 향후 어떤 식으로 등장할지 당장 예측하긴 힘듭니다. 그래도 한 가지 확실한 것은 육대마가를 향한 천마존의 분노가 매우 크다는 점이지요."

"그때…… 영혼지체의 합일로 알게 된 사실인가?"

"예. 또한 흑운동에 있던 마경을 이용해 육대마가와 모종의 거래를 벌이는 일은 결코 없으리라 판단됩니다. 되레 자신이 그 힘을 가지려 할 가능성이 크지요. 여하간 제가 최우선으로 해결해야 할 일은 두 마선과 마경을 없애는 것입니다."

"육대마가는 정예 무대를 이끌고 두 마선이 잠든 장소에 나타날 것이 분명하네. 그러니 두 사람만 그곳으로 보낼 수는 없

는 노릇⋯⋯. 정파와 사파가 따로 전력을 꾸려 자네 뒤를 받쳐
주어야 방해를 받지 않고 대업을 이룰 수 있을 테지. 역시 나
와 용두방주의 역할이 무엇보다 중요하겠군."

자신이 가진 명성과 지위를 이용해 천공의 신분을 보장해
줄 필요가 있다는 의미다.

"칠대세가 수뇌부는 내가 어떻게든 설득해 볼 테니 너무 마
음 쓰지 말게. 정 안 되면 본가 단독으로라도 자넬 지원할 것
이야."

동방표호의 호언과 배려에 천공과 단희연은 기쁜 얼굴로 감
사의 말을 전했다. 보은의 도리를 할 뿐이라며 점잖게 손사래
를 친 동방표호가 물었다.

"자넨 이대로 개방으로 갈 생각인가?"

"예. 우선 개방을 들러 용두방주를 뵌 다음, 사문을 방문할
계획입니다. 무당, 화산 등 나머지 여덟 장문인을 설득하기 위
해선 사부님의 입김이 필요하니까요."

"마차를 빌려 줄 터이니 타고 가도록 하게."

천공과 단희연은 그렇게 동방표호에게 작별을 고한 후 청룡
동방세가를 나섰다.

강소성 경계를 넘어 안휘성을 가로지른 마차는 정확히 십사
일 후 개봉 경내 북부의 개방 총타에 도착했다.

높은 명성과 달리 총타는 규모만 크지, 각종 건물이나 시설
이 몹시 낡은 상태였다. 지붕이고 기둥이고 할 것 없이 손만
대면 금방 툭! 쓰러져 버릴 듯이. 하지만 천공은 오히려 긴 세
월 동안 개방이 추구해 온 정신이 녹아 있는 것 같아 내심 감

탄스러웠다.

두 사람이 이윽고 곳곳에 거미줄이 쳐진 내실로 발을 들이자 바닥에 돗자리를 깔고 앉은 여태백이 환한 표정으로 맞이해 주었다.

"허헛! 자네, 약속을 잊지 않았구먼!"

천공은 포권지례와 함께 승궁인의 안부부터 물었다.

"궁인은 열흘 전 지하 밀실 특훈을 성공적으로 마치고 나왔지. 내 이미 사람을 시켜 이곳으로 오라 일렀네."

아니나 다를까, 밖에서 기척이 들리나 싶더니 승궁인이 문을 벌컥 열고 들어섰다.

세 사람은 반갑게 인사를 나누었다.

승궁인의 기도는 예전과 사뭇 달랐다. 그러한 변화를 간파한 천공이 빙그레 미소를 지으며 물었다.

"승 형, 갈무리된 공력이 실로 대단하군요. 어떤 공부를 성취한 겁니까?"

"하핫, 제이대 조사님 이후로 어느 누구도 구결을 깨우치지 못한 비전 절기 만리추풍수마장을 연마했어. 천마교로부터 입수한 열 권의 비급, 그 요체를 이용한 덕분이지."

"아, 그렇군요. 축하합니다."

"아마 청룡동방세가에 들렀다 오는 길이겠지?"

"예. 아쉽지만 휘는 만나지 못했습니다. 그는 이미……."

"알아, 알아. 녀석은 청룡신검대와 더불어 사천 지역의 최전선에 배치되었지. 나도 불과 며칠 전에 전해 들었어."

승궁인의 두 눈이 문뜩 이채를 머금었다. 지난 특훈을 통해 단련된 기감으로도 두 사람의 기도를 쉬이 파악하기 힘들었기 때문이다.

'호오, 보아하니 둘 다 엄청난 성취를 이룬 모양이군. 단소저는 유령검법을 극성을 터득한 것이 분명한 듯싶고, 천공은……'

알쏭달쏭했다.

천공이나 단희연이나 시간을 헛되이 보내지 않았음은 자명한 이치인데, 겉으로 드러나는 기도가 예전과 비교해 큰 차이가 없는 느낌이었다.

그렇다면 결론은 하나.

'흠, 이미 내가 헤아릴 수 있는 범주를 벗어났구나. 모르긴 몰라도 최소한 두 배 이상은 강해진 것 같아. 도대체…… 얼마나 대단한 공력을 성취한 걸까?'

무인으로서 그런 둘의 무력을 직접 확인하고픈 호승지심이 슬그머니 가슴속에 똬리를 튼다.

일행은 이내 돗자리가 깔린 바닥에 둘러앉아 장시간에 걸쳐 여러 이야기를 나누었다.

천공과 소림사의 비사를 비로소 알게 된 여태백의 반응은 동방표호와 별반 다르지 않았다.

"막연히 혈마맥과 연관이 있을 것이라 예상만 했지, 이토록 깊은 사연이 숨어 있을 줄은 몰랐군. 역시 소림사로다. 그 대의를 위한 희생정신 앞엔 감복하지 않을 수가 없구먼. 허헛, 본방은 아직도 갈 길이 먼 듯하이."

승궁인의 마음 역시도 그와 같았다.

'내가 만약 천공의 처지였다면……'

과연 좌절하지 않고 끝까지 최선을 다할 수 있었을까? 그런 생각이 들자 천공이 새삼 달리 보였다.

여태백은 신속하게 결론을 내렸다. 그는 동방표호가 그랬던 것처럼 마경의 의지와 두 마선의 부활을 저지하기 위해, 또 천마존의 부활이 가지고 올 새로운 난제에 대해 지원을 아끼지 않으리라 굳게 약속했다.

승궁인이 흐뭇한 미소로 천공의 어깨를 툭툭 두드렸다.

"네가…… 천중 스님의 친우일 줄은 몰랐어. 아무튼 다시 소림사로 가면 특무제자의 지위를 되찾겠군. 진심으로 축하하네. 아우, 아니…… 천공 스님."

"세속의 틀에 얽매인 사이로 지내는 게 더 어색할 것 같습니다. 그냥 아우라 칭해도 상관없어요, 승 형. 솔직히 이번 사태를 수습하고 나면 향후 서로 자주 볼 기회가 있을지 없을지 장담하기 힘든데…… 이제 와서 각별한 호칭을 버리기엔 그간 쌓은 정이 너무 아깝잖습니까."

그러자 여태백이 껄껄 웃으며 말했다.

"좋군, 좋아. 두 사람의 인연을 계기로 본방과 소림사가 앞으로 한층 긴밀한 사이로 발전할 수 있을 듯싶군."

한편 단희연은 내심 아쉬움에 깃들었다. 긴 시간 천공과 함께하며 묘한 연정이 싹텄는데, 그가 다시 항마조 수승으로 살아가게 되리라 생각하니 자못 서운했다.

'하나 어쩌겠어. 그것이 그의 길인데……'

바로 그때, 흡사 고슴도치처럼 수염이 난 오십대 개방도 한 명이 헐레벌떡 나타나 여태백에게 귓속말로 보고를 올렸다. 그는 다름 아닌 용두밀개대 대장 쾌영신개(快影神丐) 대첨(大僉)이었다.

부첨의 말이 끝나자 안색이 일변한 여태백이 즉각 명을 내렸다.

"용두밀개대를 비롯해 백개당(白丐堂), 흑개당(黑丐堂), 취개당(醉丐堂), 삼 개 당을 전원 소집하라. 총타 업무를 법개당에 일임하고 이각 뒤에 곧바로 출발할 것이야."

대첨이 대답과 함께 사라지자 여태백이 일행을 향해 다급히 일렀다.

"지금 촉루혈문 주도하에 흑도오문 등이 각출한 사파 정예 무대가 귀검성과 일전을 벌이려 하는데, 놀랍게도 현 귀검성주는 신검귀 구예가 아니라 그로 위장한 천기마랑 범소라는구먼. 천환마가의 장남 말일세."

단희연이 화들짝 놀라 물었다.

"세상에, 내가 성을 떠날 당시엔 아무런 징후도 발견하지 못했는데……. 방주, 정확한 정보인가요?"

"은작단과 요화원이 차례로 냉면귀검사 양판교의 증언과 일련의 증거를 확보했다고 하네. 본방이 이제껏 그 낌새를 알아차리지 못한 것이 조금 자존심 상하는 일이지만, 지금은 그러한 것을 따질 때가 아니지. 왜냐하면……."

여태백의 시선이 천공의 얼굴에 머물렀다. 그러자 천공의 낯빛이 굳었다.

"설마 본사를 상대로……?"

"음, 자네 짐작이 맞아. 귀검성은 현재 이 지역 남부에 자리를 잡고 있는 여러 사파 세력과 힘을 합쳐 소림사를 칠 계획이라고 하는군. 필시 방장께서 자리를 비우신 틈을 노리려는 게지."

정파 맹의 맹주로 추대된 일화는 현재 소림사 전력의 반을 이끌고서 서북부 최전선인 곤륜산에 머무는 중이었다.

미간을 찌푸린 여태백이 우려를 표했다.

"귀검성이 이미 진격을 시작했다면 소림사에 피해가 갈 것이 분명하네. 일단 흑도오문을 중심으로 한 정예 무대가 귀검성 본진을 치는 동안 우린 신속히 숭산으로 가는 것이 좋을 듯싶으니 어서 떠날 채비를 하게."

*   *   *

하남성 중부에 위치한 광활한 숲.

범소가 이끄는 귀검성과 휘하 팔 개 세력의 전력은 도합 일천 명이 넘었다. 이 정도 인원이라면 불시에 소림사를 들이쳐 적잖은 피해를 입힐 수 있을 것임이 분명했다.

범소가 벌이려는 싸움의 목적은 승리가 아닌, 마가 연맹 본대의 일정에 맞춰 정사 맹의 움직임에 혼선을 가하기 위함이었다.

뒷짐을 진 범소는 구름 한 점 없이 푸른 하늘을 올려다보다가 돌연 씩 웃었다.

"후훗, 닷새 후…… 본대의 습격 앞에 숭산 중놈들이 과연 어떤 표정을 지을지 벌써부터 궁금하군."

직후 그의 등 뒤에 자리한 심복 철혼과 요혼이 저마다 조심스럽게 말을 꺼냈다.

"일이 너무 순조로우니 되레 불안감이 듭니다."

"옛말에 이르기를 '맹수는 길들이기 쉬우나 사람의 마음은 길들이기 어렵다'고 했습니다. 전 솔직히 양판교를 신뢰하지 않습니다."

범소가 가만히 고개를 돌려 둘을 응시했다.

"양판교에게 성을 맡기고 온 것이 불만인 모양이구나. 그래, 계곡은 흙과 돌로 메울 수 있지만 사람의 마음은 만족시키기 어려운 법이지. 하나 걱정하지 마라. 이미 우리 마가 연맹이 제시한 것보다 나은 조건을 제시할 세력은 전무한 실정이다. 그러니 놈이 당장 배신할 여유 따윈 없을 터. 어차피 이번 일이 끝나면 우리는 발을 뺄 것이고, 그러면 양판교는 자연히 정사 맹에 의해 처단될 것이니 쓸데없는 걱정은 버려라. 그건 그렇고, 조는……."

그가 말꼬리를 흐리자 요혼이 그 의중을 간파하고서 고개를 숙였다.

"이공자의 행방은 아직까지 오리무중입니다. 정말 면목이 없습니다."

범소는 눈을 가늘게 뜨다가 이내 고개를 홱 돌렸다.

"됐다. 백년대계가 실행 단계에 접어든 이상 녀석의 생사는 하늘에 맡기는 수밖에 없지. 안 그래도 얼마 전 중원에 발을 들이신 아버님의 전갈을 받아 보았다. 괜한 수색 작업으로 꼬리를 밟히지 말고 중단하라는…….”

그것은 곧 혈육의 정보다 마가 연맹의 대업을 우선시하라는 뜻이 아닌가. 대체 마심이 어느 정도로 깊어야 그러한 결정을 내릴 수 있는 것일까.

철혼과 요혼은 내심 천환마가주의 비정함에 혀를 내두르며 감탄했다. 한데 그 순간, 마흔 초반의 대머리 사내 한 명이 급한 걸음으로 다가왔다.

범소가 뜻밖이라는 표정으로 물었다.

“아니, 네가 이곳엔 어쩐 일이냐?”

불과 몇 달 전에 새로이 합류한 천환마가의 가신 익혼(翼魂)이었다. 원래 그의 임무는 후방에 머물며 귀검성 내 동태를 감시하며 인력과 물자를 지원하는 것이었는데…….

“대공자를 뵙습니다! 시급한 일이라 명을 어기고 이렇듯 직접 오게 되었습니다. 현재 흑도오문이 이끄는 전력이 귀검성을 향하고 있다는 소식을 접했는데, 아마 수일 내로 당도하리라 예상됩니다.”

“뭣……!”

“해서 그 의도를 파악하고자 양판교가 성 밖으로 나갔습니다. 어찌할까요?”

잠시간 골몰하던 범소는 마침내 익혼과 함께 귀검성으로 임시 귀환하기로 결정했다. 그러곤 성내 십대고수이자 실질적 서열 삼위인 귀풍검매(鬼風劍魅) 왕영(王營)을 따로 호출해 일을 간단히 설명한 후 명을 내렸다.

“오암산(烏巖山)에 이르면 천환마가주의 원정대가 기다리고

있을 것이다. 조속히 마무리 짓고 올 테니 그곳에 가 대기토록
하라."

"알겠습니다. 한데…… 천환마가를 정말 믿어도 될까요?"

"어허! 걱정하지 마라. 본성과 천환마가는 실지 혈맹의 관
계나 다름 아니다. 설마 본좌를 의심하는 것이냐?"

"아, 아닙니다. 성주님."

그렇게 왕영은 본대를 이끌고 길을 떠났고, 범소는 익혼과
더불어 바삐 귀검성으로 향했다.

$$* \qquad * \qquad *$$

소림사가 자리한 숭산으로부터 그리 멀지 않은 하북의 대도
낙양(洛陽). 이곳을 주름잡고 있는 정파 무문은 다름 아닌 원
앙무문이었다.

문주 자앙여협 교만옥은 집무실 서궤에 앉아 제갈유가 은밀
히 보내 온 서신의 글을 눈으로 훑어 내렸다. 이윽고 그녀의
입가에 희미한 웃음이 맺혔다.

"좋아, 드디어 개방이 움직이기 시작했구나. 이제 본문이
나설 차례인가."

그녀 앞에 선 풍채 좋은 육십대 검수가 물었다.

"문주께서 직접 소림사로 향하실 계획입니까?"

바로 부문주인 원앙비류검(鴛鴦飛流劍) 석무정(石無情)이
었다.

"물론이죠. 그래야 개방의 눈과 귀를 완벽히 속이고 의심을

피할 수 있습니다. 아마 조만간 개방이 연락을 취해 올 것이니, 그러면 난 깜짝 놀라는 척하며 소림사로 전력을 이끌고 떠날 생각입니다. 희생자가 제법 나오겠지만, 그 정도는 이미 각오했지 않습니까. 석 부문주, 거듭 당부하지만…… 강호 일통이란 패업을 이루는 과정에 있어 근시안적인 행동은 절대 금물이니 명심 또 명심해요."

"예, 문주. 아무튼 천환마가도 참 불쌍하군요. 자신들이 재물로 전락하리라곤 생각조차 못했을 텐데……. 후훗."

              *   *   *

뇌룡마가를 중심으로 한 마가 연맹의 정예 삼천여 명은 서장 지역을 떠나 신강 지역 중앙의 광활한 탑리목분지(塔里木盆地)에 이르렀다.

그들은 이대로 탑리목분지를 가로질러 감숙성 경계를 넘은 후 패검마선 작외겸과 섬륜마선 공야징이 잠들어 있는 장소 명사산으로 향할 계획이었다.

기실 예전 같으면 이렇듯 대규모 전력을 이끌고 신강 지역 내로 함부로 발을 들이는 것은 꿈도 꾸지 못했을 일. 하지만 천마교가 사라진 지금은 거리낄 게 없었다.

서편 하늘이 노을로 물든 무렵.

크고 작은 산들로 병풍을 두른 드넓은 대지에 진을 펼친 가운데, 북쪽의 큰 막사 내에선 뇌룡마가주 용군무가 수뇌부 회의를 주재하고 있었다.

중원 정사 연합의 동향과 관련한 논의가 한참 동안 이어지던 도중 막사 입구의 휘장이 걷히더니 음침한 기도와 냉랭한 기도를 가진 남녀 마인 둘이 안으로 들어섰다.

　지마존 노료, 그리고 빙정마후 북리야향.

　상석에 자리한 용군무가 동공을 빛내며 부드러운 목소리로 그들을 맞이했다.

　"반드시 나타나시리라 믿고 있었습니다."

　그러자 북리야향의 붉은 입술이 고혹적인 미소를 머금었다.

　"후훗, 늦어서 미안해요. 천마존의 눈을 속이느라⋯⋯."

35장.
개전(開戰)

노료는 거만한 표정으로 좌우에 자리한 마인들의 얼굴을 차례로 살폈다.

현재 이 막사에 모인 수뇌부는 도합 스무 명 남짓.

천환마가를 제외한 나머지 마가의 주인들 모두가 이곳에 자리했다. 그리고 천마교가 사라진 직후 포섭된 야차부, 아수라궁, 마화군방원 등 여러 세력의 수장들도 보였다.

좌측 열에 앉은 초로의 선비를 연상시키는 검수가 그런 노료를 보며 속으로 탄성을 터뜨렸다.

'마도쌍존으로 불리던 극강의 고수답게 단지 눈빛만으로도 숨 막힐 듯한 기염을 발산하는구나.'

그는 예전 동방표호의 칼에 죽임을 당한 숭월검자 사오량의 부친이자 월영마가의 가주 월광마검제(月光魔劍帝) 사우진(巳盃鎭)이었다.

철탑마가주 철갑마제 추곤릉, 금부마가주 쌍부현마제 하우의 생각도 그와 같았다.

반면 노료는 마도 명문가의 우두머리인 그들로부터 별다른 감흥을 느끼지 못했다. 정면에 보이는 용군무의 기도가 워낙 특출한 까닭이었다.

그런 노료의 눈동자가 한 인물의 얼굴에 이르러 작은 파문을 일으켰다.

불꽃 문양이 화려히 수놓인 붉은 무복 차림의 육십대 마인. 심지어 머리칼, 수염 등도 온통 붉은 빛깔인 그의 모습은 마치 거대한 화신(火神)이 강림한 듯했다.

태양염마제 제본기(濟本氣).

당대 일양마가의 가주이자 마가 연맹의 제이인자.

겉으로 드러나는 무형의 기도가 어찌나 막강한지 결코 누군가의 밑에 들어갈 사람으로 보이지 않을 정도다.

노료가 메마른 목소리로 물었다.

"네가…… 일양마가의 가주인가?"

동시에 제본기의 적색 눈썹이 꿈틀 올라갔다. 하지만 그 이상의 반응은 없었다.

"그렇소, 노 전주."

"개중에 그래도 쓸 만한 무력을 지닌 듯싶군."

노료의 광오하기 짝이 없는 말에 추곤릉, 하우 등의 낯빛이 일순 푸르락누르락 노기로 물들었다.

냉철한 성격의 월광마검제 사우진이 이내 점잖게 입을 열었다.

"노 전주, 선배의 예우를 바란다면 그에 걸맞은 언사를 보이시오."

순간 노료의 입가로 비릿한 조소가 떠올랐다.

"홋, 천마교가 건재했다면 고개조차 들지 못했을 잡배 주제에 어디서 감히 훈계를 던지느냐."

하우가 참지 못하고 고성을 발했다.

"하! 그러는 지마신전은 과거 봉문 굴욕까지 당했는데 뭐 잘났다고 거드름을 부리는 것이오!"

"다들 그만하십시오."

용군무의 나지막한 한마디에 장내는 순식간에 침묵에 휩싸였다. 마가를 통합한 후 한층 공고해진 그의 지위를 대변하는 광경이었다.

노료를 직시한 용군무가 말했다.

"노 전주, 앞으로 그러한 도발을 삼가 주십시오. 이것은 맹주 자격으로서 내리는 엄중한 경고입니다."

"그래…… 노부의 행동이 좀 과했군."

좌중은 뜻밖이라는 듯 노료를 바라봄과 동시에 용군무의 위풍에 내심 찬탄을 금치 못했다. 일평생 천마존 외엔 고개를 숙인 적이 없다는 개세의 노마두를 말만으로 제압했으니 당연히 그럴 수밖에.

용군무가 곧 화두를 돌렸다.

"천마존은 지금 천마교를 다시 일으켜 세우기 위해 무엇을 준비하고 있습니까?"

노료 대신 북리야향이 대답했다.

"준비랄 것도 없어. 본궁과 지마신전에 도움을 청해 왔지만 우리가 차례로 거절해 버렸으니 달리 방법이 있을 리 만무하지. 그저 이빨 빠진 호랑이일 뿐이야. 안 그랬으면 우리가 벌써 그와 손을 잡았지, 다시 이곳에 왔겠어?"

노료도 슬쩍 말을 거들었다.

"곁을 지키는 율악의 충심이 보기 안쓰러울 지경이더군."

"마경에 대해선……?"

머리를 가로저은 북리야향이 소성을 흘렸다.

"후훗, 전혀 모르고 있어. 장차 그대가 마경의 힘을 취하게 되면 아마 놀라 자빠질 테지."

용군무가 흡족한 미소로 고개를 끄덕인 후 말했다.

"두 분께선 곧장 곤륜산으로 향해 정사 무리와 연전을 벌이십시오. 철마전, 환마대루, 야차부의 전력 오백여 명이 두 분을 도울 것입니다. 천환마가는 이미 귀검성과 함께 소림사를 치기 위한 작전에 돌입했습니다. 우린 그렇게 중원 무림 연합의 이목이 분산된 틈을 타 명사산에 잠든 천외삼마선을 깨워 합류할 생각입니다. 우리가 합류하기 전까지 전력 손실을 최대한 줄임이 마땅하니, 전면전은 되도록 피하십시오. 물론 피해가 없을 수는 없겠지만…… 일단 이번 일만 성공적으로 끝나면 나머지 여정은 순조로울 것이니 아무쪼록 있는 힘을 다해 시간을 끌어 주시기 바랍니다."

노려가 두 눈을 호기롭게 빛내며 물었다.

"벌써부터 손이 근질근질하군. 아무튼 노부의 선택이 옳았음을 증명하기 위해서라도 반드시 성공해야 할 것이야. 만에 하나 실패한다면 본전은 머뭇대지 않고 발을 뺄 테니까."

그에 용군무는 자신감에 찬 표정으로 미소를 지었다.

"홋…… 명심하지요. 하나 제가 실패할 일은 절대 없을 것입니다."

                    *   *   *

귀풍검매 왕영은 전력을 이끌고 오암산에 당도해 천환마가 원정대와 만남을 가졌다.

후미진 계곡의 바위 틈새 같은 곳에 자리한 두 사람.

한 명은 범소로부터 본대 지휘권을 위임받은 왕영, 다른 한 명은 새하얀 두루마기를 걸치고서 접선(摺扇)을 손에 쥔 비범한 기풍의 오십대 사내였다.

왕영은 정면에 선 상대의 모습을 눈에 담으며 속으로 감탄했다.

'천환마가주 환상마제(幻像魔帝) 범숙(范熟)……. 역시 세간의 명성대로 기도가 남다르구나.'

훤칠한 키에 가슴까지 길게 드리운 멋진 수염, 그리고 심해처럼 깊고 그윽한 눈빛. 마치 세상사에 초연한 기인을 대하는 듯한 느낌이다.

귀검성의 급한 사정을 설명한 왕영이 물었다.

"어찌하시겠소? 범 가주."

"성주를 기다릴 여유가 없구려. 이곳 하남 지역은 개방 총타가 있소. 꾸물대다간 행적을 들키고 말 것이외다."

"그 말은 곧……."

"예정대로 일을 진행하자는 말이오."

"으음, 하지만……."

"내가 전부 책임지겠소. 구 성주가 차후 그대를 추궁할 일은 없게 할 터이니, 어서 떠날 채비를 하시오."

범숙의 말에 잠시 고민하던 왕영이 결단을 내렸다.

"음, 그럼 범 가주를 전적으로 믿고 움직이리다."

그렇게 왕영이 사라진 직후 철혼과 요혼이 귀신처럼 등장했다.

범숙이 두 눈을 번뜩이며 읊조리듯 말했다.

"아무래도 조짐이 심상치 않구나. 만에 하나 귀검성이 분쟁에 휩싸인다면…… 그냥 버려 두고 떠날 것이니 그리 알고 있거라."

철혼과 요혼이 화들짝 놀라자 범숙이 엄중한 목소리로 그 둘을 단속시켰다.

"명심해라! 지금 이 순간, 마가 연맹의 대업보다 중요한 것은 없다. 알겠느냐?"

"예, 가주."

*　　　　　*　　　　　*

개봉을 떠난 천공 일행은 정주(鄭州)를 지나 한 야산에 이르렀다.

소림사를 돕기 위해 출동한 개방 총타의 전력은 여태백을 필두로 무려 사오백 명에 이르렀다. 그것도 하류가 아닌 이류, 일류 반열의 고수들로 꾸린 전력이었다.

일행은 쉬지 않고 길을 달린 탓에 예서 잠시 숨을 고르며 휴식을 취했다. 그러던 중 매 한 마리가 허공에 나타나 한 바퀴를 선회하더니 이내 뚝 떨어져 여태백의 팔뚝 위로 가볍게 내려앉았다.

"녀석, 오느라 수고했다."

매의 머리를 부드럽게 쓰다듬은 그는 다리에 매달린 죽통의 뚜껑을 열었다. 그러자 돌돌 말린 작은 종이 한 장이 톡 튀어나왔다.

낙양의 원앙무문이 소림사를 돕기 위해 출정함. 그 외에 다른 무문도 차례로 지원할 것으로 보임. 또한 사파 맹의 첩보에 의하면 귀검성 전력은 현재 오암산을 지나 계속 북진 중이라고 함. 조만간 소림사와 충돌할 것으로 판단됨. 끝으로 천환마가 본대가 은밀히 합류했다는 정보가 있으나 아직까지 확인된 바는 없음.

여태백은 그 내용을 읽곤 나지막한 침음을 흘렸다.

"사부님, 낙양 분타에서 보내 온 급신입니까?"

고개를 끄덕인 여태백이 좌중을 향해 급신의 내용을 설명한 후 백개당 방도들로 하여금 기력 회복을 돕는 약을 나눠 주도록 지시했다.

"지금쯤 소림사도 급신을 받아 보았을 것이야. 그래도 전력의 규모가 어느 정도인지 모르니 한시 빨리 소림사를 도와 큰 피해가 없게끔 해야지. 자, 다들 약을 복용하고 일각 뒤에 떠날 수 있도록 준비해라."

한편 천공은 먼 하늘을 바라보며 친우 천중의 얼굴을 머릿속에 떠올렸다.

'천중, 기다려라! 내 곧 그리로 갈 테니까. 날 너그러이 이해해 준 고맙고 정의로운 사람들과 함께…….'

＊　　　　＊　　　　＊

봄비라기엔 너무나도 거센 빗줄기.

하늘에 구멍이 뚫린 듯 장대 같은 물방울이 쏟아져 내리는 아래 귀검성 성내는 아비규환의 지옥으로 변모해 있었다.

꽈르릉, 꽈과광—! 파항, 퍼어엉! 채재쟁, 쩌정—!

"끄아악……!"

"사, 살려…… 으억!"

"쿠에엑!"

끊임없이 터져 나오는 파공음과 금속성, 그리고 비명.

귀검성은 대다수 전력이 소림사와 결전을 벌이기 위해 나가 버린 상태라 흑도오문 등이 이끌고 온 사파 정예 무대를 감당하기 힘들었다.

구예의 모습을 한 범소는 사방을 둘러보며 아찔한 현기증을 느꼈다. 온통 핏빛으로 물든 가운데 사상자가 몇인지 생존자가 몇인지 파악조차 되지 않을 만큼 주변 광경은 엉망진창이었다.

'큭! 은가야의 의중이 뭐지? 이렇듯 귀검성을 치는 것은 자칫 사파의 분열을 초래하리란 사실을 결코 모르지 않을 터인데…….'

그는 자신의 향해 쇄도해 드는 적 여럿을 처치한 다음 소란을 뒤로한 채 슬그머니 몸을 뺐다.

어느새 수하인 익혼이 날렵한 경공술로 다가와 후방을 엄호했다.

"대공자, 북문 쪽이 비었습니다. 그리로……."

"알았다. 어서 가자! 귀검성은 버린다!"

애초부터 귀검성은 목숨 걸고 지켜야 할 자산이 아니었기에 이대로 도망쳐 천환마가 본대로 합류할 심산이었다.

둘은 부리나케 운신해 북문 부근에 이르렀다.

한데 그 순간.

"깔깔깔!"

뾰족한 소성과 함께 전방 이십 보 거리에 한 인영이 불쑥 나타났다.

흑색 배자 차림에 머리칼을 양 갈래로 길게 땋아 내린 앳된 얼굴의 여인.

암영문주, 흑승묘희 반시현이다.

범소는 그 자리에 우뚝 멈춰 섰다. 그러자 익혼이 나지막이 말했다.

"겨우 한 명입니다. 제가 시간을 끄는 동안……."

"멍청한 소리! 저 계집이 바로 그 유명한 흑승묘희다. 합격을 해도 버거운 상대야."

그때 반시현이 입꼬리를 씰룩 올렸다.

"구예 행세는 그만둬. 네 정체를 모를 줄 알아? 천기마랑 범소…… 맞지?"

범소는 놀란 표정을 짓다가 이내 환형대법을 거두어들여 본 모습을 드러냈다.

"어쭙잖은 칼질하느라 수고했어. 자, 지금부터 내가 친히 네 녀석의 배를 가르고 창자를 꺼내 개 먹이로 던져 줄 거야. 어때, 만족해?"

"쉽진 않을 거다, 반시현!"

범소가 즉각 내공을 운용하자 익혼도 뒤따라 마기를 한껏 개방했다. 그러던 둘의 눈동자가 급격히 커졌다.

반시현 뒤로 조용히 등장한 일련의 무리, 그 선두에 선 인물 때문이다.

"양판교! 네가 어찌……."

범소의 말에 양판교가 무표정한 얼굴로 입을 열었다.

"다 끝났다, 범소. 넌 여기서 죽고 난 앞으로 촉루혈문주의 사람이 되어 명예로운 삶을 누릴 것이다. 물론 내 휘하의 냉심단(冷心團)도 마찬가지……. 아무튼 그간 수고했다."

"네 감히 날 우롱해!"

범소의 발작적인 일갈에 익혼이 얼른 전음을 보냈다.

[대공자, 고정하십시오! 지금은 이곳을 벗어나는 것이 급선무입니다!]

[큭…… 나도 알고 있다!]

전음으로 화답한 범소가 우수에 쥔 부채를 휘두르자 새야한 마기가 구름처럼 뿜어져 일대를 뒤덮었다.

그것을 본 반시현의 두 눈이 살기로 번뜩인다.

"백운마계환술이라…… 훗."

눈 깜빡할 사이 방원 이십 장 공간이 귀신의 환영을 동반한 백색 운무로 물든 가운데, 범소는 즉각 그 속으로 몸을 숨겼다.

당황한 양판교가 즉각 명을 내렸다.

"눈에 보이는 것에 현혹되지 말고 북문을 봉쇄하라!"

"예!"

냉심단원들이 일제히 신형을 날리려는 찰나 반시현이 손짓으로 행동을 제지시켰다.

"그럴 필요 없어. 이미 본문의 흑표암살대(黑豹暗殺隊)가 매복하고 있으니까. 또한 이곳엔……."

그녀가 말꼬리를 흐린 찰나 저편으로부터 시끄러운 소리가 이나 싶더니 이윽고 시커먼 죽립과 복면을 쓴 아홉 명의 자객이 운무를 헤치고 나타났다.

필두에 자리한 자객의 좌수엔 익혼의 잘려 나간 머리통이 물건처럼 쥐어져 있었다.

양판교는 대번에 그들의 정체를 간파했다.

'흑암사신조(黑暗死神組)로구나!'

아홉 명으로 편성된 암영문주 직속의 특무 단체.

"잘했다. 이젠 내 차례인가."

그렇게 말한 반시현은 흡족한 미소를 짓더니 육합암영신법을 전개해 저편으로 화살처럼 쏘아져 나갔다.

운무에 숨어 운신하던 범소는 재차 부채를 휘둘러 백운마계 환술 범위를 두 배로 넓혔다.

'상대는 십대무신에 최연소로 이름을 올린 초고수……! 공력을 아낄 때가 아니다!'

그 생각과 함께 환마장폐은신술도 극성으로 운용했다.

기척은 물론이고 고유의 마기까지 감춰 쉬이 추적할 수 없게 만드는 고절한 기예.

하지만⋯⋯.

'아니!'

범소는 뒷덜미로 엄습하는 쾌혹한 살기를 느껴 황급히 고개를 숙였다.

쉬이이이이이잇!

날카로운 파공음을 동반한 새까만 극세철사가 간발의 차이로 뒤통수를 스쳐 지나간 찰나, 등 뒤로부터 반시현을 목소리가 들렸다.

"오호홋, 멍청한 새끼. 세상 그 어떤 것도 내 암투사안(暗透邪眼)을 속이진 못해."

암투사안은 어두운 밤중이라도 사물을 또렷이 구분해 내는 안력을 발휘하는 암영문의 비전 절학이다.

범소는 일전을 벌이지 않고선 이 자리를 벗어나기 힘들다는 것을 깨달았다.

반시현이 속내가 빤히 보인다는 듯이 말했다.

"나랑 겨루다가 설령 운 좋게 도망치더라도 네가 갈 곳은 없을 거야. 왜냐하면 소림사는 지금쯤 개방으로부터 연락을 받고 기습을 대비하고 있을 테니까."

"⋯⋯!"

"그렇게 서로 치열하게 싸우며 피를 튀기고 있을 때 촉루혈 문주가 나타나 천환마가를 모조리 쓸어버릴 거야. 그렇게 우린 마도 무리를 척살하는 공을 세움과 동시에 소림사를 도움으로써 정파로부터 높은 평판을 얻게 되겠지. 아무튼 넌 저승에 가 기다리고 있어. 그러면 네 아비란 작자도 백골검종사의 칼 아래 목 잘린 귀신이 되어 뒤따라갈 테니까."

"양판교, 이 괘씸한……."

범소가 이를 빠드득! 갈자 반시현이 가볍게 혀를 찼다.

"아둔하기는. 양판교가 아니야."

"뭣이?"

"우린 이미 뇌룡마가를 위시한 마가 연맹 본대가 명사산으로 향하리란 사실까지도 다 알고 있어. 여기서 질문, 과연 그 정보를 어디서 얻은 것 같아? 돌대가리를 잘 한번 굴려 봐."

낯빛이 굳은 범소는 비로소 깨달을 수 있었다.

"우리 중에 배신자가 있구나!"

"깔깔깔깔! 그래, 한 가문이 통째로 우리 편에 붙었지. 그 가문은 바로……."

"쓸데없는 소리는 삼가시오, 반 문주."

무거운 목소리와 함께 등장한 인물은 염라문주 지옥검성 관융이었다.

반시현이 그를 보며 성가시다는 듯 미간을 찌푸렸다.

"흥, 내 손에 뒈질 녀석인데 말해 주는 게 뭐 어때서?"

"그래도 매사 신중을 기함이 좋소. 촉루혈문주의 당부를 벌써 잊은 것이오?"

"칫…… 알았어."

"말해라! 어느 가문이 배신했느냐!"

범소의 외침에 관용이 조용히 칼자루를 움켰다. 그러자 반시현이 발끈했다.

"내 먹잇감이야. 손대면 당신부터 죽어."

관용은 그녀의 성정을 익히 알기에 이내 손을 풀었다.

죽음을 각오한 범소는 하단전의 공력을 모조리 이끌어 냈다. 그 마기의 육중한 압력에 의해 지면이 쩍저적! 금을 그렸다.

반시현이 소매 속에서 뽑아낸 흑승을 팽팽하게 당겨 쥐며 서늘한 안광을 폭사했다.

"천환마가의 마학이 얼마나 대단한지 구경 좀 해 볼까."

지면을 박차고 돌진한 반시현과 범소는 체외로 커다란 아지랑이를 피워 올리며 한데 사납게 뒤엉켰다.

                    *   *   *

귀검성과 천환마가가 연합한 전력은 저 멀리 숭산의 봉우리가 보이는 광야에서 미리 매복하고 있던 소림사 무승들과 마주쳤다.

그렇게 혈투를 벌인 지 삼 일 째.

양쪽 모두 많은 사상자가 나왔으나 귀검성과 천환마가의 피해가 더 컸다.

개방의 전령조(傳令鳥)를 통해 정보를 입수한 소림사는 천왕전(天王殿)의 지주 일정(一正)의 지휘 아래 도리어 기습을 가했고, 그로 인해 귀검성과 천환마가는 첫날부터 당황해 효과적으로 대처하지 못했다.

일화를 비롯해 총원의 반이 자리를 비웠음에도 불구하고 소림사의 전력은 실로 견고하기 짝이 없었다. 그 증거로 천환마가와 귀검성의 주요 고수들 중 절반 가까이가 죽임을 당한 상태였다. 반면 소림사는 주요 고수들 중 대여섯 명만 목숨을 잃거나 다쳤을 뿐이다.

계율원주 일광의 동의하에 살계를 연 소림사 일류 고수들의 강맹한 손속은 예상을 상회했다. 하지만 삼 일 째인 오늘, 싸움의 양상이 조금 바뀌었다.

원인은 바로 인원수.

천환마가와 귀검성이 연합한 전력은 비록 많은 사상자가 속출했지만 여전히 천오백 명이 넘는 수를 자랑했다.

하나 소림사는 팔백 명 남짓. 거의 두 배에 이르는 차이라 소림사 쪽이 느끼는 피로감이 훨씬 컸다. 이대로 계속 시일이 흐르면 결과가 어떻게 될지 장담하기 힘들었다.

두 진영이 싸움이 치열하게 이어지는 가운데 환상마제 범숙은 친위대인 청포환마대(靑袍幻魔隊)를 앞세워 나한전 소속의 백여덟 명 무승과 부딪쳤다.

나한전주 무화검승 일묘를 포함한 십팔나한승은 소나한진을 구사했고, 나머지 구십여 나한승들은 소나한진의 뒤를 받치며 저마다 무력을 뽐냈다.

청포환마대의 천환마영진(天幻魔影陣)은 신출귀몰한 운신과 어지러운 환영의 묘를 발휘하는 상승 진법이었다. 하나 강호 역사상 단 한 번도 무너진 적이 없다는 소림사의 절진은 실로 견고했다.

그러던 어느 순간, 소나한진을 이루던 무승들과 나머지 무승들이 하나가 되어 커다란 진을 구사하기 시작했다.

나한대진, 달리는 백팔나한진.

엄청난 위력을 발휘하는 만큼 체력과 내력의 소모도 큰 최상승 진법이 전개된 것이다.

청포환마대도 질세라 천환마영진보다 한 단계 위인 겁천환풍살진(劫天幻風殺陣)으로 전환했다. 이것 역시 백팔나한진과 마찬가지로 기력의 소모가 큰 절진이었다.

카가가가가, 퍼버버버벙, 채채채채채채앵—!

소림사와 천환마가를 대표하는 절진이 사납게 어우러지며 무수한 파공음과 금속성을 파생시켰다.

진법 자체로 따지면 백팔나한진이 한 수 위였다.

겁천환풍살진의 구성원이 두 배 가량 많음에도 불구하고 박빙의 승부를 이루는 것만 보더라도.

범숙은 잠시 뒤로 물러나 전장을 관망하며 눈살을 찌푸렸다. 그때, 귀풍검매 왕영이 곁으로 다가왔다.

"범 가주, 이 상태론 승패를 가리지 못한 채 인명 피해만 누적될 듯싶소. 일단 후퇴해 전력을 재정비하는 것이⋯⋯."

범숙이 손짓으로 말꼬리를 자른 후 물었다.

"구 성주로부터는 아직 아무 기별이 없는 게요?"

"그렇소, 아무튼 걱정이오. 본성과 흑도오문 사이에 혹 뭔가 불미한 일이 발생한 것은 아닌지⋯⋯."

"내가 생각하기엔⋯⋯ 귀검성 내에 배신자가 있는 것 같소이다."

왕영도 같은 생각인지 고개를 끄덕거렸다.

잠시 골몰하던 범숙이 부채를 쥔 손에 힘을 주며 말했다.

"후퇴하기 전에 최소한 일정의 목은 베고 가리다."

말이 끝나기가 무섭게 범숙의 신형이 백색 기류에 휩싸이더니 일정이 싸우고 있는 방향으로 쏜살처럼 나아갔다.

왕영도 곧바로 경공술을 전개하며 내력을 실어 고함쳤다.

"귀검단(鬼劍團), 풍귀단(風鬼團)은 어서 나를 따르라! 범 가주가 일정을 처치할 수 있도록 엄호해야 한다!"

*　　　　*　　　　*

혈전이 펼쳐진 평야로부터 이백 장 정도 떨어진 곳에 위치한 낮은 야산.

백골검종사 은가야는 그 산언덕에 올라 평야를 훤히 내려다보며 읊조리듯 중얼거렸다.

"과연 소림사로군. 거의 두 배에 가까운 인원수를 극복하고서 대등한 전세를 이루다니……."

옆에 선 패도적인 기도를 가진 칠십대 노검수가 손가락으로 저편을 가리켰다.

"저기 보십시오. 원앙무문과 개방 낙양 분타의 전력이 막 당도했군요."

그는 다름 아닌 촉루혈문의 부문주 백골쌍검왕(白骨雙劍王) 이격(李檄)이었다.

"문주, 조금만 있으면 여태백 일행과 다른 정파 무문의 무대도 속속 나타날 것입니다."

고개를 끄덕인 은가야가 두 눈을 빛냈다.

"그래, 드디어 본문이 나설 차례로군. 그들 모두가 보는 앞에서 환영마제를 베어 넘기면…… 앞으로 정파는 한층 더 우릴 신뢰하게 될 터. 후훗."

그는 이내 패천백골검을 세게 움키며 명을 하달했다.

"진격을 준비하라!"

이격은 대답과 함께 죽통으로 만든 신호탄을 허공에 대고 쏘았다.

*　　　*　　　*

흑도오문을 위시한 사파 정예 무대는 전투가 벌어지고 있는 평야 인근 숲에 당도해 기척을 숨긴 채 대기 중이었다.

그러던 어느 순간, 저 멀리로부터 날카로운 음향이 터져 나왔다.

피이이이이이잉— 뻐버벙!

허공을 수놓는 시뻘건 빛깔의 폭죽, 바로 이격이 터뜨린 신호탄이다.

그것을 본 관용, 반시현 등이 즉각 휘하 무대를 이끌고 격전지를 향해 진격을 시작했다.

선두에 자리한 순우솔이 손이 근질근질하다는 듯 칼자루를 가볍게 두드리며 살기 어린 웃음을 흘렸다.

"흐훗, 천환마가의 명맥도 오늘부로 완전히 끊기겠구먼."

원앙무문과 개방 낙양 분타 전력의 가세로 비등하던 전세가
한쪽으로 기울고 있었다.

아군의 지원에 사기가 오른 소림사 무승들은 함성을 지르며
한층 전의를 불태웠다. 반면 귀검성과 천환마가 무인들은 당황
한 기색이 역력했다.

부지런히 검을 놀리던 왕영이 낭패한 표정으로 고개를 돌렸다.

그리 멀지 않은 곳.

천왕전 지주 일정과 일대일 싸움을 펼치고 있는 범숙의 모
습이 보인다.

두 고수의 싸움은 어느덧 사십 초를 넘긴 상태.

소림사와 천환마가를 대표하는 막강한 절기가 난무하는 터
라 어느 누구도 함부로 끼어들지 못했다.

우위를 점하고 있는 쪽은 범숙이었다. 하지만 일정 역시 이
곳에 있는 일묘와 더불어 일 자 항렬의 승려들 가운데 다섯 손
가락에 꼽히는 초일류 고수라 쉬이 꺾이지 않았다.

왕영이 즉각 전음을 보냈다.

[범 가주, 어서 떠나는 게 좋겠소!]

바로 그때, 범숙의 육중한 장력이 일정의 왼쪽 어깨를 펑!
하고 두드렸다.

"크윽!"

짧은 신음을 흘린 일정이 주름진 얼굴을 일그러뜨리며 십
보 뒤로 물러난 찰나, 오십대 무승이 진노해 범숙에게로 질풍

처럼 쇄도해 들었다.

천왕전 소속 사제들 중 한 명인 일강(一强).

"사제! 멈추……."

일정의 말이 다 끝나기도 전에 일강은 이미 범숙 앞에 이르러 우권을 내지르고 있었다. 동시에 범숙의 좌권도 세차게 바람을 갈랐다.

퍼허어엉—!

권경이 충돌하자 큰 기파가 원형으로 번져 나왔고, 일강의 신형은 일 장 밖으로 튕겨 날아가 쓰러졌다.

"끄흐으윽……."

신음을 흘리는 일강의 오른팔이 걸레짝처럼 힘없이 축 늘어졌다. 아마도 손가락부터 어깨까지 모든 뼈가 조각조각 부서진 모양이었다.

한데 그때, 지축을 뒤흔드는 발소리와 함께 삼방으로부터 엄청난 수의 무인들이 달려오는 것이 보였다.

남쪽은 흑도오문, 서쪽은 구천혈궁, 그리고 동쪽은 다름 아닌 천공과 여태백 일행이었다.

은가야의 전성이 먼 거리를 격해 웅장하게 울려 퍼졌다.

[마도 무리여! 함부로 중원 무림을 넘본 죄, 그 피로써 대가를 치러라!]

심후한 내공을 대변하는 고절한 수법, 천리전음이다.

그것을 신호로 동쪽의 반시현, 관융, 순우솔 등 사파 최상위 고수들이 저마다 경공술을 펼쳐 가공할 속도로 거리를 압축해 나아갔다.

은가야의 운신 속도는 그들보다 더 빨랐다.

일 보에 무려 십여 장을 나아가는 가히 경악스러운 경공술.

백골등행비(白骨縢行飛).

일신에 보유한 절기 중 하나로 그 신쾌함과 표홀함이 뭐라 형언하기 힘들 정도다.

눈 깜짝할 새에 뒤처진 문도들은 그런 은가야의 운신을 보며 머리털이 쭈뼛한 전율을 느꼈다.

그런데…….

저 동쪽에서 돌진해 오는 무리 중 한 복면인이 단숨에 허공을 격해 전장 한복판으로 뚝 떨어져 내렸다. 어찌나 쾌속한지 그 행로를 따라 대기가 투명하게 일그러졌고, 몇 박자 늦게 운신에 의한 파공음이 터졌다.

은가야를 능가하는 경이로운 속도.

극성의 혈해유영비다.

천공이 착지한 곳엔 겁천환풍살진과 백팔나한진이 격렬하게 부딪치고 있었다.

파츠츠츠츠츠츠……!

체외로 가시 같은 핏빛 마기를 마구 내뿜은 천공은 그대로 겁천환풍살진 속으로 몸을 내던졌다.

청포환마대장 범담(范覃)은 막무가내로 밀고 들어오는 천공을 보며 실소했다.

"허, 미친……!"

하지만 금세 낯빛이 굳고 말았다.

차차차차차차창! 까가가가강, 쩌저저저저저정—!

천공이 발한 혈극방호경기와 부딪친 청포환마대원들 병기가 드센 불똥과 함께 일제히 부러져 나간 까닭이었다.

범담은 제 눈을 의심했다.

'세상에……!'

파도처럼 쇄도하는 병기를 모조리 튕겨 낸 천공은 혈극방호경기를 거두기가 무섭게 내공을 끌어 올렸다. 그러자 전신의 피부가 시뻘겋게 물들었다.

금강불괴와 더불어 육신 그 자체가 하나의 완성된 무공인 혈마현신개공이 전개된 것이다.

천공의 모습은 마치 핏물을 뒤집어쓴 마귀 같았다.

'우두머리부터 친다!'

후우우우우웅!

풍성과 함께 돌진한 천공은 그대로 범담 앞으로 육박해 일권을 내질렀다.

사납게 발출되는 핏빛 권경.

꽈드득, 푸하악—!

그렇게 범담은 응수는 고사하고 비명조차 내지르지 못한 채 가슴팍이 뚫려 즉사했다.

애당초 범담의 실력으로 세, 잠맥을 팔 할 남짓 타통한 천공의 공력을 감당하기란 무리였다.

천공은 뒤이어 쌍수를 크게 휘돌렸다. 그 궤적을 따라 뿜어진 혈마라상지은현공이 청포환마대원 삼사십 명을 덥석 움켜잡았다.

'자비는 없다!'

그가 두 손을 힘껏 오므리자 덩달아 두 개의 거대한 혈수도 손아귀에 구겨 넣은 적들을 단번에 쥐어 터뜨려 죽였다.

섬뜩한 파골음, 그리고 피분수.

한편 일묘는 즉각 손짓을 보내 나한승들로 하여금 진을 멈추게 만든 후 놀란 듯 속으로 중얼거렸다.

'저것은 분명 혈신마라공이다! 그렇다면 천공……?'

천공을 포함한 항마조가 익힌 마학은 일 자 항렬의 고승들, 그리고 천 자 항렬의 일대제자들 중 계위가 아주 높은 소수만이 알고 있을 뿐이다.

일묘는 복면 때문에 천공의 얼굴을 확인할 수 없었지만 그 정체를 확신했다. 그리곤 혈신마라공을 알고 있는 무승들에게 신속히 전음을 보내 입을 단속시켰다.

그때 원앙문주 자앙여협 교만옥이 곁에 불쑥 나타나 물었다.

"아니, 마공을 구사하는 자가 왜 우릴 돕는 거죠?"

"소승도 그것이 의문이구려. 여하간 육대마가 소속은 아닌 듯싶은데……."

일묘가 짐짓 모르는 척 고개를 갸웃거린 찰나, 여태백이 내공을 실어 발한 외침이 장내에 메아리쳤다.

[강호 뭇 동도들은 복면을 쓴 마인을 도와 적을 무찌르시오! 그는 결코 우리 적이 아니외다! 이 여태백이 개방의 이름을 걸고 책임지겠소!]

전장에 이르러 단 일검으로 십여 명의 적을 베어 넘긴 은가야의 두 눈이 기광을 뿜었다.

'흥미롭군. 개방주가 신분을 보증하는 마인이라니…….'

반시현, 순우솔 등 흑도오문의 고수들 또한 예의 전언을 듣고서 천공에 대해 강한 의문과 호기심이 생겼다.

　같은 시각, 단희연도 전장에 합류해 유령검법으로 적을 차례로 쓰러뜨렸다. 그녀의 등장에 귀검성 소속 검수들은 크게 동요했다.

　"아니! 내, 냉옥검녀?"

　"단 소저다! 저쪽에 단 소저가 나타났다!"

　단희연은 분노한 얼굴로 대갈일성을 내뱉었다.

　"마도 무리와 손을 잡다니, 명색이 중원 무인으로서 부끄럽지도 않느냐!"

　그녀의 손속은 거침이 없었다. 유령선영, 유령홰비, 유령각화 등 진일보한 내공을 실은 검초를 잇달아 구사하며 귀검성과 천환마가를 가리지 않고 닥치는 대로 쓰러뜨렸다.

　마침내 전장에 가담한 여태백이 즉각 승궁인과 풍개잠행대를 시켜 천공 주변을 엄호하라고 명을 내렸다.

　그것을 본 일묘는 거듭 확신을 갖고 지면을 박차며 외쳤다.

　"나한승 전원은 그를 도와 적을 섬멸하라!"

　"예!"

　그사이 청포환마대는 천공이 연거푸 뿌린 절기에 의해 대다수가 목숨을 잃은 상태였다.

　승궁인이 지척에 나타나 말했다.

　"아우, 저쪽에 있는 자가 바로 천환마가주인 환상마제 범숙이야."

　"예, 내가 처리하지요!"

천공이 신형을 날리려는 때 누군가의 전음이 들렸다.

[용두방주께서 직접 당신의 신분을 보증하셨으니, 나도 믿고 따르겠소. 한데 그대는 왠지 내가 아는 사람과 묘하게 닮았소. 그냥 분위기가 그렇다는 말이오.]

전음의 주인은 조금 떨어진 곳에서 적과 맞서고 있는 천중이었다.

천공의 입가에 옅은 미소가 맺혔다.

맘 같아선 당장 복면을 벗고 둘도 없는 벗과 재회의 기쁨을 나누고 싶었다. 하지만 애써 감정을 억누른 채 범숙 쪽으로 신형을 날리며 전음으로 화답했다.

[닮은 게 아니야, 천중. 나야.]

별안간 천중의 두 눈이 찢어질듯 커졌다.

[처…… 천공? 정말 천공 너란 말이냐!]

[그래. 상황이 상황이니만큼 회포를 푸는 건 나중으로 미루자. 뒤를 부탁한다!]

천공은 그렇게 옷자락을 펄럭이며 사라졌고, 그의 귀환에 신이 난 천중은 내공을 한껏 이끌어 내 주변의 적들을 상대했다.

승궁인이 일신의 장기인 장법으로 적을 무찌르던 중 슬그머니 전음을 보냈다.

[이봐, 천중. 참으로 좋은 친구를 두었군.]

[철장신풍개…….]

[참고로 말하면 난 이제 그와 호형호제하는 사이야. 항마조와 관련한 비밀까지 공유할 정도로…….]

흠칫 놀란 천중이 대뜸 으름장을 놓았다.

[어이, 비렁뱅이. 만에 하나 사람들 앞에서 입을 함부로 놀리면 내가 가만히 안 있을 거야. 명심해!]

[하하핫. 불자답지 않은 급한 성미와 말투는 여전하군. 걱정 붙들어 매. 나와 사부님을 제외하면 본방 어느 누구도 그 비밀을 알지 못하니까. 게다가 나 역시도 본방과 관련한 중대한 비밀을 그에게 알려 주었다고.]

천중은 그제야 마음이 놓였는지 씩 웃었다.

[홋, 건방진 후개 나리. 그동안 실력은 좀 늘었나?]

[물론, 지금 당장 보여 주도록 하지. 너무 놀라지나 마.]

승궁인은 즉각 파옥신권과 파옥신장을 연계 구사해 십여 명의 적을 쓰러뜨린 다음 천환마가의 핵심 가신들 철혼, 요혼을 상대로 새로이 터득한 절기를 구사했다.

만리추풍수마장.

오랜 세월 봉인되다시피 했던 마류 속성의 무공.

철혼과 요혼이 각기 철퇴와 단도를 휘두르며 좌우로 쇄도해 든 찰나, 승궁인이 쌍수를 내뻗자 맹수가 포효하는 듯한 괴성이 터졌다.

쿠아아아아아아아―!

가공할 공력이 실린 수십 개의 시커먼 장영이 한꺼번에 폭사되어 먹잇감을 노리는 짐승 무리처럼 철혼과 요혼의 몸에 무차별적으로 손자국을 새겨 넣었다.

퍼퍼퍼퍼퍽, 퍼퍼퍼퍼퍼퍽!

둔탁한 소리가 연이어 울리기가 무섭게 철혼과 요혼의 신형이 오 장 밖으로 튕겨 나가 바닥에 힘없이 나부라졌다. 그런 그들의 몸은 흡사 수십 마리의 짐승에 의해 무참히 뜯겨 나간 것처럼 참혹하기 짝이 없었다.

천중은 속으로 크게 감탄함과 동시에 승부욕이 동했다.

[껄껄껄! 좋군, 좋아. 그럼 나도 솜씨 좀 발휘해 볼까!]

그는 운해비영으로 적들 사이를 누비며 대력금강장, 탄지공, 일노박룡수 등 막강한 절기를 연거푸 내뿜었다.

한편 범숙은 주변 상황을 눈에 담으며 아찔한 현기증을 느꼈다.

'결국 이곳이 내 무덤인가!'

촉루혈문, 개방 총타 등의 가세로 역전되어 버린 인원수는 둘째 치고 내로라하는 정사 고수들이 한둘이 아니라 포위망을 뚫을 엄두가 나지 않았다.

결국 죽음을 각오한 그는 이내 전신으로 백색 마기를 폭사시키며 내상을 입을 일정을 노려 부채를 휘둘렀다.

마격술 기환마군세.

백색의 마기가 해일처럼 일어 군마의 무리로 화해 돌진한다. 표적인 일정은 물론이고 그 주변에 있는 인원까지 모조리 휩쓸어 버릴 기세로.

콰콰콰콰, 콰콰콰콰콰콰콰―!

천환마가가 자랑하는 상승 절기의 힘에 반경 오륙 장의 지면이 균열을 어지러이 그리며 세차게 진동했다.

일정은 이를 으물고 두 주먹을 앞으로 내질렀다. 그러자 범종 소리와 같은 웅혼한 음향이 울려 퍼지며 찬란한 서기가 묵직한 권경으로 화해 발출되었다.

소림사 권법의 정수, 칠십이종절예 대범천금강신권(大梵天金剛神拳). 백보신권, 복마권 등을 능가하는 지고한 절학이다.

기환마군세와 대범천금강신권이 맞부딪치자 땅거죽이 휘말려 허공으로 치솟았고 방대한 먼지구름이 사위로 번졌다.

"쿨럭……!"

일정이 선혈을 토하며 일 장 뒤로 주르륵 미끄러졌다.

다른 사람도 아닌, 천환마가주 범숙이 구사하는 절기는 위력이 남달랐다.

"끝이다, 일정!"

외침이 끝나기도 전에 범숙은 이미 일정 앞에 이르러 있었다.

머리 위로 높이 쳐들렸다가 매섭게 낙하하는 부채. 궤적을 따라 거대한 백색 마기가 예리한 작두 형태로 화해 떨어져 내린다.

작참술(斫斬術) 소마작도환상기(素魔斫刀幻像氣).

일정이 상체를 뒤집으며 발을 굴렸지만 이미 늦었다.

절체절명의 위기인 그 순간.

천공이 불쑥 나타나 앞을 가로막으며 몸으로 범숙의 절기를 받아 냈다.

쯔어어어어어엉—!

가슴팍, 반으로 갈라진 의복 사이로 불똥과 함께 날카로운 금속성이 울렸다.

극성에 이른 것도 모자라, 한 단계 더 발전한 금강불괴지체다.

"크윽!"

손목에 저릿한 통증을 느낀 범숙이 잽싸게 십 보 뒤로 후퇴했다.

천공은 그대로 두 주먹을 휘둘러 단혈회류마황권을 뿌렸다. 거대한 마귀의 주먹을 닮은 핏빛 권경이 간극을 격해 회오리처럼 쇄도하자 범숙도 가문의 절기 환마방선술(幻魔防扇術)으로 맞섰다.

피비비비비빗!

활짝 펴진 부채가 발한 잔영이 겹치고 겹쳐 검막과 같은 견고한 원막을 형성했다. 동시에 천공의 단혈회류마황권이 그 표면을 맹렬하게 두드렸다.

퍼퍼퍼펑, 퍼퍼퍼퍼펑…….

환마방선술은 육중한 충격을 견디지 못하고 모래알처럼 흩어졌고 범숙은 반탄지력에 의해 이십 보 뒤로 튕겨 나가 한쪽 무릎을 꿇으며 상체를 수그렸다.

"끄흐으……."

신음을 뱉는 범숙의 입가로 검붉은 핏물이 흘렀다.

뒤틀린 심맥과 혈맥이 들끓으며 지독한 고통을 선사한 까닭이다.

[천공아, 무공을 잃은 것이 아니었더냐?]

등 뒤로부터 들려온 일정의 전음에 천공도 얼른 전음으로 화답했다.

[사숙, 오랜만에 뵙습니다. 사연은 나중에 따로 설명드릴 테니 조금만 기다려 주십시오.]

[허헛. 장하구나, 참으로 장해.]

일정의 흐뭇한 목소리에 고개를 끄덕여 보인 천공은 곧바로 혈마군림보를 밟아 돌진했다.

파파파파파파!

신형을 중심으로 부챗살 펴지듯 여러 마귀의 형상으로 변모한 분신 같은 잔영들.

주변에 있던 천환마가 마인들이 가주인 범숙을 돕고자 일제히 몸을 날려 천공에게로 쇄도했다. 하지만 마귀들 모습을 한 호신강막을 뚫지 못한 채 내상을 입고 쓰러지거나 도로 뒤로 튕겨 나갔다.

신형을 벌떡 일으킨 범숙은 마치 피에 굶주린 마의 무리가 자신의 육신을 찢어발기기 위해 몰려오는 듯한 오싹함을 느꼈다.

어느새 삼사 보 앞에 이른 천공.

범숙이 질겁해 부채를 쥔 우수를 뻗었지만 천공의 손속이 더 빨랐다.

꽈드득, 푸하아악!

근골이 부서져 나가는 섬뜩한 음향.

천공의 주먹은 정확히 범숙의 복부 가운데를 꿰뚫었다.

"꺼헉…… 꺼허억……"

숨을 껄떡이는 범숙의 눈동자엔 불신의 빛이 가득했다.

천공이 이내 귓가에 대고 속삭였다.

"무릇 추악한 권세에 빌붙다가 초래한 재앙은 몹시 참혹하고도 빨리 닥치는 법이지. 내세에선 부디 지금과 다른 삶을 선택해 살기 바란다. 아미타불."

그렇게 주먹을 쑥 뽑고 몇 걸음 뒤로 옮겨 서자 범숙은 힘없이 주저앉으며 전신의 혈맥이 터져 죽음을 맞았다.

조금 멀리 떨어진 곳에 자리해 검을 놀리던 은가야는 방금 천공이 펼친 무공을 보고 적잖은 충격을 받은 상태였다.

'저토록 고강한 무력을 가진 마인이 존재하다니……! 설마 나와 대등한 수준인가?'

어쩌면 그 이상일 수도 있다는 생각. 하지만 곧 부정했다.

'흠, 그럴 리는 없겠지. 현재 내 무위는 생전의 천마존이나 정파의 으뜸인 일화를 너끈히 능가하는 수준이거늘.'

그때 순우솔이 곁에 나타나 전음을 보내 왔다.

[은 문주, 보았소? 실로 보통내기가 아니오! 저자가 혹 우리 패업에 방해 요소가 되진 않을까 우려스럽소이다.]

[두고 보면 알게 될 테지.]

[흠…… 아무래도 용두방주와 각별한 사이인 듯싶은데, 제갈가주로부터 그와 관련한 정보를 들은 적은 없소이까?]

[전혀. 제갈유가 만약 저 마인의 존재를 알고 있었다면 진즉 알려 주었을 것이다. 일단 싸움을 마무리 지은 다음 논의토록 하지.]

[알았소.]

한편 반시현은 가까운 곳에서 절륜한 검술을 맘껏 뽐내고 있는 단희연에게 흥미를 느끼는 중이었다.

'볼수록 놀랍군. 예전 귀검성을 무단으로 탈퇴했다는 소문을 듣긴 했는데…… 그 이후로 도대체 무슨 일이 있었기에 저렇듯 강력해진 거지? 천고의 기연이라도 얻었나?'

당세 무림에 자신을 능가하는 여고수는 없다고 자부해 왔는데, 오늘 그 생각이 깨지고 말았다.

단희연이 검을 휘두를 때마다 발휘되는 공력은 도저히 인세의 그것이라고 보기 힘들었다. 특히 그녀가 유령검법 최후 초식 유령만천을 시전 해 천환마가 소속 상위 고수 십여 명을 참살했을 땐 등골을 타고 오르는 전율마저 느꼈다.

지척에 자리한 관용의 소감도 마찬가지였다.

'대단하구나! 내가 감히 견줄 바가 아니다! 심검합일(心劍合一)을 완벽히 이루지 않고선…… 저런 식으로 검을 놀릴 수 없으리라.'

어느덧 막바지에 이른 혈전.

천공, 단희연을 비롯한 정사 무림 고수들 활약 덕분에 천환마가는 마침내 모두 사멸했으며, 귀검성 검수들은 전의를 상실하고서 저마다 병기를 내던진 채 투항을 해 왔다.

여태백은 항복하는 이까지 굳이 죽일 필요는 없다며 투옥시킬 것을 제안했고, 은가야 등도 선뜻 그에 동의했다.

귀검성이 사파 소속이라 생포된 자들은 자연히 촉루혈문에게로 인계되었다.

삼 일에 걸친 큰 싸움은 그렇게 끝을 맺었다.

36장.
항마(降魔)의 길

소림사 내의 한 선실(禪室).

출타한 일각의 권한을 대행 중인 일정은 일 자 항렬의 사형제를 불러 모았다. 그런 다음 천공의 이야기를 경청했다.

그로부터 한참 뒤, 천공이 모든 설명을 마치자 일정이 흰 수염을 쓰다듬으며 두 눈을 지그시 감았다.

"허어, 막상 듣고도 쉬이 믿기지가 않는구먼."

그러자 천공이 정중한 목소리로 부탁했다.

"저는 이제 명사산으로 향할 계획입니다. 그래서 두 마선의 부활을 저지하고 마경을 깨뜨려 혈겁의 도래를 반드시 막을 것입니다."

그 순간, 한옆에 앉은 매서운 인상의 노승이 재빠르게 천공 옆으로 와 손목을 덥석 잡았다.

계율원주 일광.

의중을 간파한 천공은 그대로 맥문을 내주었다.

대략 반 각 후, 살며시 손을 뗀 일광이 염주 알을 굴리며 나지막한 목소리를 내뱉었다.

"음, 미안하다. 계율원주로서 직접 확인해 볼 필요가 있어 그랬느니라. 과연 불가해할 정도로 장족의 발전을 이루었구나. 예전 네게 모진 말을 했던 내가 새삼 부끄럽도다."

과거 천공이 생존해 왔을 때 항마조 진멸의 책임을 물어 특무제자 자격을 박탈한 후 속가제자로 강등함이 마땅하다고 주장했던 그 일을 뜻함이었다.

천공이 점잖게 고개를 가로저었다.

"그런 말씀하지 마십시오. 일이 이렇게 될 줄 누가 알았겠습니다. 여하간 천명이 부여한 과업을 완수한 다음엔 본사로 돌아와 항마승으로서 소임을 다할 것입니다. 감히 여쭙건대, 절 다시 받아 주시겠습니까?"

일광은 침묵했지만 일정, 일묘 등은 고개를 주억였다.

다름 아닌 승낙의 표시다.

하나 파문을 당한 제자가 재입하기 위해선 무엇보다 계율원주의 재가를 얻어야 했다. 그것은 소림사의 오랜 절대 율법이었다.

천공은 조용히 일광의 얼굴을 주시했다. 그러자 평소 냉엄하기로 소문난 일광의 입가에 희미한 미소가 맺혔다.

"아무렴, 여부가 있겠느냐."

그 말에 감격한 천공이 두 손을 모아 고개를 숙였다.

"감사합니다! 정말 감사합니다! 원주님!"

"허헛. 재입을 위한 삭발식을 준비해 놓고 있을 테니 부디 몸 성히 돌아오너라. 네가 존재하는 한 항마조의 꿈은 끝나지 않았느니라."

그때 일정이 엄숙한 눈빛으로 당부했다.

"고기 잡는 그물을 쳐 놓으면 기러기가 물고기를 탐내다가 그 그물에 걸릴 때가 있고, 또 사마귀가 먹이를 노리고 있을 때 참새가 도리어 그 뒤를 노릴 때도 있는 법. 무릇 계략 속에 계략이 감추어져 있고, 이변 밖에 이변이 생기니 신중하게 임하거라. 알겠느냐?"

즉, 예전 해오담의 조언처럼 천마존 또는 다른 무엇이 변수가 될 가능성을 늘 염두에 두고 행동하라는 의미였다.

"제자 천공…… 명심 또 명심하겠습니다."

*　　　*　　　*

노을에 물든 신강 동쪽의 사막, 그 가운데에 샘이 솟고 초목이 자란 곳에 무려 이천여 명에 달하는 인원이 물결을 이루고 있었다.

그들은 바로 천마교 비밀 지단의 교도와 과거 율악이 원정대를 이끌 당시 몽고 무림을 평정하며 충성 서약을 받아 낸 군소 마도 세력의 정예 전력이었다.

천마존이 빨갛게 불타는 하늘을 보며 소성을 흘렸다.

"후후후. 지금쯤 천환마가는 괴멸을 당했겠군."

그 순간, 저만치 앞에 백색 피풍을 두른 일련의 무리가 경쾌한 운신으로 다가오는 것이 보였다. 하지만 천마존 등은 별다른 반응을 보이지 않았다.

예의 무리는 다름 아닌 빙마신궁의 십팔빙령이었다.

이윽고 천마존 면전에 이른 십팔빙령이 일제히 부복해 예를 표했다. 그런 다음 선두에 자리한 우두머리가 신속히 보고를 올렸다.

"용군무가 이끄는 무리가 며칠 전 나포박호(羅布泊湖)을 떠났습니다. 그리고 궁주께선 지마존과 더불어 철마전, 환마대루, 야차부의 전력 오백여 명을 섬멸하신 후 용군무 무리가 명사산에 당도하는 날짜에 맞춰 합류하실 계획이랍니다."

천마존이 흡족한 얼굴로 앙천대소를 터뜨렸다.

"크하하하하, 크하하하하하⋯⋯!"

그 소성에 실린 막대한 내공에 의해 일대 지면이 마구 떨림을 발했다.

이내 웃음을 뚝 그친 천마존이 두 눈을 매섭게 빛냈다. 그리곤 마경을 꺼내 쥐며 나지막이 말했다.

"드디어 때가 되었구나, 마경이여. 내가 곧 너의 온전한 힘을 취해 전마신의 못 다한 꿈을 이뤄 주도록 하마."

*　　　　*　　　　*

소림사 내의 한 외진 마당.

천공으로부터 모든 사연을 들은 천중이 빙그레 미소를 그렸다.

"후훗, 녀석……. 난 해낼 줄 알았어, 믿고 있었다고."

그리곤 두툼한 손으로 천공의 어깨를 격려하듯 가볍게 두드렸다.

그리웠던 손길에 천공 역시 마주 미소를 그렸다.

"천중, 이렇게 만나자마자 떠나게 되어 미안하다. 좋은 시식을 가지고 올 테니 또 말썽 부리지 말고 조용히 기다리고 있어."

"시끄러워. 야, 근데 말이야. 혹시 냉옥검녀랑…… 했냐?"

"해? 뭘 해?"

"자식이 다 알면서 내숭 떨고 있어. 있잖아, 몸의 대화. 예를 들면 뽀뽀나 뭐 그런……."

한숨을 푹 쉰 천공이 고개를 절레절레 흔들었다.

"너도 참 못 말리겠군. 그랬으면 내가 떳떳하게 본사를 방문할 수 있었을 것 같아?"

그 말에 천중이 안타깝다는 듯 제 이마를 탁! 쳤다.

"아이고, 이 순진하고 멍청한 놈 보소. 인마, 파문을 당해 자유로운 몸일 때 즐기지 않으면 언제 즐겨? 하늘이 준 기회를 그렇게 날려 버리다니!"

천공은 알고 있다. 그가 괜한 소리를 지껄이는 듯싶어도 실은 부담을 주지 않으려고 일부러 그런다는 것을……

그래서 사연을 듣고 나서도 마선이나 마경의 언급을 회피한다는 것을……

친우의 배려가 고마움을 느낀 천공은 간단한 인사를 끝으로 마당을 나섰다.

천중이 그런 그의 등에다 대고 말했다.

"어이, 신나게 놀다 와. 네 무용담…… 기대하고 있으마."

천공은 굳이 대꾸하지 않고 손짓만 보냈다.

이윽고 소림사를 나와 언덕 아래 산문에 이르자 단희연이 기다리고 있었다.

"천 소협, 기분이 어때요?"

"글쎄요. 말로 설명하기 힘들군요."

"참…… 이젠 소협이 아니라 스님으로 칭해야 되겠네요."

"하핫, 아직까진 편하게 불러도 괜찮습니다. 보다시피 재입 삭발식도 하지 않았으니까요."

"아, 계율원주께서 승낙하신 모양이군요."

"예. 모든 일을 끝내고 오면 다시 정식 절차를 밟고 항마승 계위를 내릴 거라 말씀하셨습니다."

일순 단희연의 눈빛이 깊게 가라앉았다.

'그래, 처음부터 내가 비집고 들어갈 마음의 자리 따윈 없었던 거야. 그는…… 오직 소림사가 삶의 전부인, 그 누구보다 우직한 사람이니까.'

기실 천공 또한 그녀와 비슷한 감정을 느끼고 있었다.

호감과 애정 사이, 그 경계를 오가는 미묘한 감정. 그러나 이젠 깨끗이 접어야 할 때다.

천공이 미소를 지으며 말했다.

"고마워요. 소저를 통해 배운 게 많습니다. 자세히 표현하긴 좀 그렇지만……."

"좋아해요!"

단희연이 느닷없이 던진 말에 천공의 두 눈이 한껏 커졌다. 그녀는 홍조를 띠며 황급히 시선을 돌렸다.

"그, 그냥 내 진심을 전하고 싶었어요. 지금이 아니면 기회가 없을 것 같아서……."

"소, 소저. 하지만 나는……."

"알아요, 알아요. 방금 말했잖아요. 그냥 내 맘을 솔직하게 말하고 싶었을 뿐이라고……. 이렇게 속내를 털어 놓으니 홀가분하네요. 이젠 천 소협이 다시 스님이 되더라도 그에 대한 미련을 떨칠 수 있을 듯싶어요. 이제 와서 내가 한 말 때문에 마음이 흔들리는 건 아니죠? 그러면 불자로서 자격 상실이에요."

천공은 농담으로 마무리하는 그녀의 태도가 너무나 귀여웠다. 그리고 또 고마웠다.

"소저의 그 마음 소중히 간직할게요. 죽을 때까지 잊지 않을 겁니다."

"어머나, 황송해라. 가만, 그럼 내가 천 소협의 첫 여자이자 마지막 여자가 되는 셈인가요?"

"뭐…… 그렇다고 볼 수 있지요, 하하하."

"그것도 나름대로 괜찮네요. 후훗. 자, 어서 가요."

두 사람이 산 아래에 당도하자 미리 기다리고 있던 여태백이 다가와 말했다.

"승궁인은 풍개잠행대를 이끌고 곤륜산으로 향했네. 요화문주가 입수한 정보에 의하면 빙마신궁과 지마신전이 곤륜파를 습격할 것이라는군. 흠, 최근 들어 자꾸 요화문에 한 발 뒤처지는 느낌이야."

천공이 눈살을 찌푸리는 여태백을 보며 물었다.

"너무 마음 쓰지 마십시오. 그나저나 촉루혈문주는……?"

"내가 적당한 말로 설득해 두었네. 사안이 사안인 만큼 그
도 충분히 이해하는 눈치였어."

"고맙습니다."

"허헛. 고맙긴, 도리어 우리가 고맙지. 자네가 없었다면 육
대마가의 음모를 파헤칠 수 없었을 것이야. 또한 그에 제대로
맞서기도 힘들었을 것이고……. 아무튼 숨은 영웅을 도와 무
림 안녕을 지키는 데 일조할 수 있어 더없는 영광일세."

*　　　　*　　　　*

혈전을 치른 평야 옆의 숲 속.

은가야와 흑도오문 수뇌부가 은밀히 모여 대화를 나누고 있
었다.

"쇄천호개도 모자라 용문검신까지 그 의문의 마인을 위해
움직이다니……. 도대체 정체가 뭐지?"

반시현이 그 말과 함께 요화문주 화향무비 방윤하를 쏘아
보았다. 여태껏 왜 몰랐느냐 추궁의 뜻이 담긴 눈빛이었다.

방윤하는 애써 시선을 외면하며 말했다.

"조만간 인원을 따로 빼 조사해 보도록 하지요."

고개를 끄덕인 은가야가 머리뼈 장식이 달린 칼자루를 어루
만지며 입을 열었다.

"계획을 조금 수정한다. 명사산에 이르거든 눈치를 보지 말고 전력을 쏟아 싸움에 임하라. 개방이 어떻게 마경과 관련한 정보를 얻은 것인지 모르나…… 현재로선 그것이 최선이다. 그래야 정파로부터 의심을 피할 수 있을 것이다."

순우솔이 꺼림칙하다는 투로 물었다.

"은 가주, 일양마가가 양다리를 걸쳤을 가능성은……?"

"절대 없다."

은가야의 단호한 대답에 순우솔이 히죽 웃었다.

"역시 그 이름 모를 마인이 정보를 건넨 것임이 분명하오. 이거야 원, 놈에 대한 궁금증 때문에 잠이나 제대로 잘 수 있으려나."

그때 은가야가 툭 던지듯 말했다.

"불력을 지닌 듯싶다."

그 소리에 일행의 낯빛이 얼음처럼 굳었다.

은가야는 두 눈을 지그시 감았다 뜨며 말을 이었다.

"본좌 외엔 아무도 느끼지 못했을 테지. 물론 내 느낌도 확실하진 않다."

순우솔이 어리둥절한 표정을 지었다.

"그, 그게 무슨 소리요? 놈이 불문 무공을 익혔단 말이오?"

"진맥을 해 보지 않는 이상은 추측에 불과하지."

자죽검림문주 충파신검군 번가가 머리를 가로저었다.

"말이 안 되잖소. 불력과 마력이 어떻게 한 몸에 공존할 수 있단 말이오?"

"천 년 소림사라면…… 가능할 법도 하지."

좌중은 거듭 충격에 휩싸였다.

"……!"

은가야가 나지막이 휘파람을 불자 은빛 참새가 수놓인 무복 차림의 오십대 사내가 가까운 고목 위로부터 표홀히 떨어져 내렸다.

촉루혈문 산하 첩보 기관으로 편입된 은작단의 단주, 은영괴(銀影怪) 신두(新頭)였다.

"은작단은 이 지역에 머물며 소림사를 조사하라. 아주 작은 것도 놓치지 말고 모조리……. 내가 별도로 명을 내리기 전까지 기한은 무한이다."

"존명."

대답한 신두가 사라진 직후 은가야가 의미심장한 표정으로 낮게 중얼거렸다.

"이대로 계속 파고 또 파면…… 언젠가 실마리가 집힐 테지."

*　　　　*　　　　*

오시(午時: 오전11시―오후1시)를 넘긴 무렵.

뇌룡마가를 위시한 마가 연맹 삼천여 명은 마침내 명사산 앞의 한 평원에 도착했다. 그 주변엔 기암절벽이 병풍처럼 펼쳐져 있었다.

용군무는 천리전음을 발해 대기 명령을 내린 후 낙뢰마룡단과 함께 저편에 보이는 계곡으로 운신해 나갔다. 다른 가문에선 일양마가주 태양염마제 제본기만 친위대인 화륜백마대(火輪百魔隊)를 대동하고서 그 뒤를 따랐다.

나머지 세 가주, 철탑마가주 철갑마제 추곤룡, 금부마가주 쌍부현마제 하우, 월영마가주 월광마검제 사우진은 평야에 남아 인원을 감독했다.

용군무 일행은 이윽고 폭포수가 내리쏟아지는 계곡에 이르렀다.

"이곳이오?"

제본기의 물음에 웃음으로 화답한 용군무가 보따리를 풀자 아홉 개의 마경이 모습을 드러냈다.

우우우우웅…….

진동을 발하며 일제히 떠오르는 마경 조각들.

순간 용군무가 두 눈을 부릅떴다.

마경 한 개가 아무런 반응을 보이지 않는 까닭이다.

바로 해오담이 제작한 가짜 마경이었다.

"가짜가 섞여 있었다니……!"

용군무가 신경질적으로 발을 굴려 그 마경을 꽈드득! 깨부 쉈다. 한데 그때, 우측에 보이는 수풀 무성한 저 너머로부터 쾌속하게 다가드는 기척들이 감지되었다.

"아뿔싸, 적이 있소!"

제본기의 외침이 채 끝나기도 전에 한 인영이 허공을 격해 그들 정면으로 맹렬히 쇄도했다.

천공, 그였다.

극성의 혈해유영비.

소리를 앞지르는 장쾌한 운신에 이어 어마어마한 공력이 담긴 혈사마기포가 일렬로 쏘아진다.

투투투투투툿—!

대포알 같은 붉은 마기는 그대로 용군무 일행이 자리한 일대를 맹폭했고, 그에 의해 낙뢰마룡단의 삼분지 일이 몸의 혈맥이 파열되어 저승길로 향했다.

단주 뇌격마룡 을태소는 충격을 견디지 못하고 한옆으로 튕겨져 나가 고목을 들이받았고, 용군무는 순속의 보법 전영보(電影步)를 밟아 가까스로 공세를 비켰다.

반면 뒤쪽에 있던 제본기와 화륜백마대는 간발의 차로 화를 면했다. 한데 무슨 이유인지 일제히 몸을 빼 저편으로 도망쳤다.

그것을 본 용군무가 진노했다.

"명색이 가주란 자가……!"

찰나지간 일 장 밖으로부터 둔탁한 파공음과 날카로운 비명이 연이어 들렸다.

천공이 휘두른 육중한 일권에 의해 을태소가 혈맥이 무참히 터져 죽음을 맞는 소리였다.

뇌룡마가 내 절정 반열의 고수가 단 일 초에 목숨이 끊기자 생존한 낙뢰마룡단원들은 전신을 옥죄어 오는 커다란 공포를 느꼈다.

돌연 천공이 체외로 붉은 마기를 폭사하자 돌풍과 함께 반경 이십 장 공간이 사납게 뒤흔들렸다.

쿠구구구구…… 쿠구구구구구구…….

계곡 전체가 지진이라도 난 듯 요동치는 가운데 마기의 압
력을 견디지 못한 초목, 바위 따위가 조각조각 부서져 허공으
로 비산했다. 심지어 폭포수까지 크게 휘어져 사방으로 물보라
를 일으켰다.

천공이 발하는 무형지기의 힘은 이전 환상마제 범숙을 쓰러
뜨렸을 때보다 훨씬 더 강력했다. 아니, 비교가 불가할 정도였
다. 기실 그땐 겨우 오성 공력만 발휘했을 따름이다. 하나 지
금은 무려 십성 공력이었다.

곧이어 검을 뽑아 든 단희연도 모습을 드러냈다. 그녀 역시
도 십성에 가까운 내공을 이끌어 내 무형지기를 토하자 주변
공간이 완전히 쑥대밭이 되었다.

두 초고수가 발한 가공할 압력에 의해 낙뢰마룡단원들 절반
이상이 괴로운 표정으로 털썩 주저앉았다. 몇 명은 내상을 입
은 듯 심하게 각혈까지 했다.

그래도 용군무는 달랐다. 그는 극성의 내공을 발해 무형지
기의 압력에 대항하며 똑바로 선 채 천공과 단희연을 번갈아
살폈다.

'복면을 쓴 자는 둘째 치고, 저 여인도 더없이 초절한 고수
로구나.'

생각과 함께 수평으로 쭉 뻗치는 우수.

파츠츠츠츳, 파츠츠츠츠츳—!

뇌전의 기류가 팔을 휘감은 직후 야장이 방금 벼려 낸 것 같
은 늘씬한 장검이 용군무 손에 잡혔다.

뇌룡마가의 절세 기보, 벽력마유검이다.

천공이 신형을 날림과 동시에 전음을 보냈다.

[단 소저, 그는 내가 맡을 테니 나머지 인원을 정리해 줘요.]

[문제없어요!]

단희연은 유령난보를 펼치며 낙뢰마룡단원들을 향해 유령검법을 구사하기 시작했다.

용군무는 벽력마유검을 움킨 손에 힘을 잔뜩 주며 눈을 부라렸다.

난생 처음 보는 마공.

의문에 의문이 꼬리를 문다.

"넌 대관절 누구냐?"

"사악한 마도 무리와 통성명을 나누고 싶지 않다."

"설마…… 우리가 이곳에 온 목적을 알고 있는 건가?"

"물론. 마경을 이용해 마선을 깨우려는 속셈이잖으냐."

천공의 말에 용군무의 눈동자가 작은 파문을 퍼뜨렸다.

'정보가 샜구나! 제본기, 네가 감히……!'

용군무는 분한 마음에 어금니를 꽉 깨물며 체외로 뇌전과 같은 마기를 가닥가닥 내뿜었다.

천공이 주먹을 쥐며 조용히 말했다.

"중원 정사 무림의 정예 전력이 이미 이곳에 당도했다. 또한 내로라하는 고수들도……. 너희 마가 연맹은 오늘 여기서 저승으로 향하게 될 것이다."

아니나 다를까, 저쪽 평원으로부터 수천 명의 인파가 함성과 함께 세차게 밀고 들어와 마가 연맹 전력과 어우러져 혈투를 벌였다.

순식간에 전란에 휩싸인 공간.

"하늘 아래 악한 마가 발붙일 곳은 없다!"

일갈한 천공이 지면을 박차고 정면으로 쇄도하자 용군무의 검이 수직으로 떨어져 내렸다.

우르르르릉, 파지지지지직—!

천둥과 번개를 동반한 직선의 검기.

뇌정마룡검법(雷霆魔龍劍法)의 절초 경뢰섬전검(驚雷閃電劍).

일순 천공의 우수로부터 거대한 마귀의 혈수가 뿜어져 나와 대지를 갈라 버릴 듯한 경뢰섬전검을 덥석! 잡아 구겨 깨뜨렸다. 그에 기파의 잔해가 허공중으로 둥글게 번졌다.

'큼! 극성 공력의 검기를 저토록 쉽게…….'

십 보 뒤로 간격을 벌린 용군무는 제 눈으로 직접 보고도 믿기 힘들다는 표정이었다.

어느새 천공이 뿌린 쾌속한 장세가 거리를 격해 정면으로 엄습했다.

후우우우우웅!

공기를 가르는 묵직한 장력, 혈마거령장.

그 일장에 맞선 용군무의 벽력마유검이 원을 연속적으로 그리자 뇌전의 검기를 실은 검영이 빠르게 겹치고 겹쳐 견고한 장벽으로 화했다.

파즈즈즛, 파즈즈즈즈즛!

검도가 최상승 경지에 이르러야 구사할 수 있다는 검막, 거기에서 한 단계 더 나아간 뇌룡마가 고유의 검예 뇌호마검벽(雷護魔劍壁)이었다.

혈마거령장이 그 표면에 부딪치자 우렁찬 폭음과 함께 혈색 아지랑이와 전광의 아지랑이가 한데 뒤섞여 펴졌다. 뒤이어 뇌호마검벽은 중앙에 큰 구멍이 뚫려 으스러졌다.

"크아악!"

용군무는 그 반탄지력에 의해 무려 삼 장 뒤로 주르륵 미끄러져 허리를 숙이며 피를 왈칵 토했다. 또한 충격을 받은 혈맥이 뜨겁게 끓어 고통스러웠다.

여느 마도 고수였다면 방금 그 일 장에 바로 즉사하고 말았을 것이다.

별안간 용군무의 머리 위로 어리는 음영. 섬뜩함을 느낀 용군무가 즉각 뒤로 운신했고, 간발의 차로 낙하한 천공의 발바닥이 지면을 쾅! 두드렸다.

잘게 부서진 흙과 돌이 어지러이 비산하는 가운데 용군무의 신형이 일순 연기 꺼지듯 픽! 사라져 버렸다.

파지직, 파직, 파지지직, 파지직―!

사위로부터 눈부신 뇌화가 일며 폭음을 토한다.

궁극의 쾌를 자랑하는 절기, 전뢰마형술이 시전된 것이다.

천공의 선택은 혈마현신개공. 그의 몸이 순식간에 피를 뒤집어 쓴 것처럼 시뻘겋게 물들었다.

어느 순간, 용군무가 좌측에 불쑥 모습을 드러내며 검극을 찔러 넣었다.

파지지직, 쉬이이익!

전뢰마형술과 연계한 뇌정마룡검법 최후의 초식 마룡신뢰

검(魔龍迅雷劍), 흡사 뇌전에 휩싸인 한 마리 용이 아가리를 쩍 벌리고 쇄도하는 것 같은 장엄한 검세다.

그렇게 마룡신뢰검이 천공의 옆구리에 적중되자 귀를 찢을 듯한 쇳소리가 메아리치며 둥근 기파가 폭발했다.

쩌어어어엉, 콰아아아아앙…….

혈마현신개공은 몸 자체가 하나의 무공이요 병기나 다름 아니다. 게다가 진일보한 금강불괴까지.

천공은 아무런 상처도 입지 않았다. 도리어 공격을 가한 용군무가 충격을 받고서 십 보 뒤로 후퇴했다.

'으윽……! 저것이 사람이란 말인가! 어떻게 멀쩡할 수 있지?'

붉은 마귀로 화한 천공이 곧바로 혈해유영비를 펼쳐 상대의 정면으로 육박했다.

화들짝 놀란 용군무는 극성의 내공으로 또 하나의 가내 절학을 꺼내 들었다.

병사한 뇌검벽마제 용자혼이 창안하고 자신이 그 묘용을 가다듬어 완성시킨 비전 검초.

천뇌마룡멸섬검(天雷魔龍滅閃劍).

벼락이 한꺼번에 작렬하는 듯한 굉음과 누런 번개가 용의 형상을 한 검기로 화해 맹렬히 떨어져 내렸다.

기존의 경뢰섬전검에 상승 요체를 더한 절기답게 궤적을 따라 뿜어지는 압력이 불가해할 정도였다. 하지만 천공은 돌진을 멈추지 않은 채 그대로 우수를 빠르게 쳐올렸다.

우우우우우웅―!

한 줄기 음향과 동시에 손끝으로부터 솟구치는 석 자 길이의 선명한 빛살.

혈색 마기가 아닌 별빛처럼 찬란한 예기다.

강기.

회심의 천뇌마룡멸섬검은 그렇게 강기에 의해 조용히 반으로 쪼개져 좌우로 흩어졌고, 용군무는 그 경이로운 광경에 넋을 잃고 말았다.

천공은 내뿜은 강기를 횡으로 그었다.

우우우웅!

퍼뜩 정신을 차린 용군무가 측방으로 쇄도하는 공세에 맞서 칼을 똑바로 세워 방어했다. 하지만 강기는 절세 기보라는 벽력마유검을 무슨 나무토막처럼 반으로 부러뜨렸다.

이루 형언하기 힘든 충격과 공포.

'……!'

용군무는 그만 전의를 상실하고 말았다. 더 이상 천공과 대적할 자신이 없었다. 여태껏 단 한 번도 겪어 보지 못한 무기력함에 손과 발이 제대로 움직이지 않았다.

현 상황을 타개할 방법은 하나.

마경을 이용해 마선을 깨우는 것뿐.

용군무의 의중을 읽은 듯 허공에 떠 있던 마경 조각들이 갑자기 기이한 빛을 발하더니 폭포수 쪽으로 빠르게 날아갔다.

천공은 안력을 돋워 폭포수 뒤에 작은 동혈이 있음을 간파했다.

'두 마선이 저곳에 잠들어 있구나!'

그가 좌수를 놀리자 혈마라상지은현공이 길게 뻗어 나와 용
군무의 전신을 강하게 움켰다.

뿌드득, 뿌드드득…….

섬뜩한 파골음이 새어 나오며 용군무가 괴로운 비명을 내질
렀다.

"흐아악, 흐아아아악!"

두 눈을 번뜩인 천공은 우수를 내질렀다.

슈우우우우욱.

뾰족한 강기는 신속히 바람을 가르고 나아가 용군무의 머리
를 무참히 꿰뚫었다.

남다른 무력을 키워 큰 야심을 불태운 젊은 마재(魔才)는
그렇게 허무히 죽음을 맞았다.

천공은 서둘러 혈해유영비를 전개해 폭포수 너머에 자리한
동혈로 발을 들였다.

같은 시각, 단희연도 낙뢰마룡단을 모조리 죽여 없애곤 즉
각 경공술을 운용해 그 뒤를 따랐다.

                    *   *   *

계곡을 벗어난 제본기와 화륜백마대 앞에 한 여인이 귀신처
럼 등장했다.

"기다리고 있었어요."

그녀는 다름 아닌 화향무비 방윤하였다.

제본기가 칼자루를 어루만지며 조용히 물었다.

"요화문주, 조금 전 용군무를 습격한 그자가 바로 촉루혈문 주가 경계하라 일렀던 정체불명의 마인이오?"

"맞아요."

"흠…… 괜찮겠소?"

"제 가주, 걱정하지 말아요. 은 문주는 차후 자신이 능히 감당할 수 있다고 했어요. 난 전적으로 그를 믿어요. 예전 그 일신의 가공할 무위를 내 눈으로 직접 보았으니……."

"하기야…… 은 가주가 다른 이의 손에 쓰러지는 것은 상상 도 할 수 없는 일이긴 하구려."

"평원에 있는 가내 사람들은 염려하지 않아도 돼요. 본문과 흠도문, 그리고 원앙무문이 합격하는 척하며 한곳으로 피신시 킨 다음 몰래 빼돌릴 계획이니까. 물론 보는 눈이 많으니 어느 정도 희생은 감수해야 한다는 걸 알고 있죠?"

"개의치 않소. 그저 본가의 핵심 전력인 팔 개 마대와 상위 가신들만 무사하면 되오."

그런 제본기의 말에 방윤하가 고개를 끄덕였다.

"탈로(脫路)를 마련해 놓았어요. 자, 이리로……."

그녀가 앞장을 서며 손짓을 보내자 제본기와 화륜백마대도 즉각 그 뒤를 따라 내밀한 보식으로 걸음을 옮겼다.

제본기는 이대로 명사산 일대를 벗어나 전력을 이끌고 서장 지역으로 가 다섯 마가를 차례로 접수할 계획이었다.

마가 연맹의 정예 전력이 모조리 이곳에 집중된 터라 아주 손쉽게 무혈입성을 이룰 수 있을 것이었다. 그런 생각에 제본 기의 입술이 흐뭇한 미소를 그렸다.

'후훗, 참으로 오래 기다렸다. 앞으로 본가는…… 명실상부 마도 최강의 가문으로 거듭나리라!'

*　　　　　*　　　　　*

일대 혈전이 전개된 평원.

정파 원정대는 개방, 청룡동방세가, 하북호신팽가, 사자영 호세가, 공동파, 화산파, 종남파가 그 중심을 이루고 있었다.

곤륜파가 위치한 청해성 최전선에 나가 있는 소림사, 금도 하후세가 등의 정예 무대와 사천성, 운남성을 기반으로 하는 무문들, 그리고 마찬가지로 그 지역에 파견된 무당파, 신기제 갈세가, 천뢰남궁세가 등의 정예 무대는 시간과 거리의 제약으로 참전할 수 없었다.

그래도 정파 원정대의 전력은 실로 막강했다.

대정십이무성과 십대무신에 이름을 올린 절륜한 고수들이 싸움을 진두지휘하고 있었기 때문이다.

그중 단연 무위가 돋보이는 인물은 하북호신팽가주 호아도 제(虎牙刀帝) 팽우(彭祐)와 청룡동방세가주 용문검신 동방표 호였다.

두 사람은 십대무신이란 명성에 걸맞게 각기 가공할 도법과 검법으로 적을 거침없이 쓰러뜨렸다.

사파 원정대는 촉루혈문과 흑도오문이 중심을 이뤄 마가 연 맹을 상대로 맹공을 퍼붓는 중이었다.

십대무신인 흑승묘희 반시현, 지옥검성 관융, 쾌도일곤 순우솔은 마치 팽우, 동방표호와 경쟁이라도 벌이는 것처럼 매 초식마다 공력을 아끼지 않았다.

반면 최강자인 백골검종사 은가야는 본 실력의 절반 정도만 발휘하고 있었다. 그럼에도 불구하고 그의 무위는 반시현 등을 웃돌았다.

철갑마제 추곤릉, 쌍부현마제 하우, 월광마검제 사우진은 사력을 다해 맞서며 휘하 마인들을 독려했다.

용군무가 죽임을 당한 것도 모른 채 그가 곧 천외삼마선을 깨워 전세를 뒤집어 줄 것이라 믿으며…….

뇌룡마가를 통솔하는 자는 오십 후반의 마인, 바로 용군무의 숙부이자 가내 제이인자인 천뢰검룡 용건중(龍建中)이었다.

그의 직속 단체인 노뢰마룡단(怒雷魔龍團)은 현재 청룡동방 세가의 장남 용악검협 동방초가 이끄는 청룡제이검대와 검을 섞는 중이었다.

가내 여러 단체 중 으뜸을 다투는 노뢰마룡단의 저력은 무서웠다.

동방초를 위시한 청룡제이검대가 연거푸 검진을 이뤄 압박을 해도 일절 흔들림이 없었다. 아니, 도로 수십 명이 역공을 당해 이승을 떠났다.

이윽고 대검룡 동방평의 청룡제일검대가 가세했지만 노뢰마룡단은 그마저 능히 감당해 냈다.

용건중은 요란한 뇌성을 터뜨리며 쾌속하게 운신해 동방초를 노렸다. 그에 동방초도 용감히 청룡강검을 휘둘러 합을 나

넜다.

채채채챙, 채채채챙. 채채채챙!

둘은 순식간에 이십여 합을 지나쳤다. 한데 어느 순간, 용건중이 발한 뇌전의 검기가 동방초의 옆구리에 붉은 상흔을 새겨 넣었다.

"크으윽!"

몸의 균형을 잃은 동방초가 비틀거리자 용건중은 한층 거세게 검초를 뿌렸다.

동방초는 차츰 손속이 어지러워지더니 왼쪽 팔뚝과 오른쪽 허벅다리에 잇달아 외상을 입었다.

우위를 점한 용건중은 득의의 미소를 머금고서 동방초의 가운데를 겨눠 살초를 전개했다.

차카앙—!

쇳소리와 함께 용건중의 칼이 뒤로 튕겼다.

동방평이 간발의 차로 예의 공세를 쳐 낸 것이다.

"어디 솜씨 좀 볼까."

비웃듯 말한 용건중은 곧 동방평과 어우러져 공방을 주고받았다. 맨 처음엔 비등했지만 갈수록 동방평이 수세에 몰렸다. 그러다 결국 용건중의 검에 의해 동방평도 좌측 어깨를 깊이 찔려 위태로운 상황을 맞이하고 말았다.

바로 그때, 장중한 기도를 내뿜는 검수가 나타나 육중한 검세로 용건중을 십 보 뒤로 물러서게 만들었다.

'큭, 용문검신······!'

인상을 찌푸린 용건중은 숨 막히는 긴장감에 마른침을 꿀꺽 삼켰다.

동방표호가 검을 비스듬히 기울이며 말했다.

"어디 솜씨 좀 볼까."

앞서 용건중이 내뱉은 말을 그대로 돌려준 그다.

"차아앗!"

기합을 지른 용건중은 쏜살처럼 질주해 동방표호와 검을 섞었다. 그렇게 삼십여 합을 지나쳤을 때, 동방표호가 고강한 검격으로 용건중을 십 보 뒤로 밀어 버리며 또렷한 음성을 흘렸다.

"네가 가진 최고의 절기를 펼쳐 보여라. 무인답게 죽을 기회를 주는 것이다."

용건중은 마다하지 않았다.

여러 합을 교환한 탓에 자신감이 생긴 것일까.

일순 용건중의 검날로 파지직, 파지직! 뇌전의 기류가 일자 그 압력을 견디지 못한 일대 지면이 거미줄을 쳤다.

뇌정마룡검법의 절초 경뢰섬전검.

천둥과 번개를 동반한 긴 직선의 검기가 동방표호는 물론이고 대지까지 쪼개 버릴 듯한 기세로 직하했다.

동방표호는 즉각 검을 머리 위로 곧추세웠다.

콰아아아아아아앙—!

먼지와 아지랑이가 뒤섞여 흩어지는 가운데, 그 너머로 동방표호의 목소리가 조용히 새어 나왔다.

"내 차례인가."

말이 끝나기가 무섭게 용건중이 디디고 선 자리 주위로 푸른빛을 띤 동그라미가 생성되었다.

'앗!'

청룡동방세가의 비기, 청룡원광검옥.

공력을 지면으로 은밀히 흘려 마치 진처럼 시간차를 두고 발동시키는 최상승 검학.

용건중은 순속의 보법 전영보로 도망치려 했지만 푸른 동그라미를 따라 뿜어진 수십 개의 검기가 그대로 전신을 날카롭게 옥죄여 들었다.

츄츄츄츄츄츄츄츄—!

검기의 창살 속에 갇힌 용건중은 온몸이 무참히 꿰뚫려 그 자리에서 죽었다.

뇌룡마가 마인들은 그 광경에 한층 깊은 절망에 빠져들었고, 청룡동방세가 쪽은 사기가 하늘을 찌를 듯했다.

한편 마가들 중 가장 많은 인원을 이끌고 온 철탑마가는 철갑마제 추곤룡의 눈부신 활약에 힘입어 선전을 펼치는 중이었다.

호전적인 성격으로 유명한 추곤룡은 열세인 상황 속에서도 일신의 무력을 맘껏 과시했다.

그의 몸집은 기실 만 근 바위를 연상시킬 정도로 컸다. 게다가 무거운 갑주까지 걸쳐 둔한 느낌마저 주었다. 한데 싸움에 임하는 움직임은 구름을 누비는 용인 듯 너무나도 유려하고 쾌속했다.

"덤벼라! 중원의 개들아!"

추곤룡은 그렇게 외치며 연신 두 팔을 놀렸고, 그때마다 가문의 기보인 오철마비창이 마치 새처럼 날아다니며 무인들 목숨을 앗았다.

공간을 자유로이 누비는 다섯 자루의 단창.

이기어검, 이기어도와 일맥상통하는 이기어창의 수법이다.

추곤룡의 철창마공(鐵槍魔功)은 여느 무인들이 감당하기엔 너무나도 버거운 마학이었다. 또한 정예 철마기대는 평원을 누비며 기마전법(騎馬戰法)으로 정사 무인들을 압박했다.

어느덧 추곤룡이 선 주변엔 피투성이가 된 시체들이 전리품처럼 수북이 쌓여 있었다.

이십여 명을 더 쓰러뜨린 추곤룡의 두 눈이 돌연 무엇을 발견하곤 이채를 머금었다.

'호오…….'

그리 멀지 않은 전방.

간결한 운신과 막강한 도법으로 철마기대 분대 사이를 비집고 들며 참륙하는 육십대 고수가 시야에 담겨 들었다.

예의 노고수의 절륜한 칼질에 의해 균형을 이루던 이 일대의 전세가 점차 다른 양상을 띠기 시작했다. 아니, 이미 기울고 있었다.

하북호신팽가주, 호아도제 팽우.

일신의 무위가 가문 전체 전력의 절반에 해당한다는 십대무신 상위의 도객.

긴 세월을 이어져 내려온 하북호신팽가의 현묘한 무공 요체는 팽우의 도를 통해 발현되어 견고한 철갑을 두른 군마를 하나둘씩 잠재워 나갔다.

이제껏 정사 무인들이 철창마공에 의해 죽어 갔듯, 철마기대도 팽우가 흩뿌리는 지고한 도세를 버티지 못하고 빠르게 무너져 내렸다.

하북호신팽가 내 최고의 단체인 비호도회(飛虎刀會)도 회주 팽명(彭明)의 지휘 아래 일사불란한 도진(刀陣)을 구사해 상대의 기마전법을 차례로 쇄파했다.

자하검법(紫霞劍法)의 달인 자하검옹 우량을 앞세운 화산파, 그리고 자죽십팔검(紫竹十八劍)을 극성으로 이룬 충파신검군 번가와 자죽검림문도 힘을 모아 철마기대의 수를 줄여 나갔다.

추곤룡은 철마기대의 사기가 떨어지는 것을 막고자 망설임 없이 팽우가 있는 쪽으로 몸을 날렸다.

그렇게 마침내 이 일대 전세를 주도하던 두 절정 고수가 정면으로 마주했다.

대략 십 보 간격을 두고 자리한 추곤룡이 지독한 살기를 토하며 서늘한 미소를 머금었다.

"크흐흣. 반갑소, 팽 가주. 이게 도대체 얼마 만이오? 보아하니 몸 관리를 꽤 잘한 듯싶구려."

팽우는 잿빛 수염을 쓰다듬으며 무심한 눈빛으로 화답했다.

"인의를 저버린 마인과 섞을 말은 없네만."

더없이 점잖은 목소리였으나 그에 담긴 뜻은 매서웠다.

"크흐흐! 이제 곧 노쇠한 신선(神仙)이 되어 하늘로 뜰 텐데 인사말 정도는 나눠야 섭섭지 않을 것 아니오."

"저기 계신 화산 장문께서도 아직 삼령(三靈)의 오지를 다 깨우치지 못했다고 말씀하셨는데, 하물며 그대 따위가 등선(登仙)을 논하는가."

추곤릉은 양손에 단창을 검쥐며 눈을 한껏 부라렸다.

"시답잖은 구도 타령은 거기까지요. 자, 성가시게 굴지 말고 그만 한 줌 흙으로 돌아가 주구려!"

두 무인은 누가 먼저랄 것도 없이 보법을 밟았다.

쳐부수고자 하는 마의 창.

지키고자 하는 정의 도.

카캉, 쩌저정—!

혈향이 진동하는 평원 위로 추곤릉과 팽우의 병기가 거친 음률을 토하기 시작했다.

*   *   *

천공은 환한 불빛을 발하는 마경 조각들을 뒤쫓아 동혈 깊숙한 곳에 이르렀다. 그러자 전방에 투명한 유리로 된 벽이 나타났고, 그 안에 선풍도골의 두 남자가 똑바로 선 자세로 갇혀 잠들어 있는 것이 보였다.

패검마선 작외겸, 섬륜마선 공야징.

작외겸은 청수한 외모에 백학을 연상시키듯 새하얀 옷차림, 그리고 이 척 팔 촌 길이의 은빛 철검을 좌측 허리에 차고 있었다.

또 검푸른 빛깔의 옷을 두른 공야징은 근엄한 인상에 커다란 문고리의 형태의 날선 병기를 쥐고 있었는데, 손잡이 쪽은 폭이 좁고 앞쪽으로 갈수록 날의 폭이 넓은 모양의 그것은 철륜(鐵輪)이라 부르는 병기였다.

천공은 신비롭고 탈속한 기품을 가진 두 마선의 모습을 보고 있자니 도저히 한때 세상을 피로 물들였던 마인으론 생각되지 않았다.

마경 조각들은 자신의 혼과 일체화된 두 사람 앞으로 가 아래위로 빙글빙글 회전했다. 하나 해오담의 죽음으로 인해 혼의 고리가 끊긴 두 개의 마경은 자리를 못 찾고 둥실둥실 떠 있기만 했다.

'드디어 시작이군. 가장 중요한 고비다.'

천공은 그 생각과 함께 작외겸과 공야징이 긴 잠을 깨고 나올 순간을 숨죽여 기다렸다.

그때 화섭자를 든 단희연이 등 뒤에 나타났다. 그녀는 곧 화섭자를 동혈 벽면에 쑤셔 박아 고정시킨 후 전음으로 물었다.

[천 소협, 부활 의식이 시작된 건가요?]

[예. 소저, 저것을 회수해 가지고 있어요.]

천공의 말에 단희연은 허공섭물을 발해 주인이 없는 두 개의 마경을 자신의 손으로 이끌어 거머쥐었다.

이윽고 여섯 개의 마경이 저마다 기이한 음향을 터뜨리자 유리 너머에 있던 작외겸과 공야징이 동시에 눈을 떴다.

꽈자자자자자작—!

일순 요란한 소리를 토하며 산산이 깨진 유리벽.

직후 마경들이 세 개씩 두 조를 이뤄 작외겸과 공야징의 이마 쪽으로 기다린 빛살을 뿜었다. 마력을 불어넣어 다시 움직일 수 있게끔 만들려는 것이었다.

마경과 두 마선이 그렇게 빛으로 연결된 찰나, 천공이 쾌속하게 움직여 공야징 앞으로 가 우장을 내뻗었다.

장심으로부터 발출된 투명한 비수 형태의 기운.

해오담이 가르쳐 준, 마경과 그들 사이에 영적으로 이어진 고리를 일시적으로 끊어 버리는 묘용을 발휘하는 기예 은형천섬비다.

스르륵.

은형천섬비는 마치 종이가 물에 젖듯 상대의 상단전으로 스몄고, 그에 의해 뇌력에 충격을 받은 공야징이 심한 신형이 경련을 일으켰다. 자연히 세 개의 마경이 쏜 빛살도 파공음을 터뜨리며 안개처럼 흩어져 소멸했다.

영적인 고리가 끊긴 공야징은 더 이상 영생의 마력을 가진 몸이 아니다.

'됐다!'

천공은 곧바로 혈마현신개공을 운용해 상대의 관자놀이를 노려 두 주먹을 세차게 휘둘렀다.

퍼걱, 퍼거걱!

둔탁한 파골음과 더불어 머리통이 박살 난 공야징의 신형이 지면 위로 털썩 나부라졌다.

천공은 뒤이어 작외겸도 똑같은 방법으로 죽여 버렸다.

두 마선은 그토록 긴 세월을 기다렸지만, 결국 해오담의 유지를 받든 천공에 의해 부활의 작은 몸짓조차 못해 보고서 싸늘한 주검이 되어 이승을 떠났다.

빛을 갈무리한 마경 조각들은 허공을 맴도나 싶더니 이내 땅에 후두둑! 떨어져 내렸다.

그제야 단희연이 반색하며 외쳤다.

"천 소협! 성공했어요!"

"예, 늦지 않아 정말 다행입니다."

고개를 끄덕인 천공은 바닥에 흩어진 마경 조각들로 시선을 옮겼다.

"이제 마경을 깨부숴야 합니다. 저 이계의 신물이 존재하는 한 제이, 제삼의 마선들이 계속 탄생하게 될 테니까요."

"작외겸과 공야징이 죽으면 마경은 전마신의 진전을 이을 새로운 인물을 찾기 전까지 그 혼기를 봉인해 휴면 상태에 들지. 그때가 마경을 없앨 수 있는 절회의 기회라네."

예전 해오담이 했던 말.

천외삼마선은 모두 사멸되었다. 지금이 바로 그 기회였다.

"두 번 다시 세상에 나오지 말거라."

나지막이 중얼거린 천공이 마경 조각들을 회수하려는 그 순간, 어둠 저편으로부터 엄청난 속도로 쇄도하는 기척이 있었다.

흠칫 놀라 고개를 돌린 천공의 눈동자로 패도적인 기도를 내뿜는 사십대 흑의 사내의 모습이 확대되어 담겼다.

'누구……?'

천공으로선 처음 보는 인물이다.

순식간에 지척으로 육박한 사내가 우수를 횡으로 휘둘렀다.
그러자 곡선의 마기가 부챗살이 펴지듯 넓게 퍼져 나와 천공과
단희연을 동시에 위협했다.

두 사람은 신속이 주먹과 칼을 놀려 그 공세를 쳐 냈다.

콰우우우우우웅—!

요란한 굉음과 함께 동혈 내부가 진동하며 천장이 무너지기
시작했다.

천공은 비로소 상대의 정체를 깨달았다.

'방금 그것은 천마흑선기!'

그는 곁의 단희연에게 전음을 보냈다.

[천마존이 다른 신체를 빌려 부활한 모양입니다!]

[네?]

그녀가 경악하는 순간, 천마존이 크게 외쳤다.

"크하핫! 마경이여, 날 선택해라!"

37장.
새로운 시작

바닥에 흩어져 있던 마경 조각들이 그에 감응한 듯 일제히 빛을 발하며 떠올랐다.

'앗! 안 돼!'

화들짝 놀란 천공이 신속히 허공섭물로 마경 조각들을 이끌었지만 마경 조각들은 꿈쩍도 하지 않았다. 게다가 단희연의 꼭 쥐고 있던 두 개의 마경마저도 그 손을 벗어났다.

불가항력.

인위적인 힘으로 막을 수 있는 성질의 반응이 아니었다.

천마존은 마경을 모조리 거두어들인 후 천마섭전비를 전개해 동혈 밖으로 쏘아져 나갔다.

천공과 단희연도 질세라 경공술을 펼쳐 뒤를 쫓았다.

두 사람이 동혈을 나오니 피풍을 두른 오백여 명의 마인들이 일대에 견고한 포위망을 구축하고 있었다. 그 무리 속엔 창마왕 혁황도 보였다.

저 멀리에 선 천마존이 히죽 웃으며 혁황을 향해 전음으로 명했다.

[적당히 상대하며 시간을 끌다가 평원으로 가 율악과 합류해라. 본좌는 그동안 마경의 힘을 취할 테니까. 오래 걸리지 않을 것이야.]

[예, 교주.]

천마존이 천마섬전비로 쾌속하게 사라진 직후 혁황이 손짓을 보냈다.

"쳐라!"

동시에 마인들이 일제히 합격진을 펼쳐 천공과 단희연에게로 맹렬히 쇄도해 들었다.

체외로 시뻘건 마기를 폭사한 천공이 일갈했다.

"자비를 기대하지 마라!"

*   *   *

차자장—!

월광마검제 사우진이 휘두른 검격에 의해 종남파 장문인 상봉검자 이신의 칼이 그릇처럼 잘게 깨져 버렸다.

"그만 가거라."

짧은 중얼거림을 발한 사우진은 대월신마검법 제삼장 진혼의 초 월광단류검파를 뿌렸고, 이신의 허리는 작두질을 당한 듯 절단되었다.

푸하아아악…….

비릿한 피분수를 퍼뜨리며 바닥 위를 나뒹구는 이신의 상체
와 하체.

현재 사우진의 주위엔 정사 무인들 시신이 즐비했다.

여든 살을 넘긴 몸을 이끌고 참전한 사자영호세가주 영호자
준(令狐子俊)도 사우진의 검 아래 목숨을 잃은 터였다.

찰나지간, 이신의 죽음을 목도한 공동파 장문인 영송자가 고유
신법인 무흔표(無痕飄)를 펼쳐 사우진의 정면을 압박해 들었다.

퍼버버버벙, 채재재재쟁—!

영송자의 추수장(抽髓掌)과 사우진의 대월신마검법이 사납
게 어울리며 파공성과 금속성을 연거푸 토했다. 하지만 삼십여
초를 지나자 영송자가 흩뿌리는 장세가 균형을 잃고 흔들렸다.

푸우욱!

기어이 옆구리에 검상을 입은 영송자가 신음을 내뱉으며 신
형을 후퇴한 순간, 사우진이 검을 지면에 콱! 쑤셔 박혔다.

고오오오오오…….

그의 신형 주위로 거센 바람이 일며 소름끼치는 예기가 번
져 나온다.

대월신마검법 제구장, 승천의 초 광사무극.

검날을 따라 폭발하듯 솟구친 광대한 검기가 수십 개로 나
뉘어 영송자의 주변을 병풍처럼 감싸 사납게 휘몰아쳤다.

좌라라락, 좌라라라락—!

무차별적으로 난무하는 검기의 춤사위 앞에 영송자는 그만

정신이 아뜩했다.

'아뿔싸!'

절체절명의 위기인 그때, 한 인영이 백포자락을 펄럭이며 쾌속하게 다가와 무수한 검기를 쏘았다.

콰아아아아아!

광사무극을 일시에 날려 버린 웅장한 검식.

사우진은 경악한 표정으로 예의 인물을 바라보았다. 그는 다름 아닌 백골검종사 은가야였다.

영송자는 자신의 앞에 등을 보인 채 석상처럼 우뚝 서 있는 은가야를 향해 진심으로 감사를 표했다.

"고, 고맙소! 은 문주!"

그러자 은가야가 은밀한 전음을 보내 왔다.

[그대와 공동파는 향후 패업을 이룸에 있어 절대 없어선 안 될 중요한 전력이다. 내 쉬이 죽도록 내버려 둘 것 같은가?]

그 소리에 영송자는 탄복을 금치 못했다.

'과연 큰 인물이구나. 제 사람을 챙길 줄 아는…… 역시나 내 선택은 틀리지 않았다. 그와 함께라면 능히 무림일통을 이룰 수 있으리라!'

은가야가 이내 광오하게 검지를 들어 까딱거렸다.

"오라, 월광마검제여. 네가 아무리 발버둥을 쳐도 극복할 수 없는 무의 격차를 맛보게 해 줄 터이니."

"그 말, 후회하게 만들어 주지!"

사우진은 내공을 극성으로 운용하며 지면을 박찼다.

한편 흑승묘희 반시현은 금부마가 마인들을 상대로 무력을 뽐내는 중이었다.

가내 고수인 마향대부(魔鄕大斧), 혈부마랑(血斧魔郎), 옥
부마공주(玉斧魔公主) 등이 이미 그녀의 흑승에 의해 목이 잘
리거나 사지가 절단되어 죽임을 당했고, 가주 하우로부터 신임
이 두터운 금부십이마객도 부상자가 절반 이상이었다.

하우의 친척인 천살마부(天殺魔斧) 하벽(何劈)이 흉흉한 살
기를 토하며 반시현과 용감히 맞섰다. 그 기백은 칭찬받아 마
땅하나 안타깝게도 승부는 오래지 않아 판가름 났다.

투둑.

지면을 나뒹구는 하벽의 머리.

반시현의 새까만 극세철사에 의해 목이 휘감겨 무참히 잘려
버린 것이다.

"호호홋. 성에 안 차는걸."

그녀가 측방으로 고개를 돌리자 그 시선을 마주한 금부마객
들이 저마다 신형을 움찔거렸다.

"깔깔깔. 뭐야, 겁먹은 거야? 거치적거리니까 이제 그만 뒈
져 줘."

조롱한 반시현이 육합암영신법을 운용해 돌진하려는 그 순
간, 한옆에서 우렁찬 외침이 터졌다.

"부끄러운 줄 알아라!"

그렇게 금부마객들을 꾸짖은 하우가 쌍부를 움킨 채 반시현
의 좌측으로 사납게 육박해 들었다.

두 절정 고수는 곧 치열한 공방을 펼치며 짧은 시간 동안 십
여 합을 지나쳤다. 그들이 발하는 공력이 워낙 무시무시해 다

른 이들은 감히 끼어들 엄두조차 내지 못했다.

그때 누군가의 놀란 외침이 들려왔다.

"저, 저기……! 새로운 적이 나타났다!"

그것을 시작으로 여기저기서 똑같은 외침이 터져 나왔고 좌중의 시선이 일제히 먼 방향으로 옮겨졌다.

지평선을 따라 일진광풍이 일으키며 돌진해 오는 이천여 명에 달하는 인원. 빙마신궁과 지마신전의 마인들이다.

무리의 선두엔 빙정마후 북리야향과 지마존 노료가 자리해 있었다. 예기치 못한 등장으로 말미암아 마가 연맹의 사기가 한껏 고무되었다.

팽우와 접전을 벌이고 있던 추곤륭이 그것을 보고선 한 차례 큰 공세로 팽우를 뒷걸음질 치게 만든 후 내력을 실어 괴성 같은 목소리를 발했다.

[빙마신궁과 지마신전이 우리를 도우러 왔다! 전원 사력을 다해 중원의 쓰레기들을 남김없이 쓰러트려라!]

곤륜산에 있어야 할 그들이 어째서 이곳에 나타난 것인지 의문이었으나 지금은 그것이 중요한 게 아니었다.

"와아아아아아아!"

함성이 평원에 메아리치며 마인들이 한층 사나운 기세로 공세를 퍼부었다.

정사 맹의 무인들은 크게 동요했다.

바로 그때, 또 다른 누군가가 목청껏 외쳤다.

"세, 세상에……! 천마교다! 천마교가 왔다!"

앞서 그랬듯 그 외침도 사람들 입을 거쳐 빠르게 퍼져 나갔다.

좌중의 시선이 다시 한 번 한쪽으로 쏠렸다.

아니나 다를까, 저 반대편에 천마교 고유의 깃발과 악마검신 율악을 앞세운 천오백여 명의 인원이 노도처럼 몰려오고 있었다.

천마교의 등장에 정사 맹의 무인들은 물론이고 기세가 올랐던 마가 연맹의 마인들도 정신적 충격을 감추지 못했다.

"처, 천마교가 어떻게 이곳에……!"

"뭔가 심상치 않다! 다들 조심해라!"

"설마 빙마신궁과 지마신전이 우리 몰래 천마존과 손을 잡은 건가?"

마가 연맹은 그제야 일양마가 전력이 요화문, 흠도문, 원앙무문과 싸움을 벌이다가 슬그머니 사라져 버린 것을 눈치챘다.

너무 뒤늦은 깨달음이다.

추곤룡이 분한 듯 어금니를 악물었다.

'일양마가, 너희가 감히……! 그렇다면 계곡으로 간 용군무도 적의 손에 당한 건가?'

의문은 곧 확신으로 바뀌었다.

정사 맹 무인들과 마가 연맹 마인들이 우왕좌왕하는 사이 격전장으로 발을 들인 세 세력은 온갖 살초를 뿌리며 전세를 주도해 나갔다. 우려대로 빙마신궁과 지마신전은 정사 맹은 물론이고 마가 연합에도 마구 공격을 퍼부었다.

삼파전으로 변모한 싸움.

검붉은 피와 날카로운 비명이 끊이질 않는 가운데, 북리야향은 신쾌한 경공술로 지옥검성 관용을 노려 돌진했다.

"호홋, 일단 너부터."

지척에 이른 그녀가 우수를 횡으로 긋자 거대한 얼음 칼날로 화한 마기가 지독한 냉기를 흩뿌리며 매섭게 뻗어 나왔다.

츄아아아아앗—!

관용도 신속히 내공을 실어 검을 횡으로 그었다.

두 고수의 공력이 충돌하자.

콰하아앙!

엄청난 굉음과 함께 기의 잔해가 물결치듯 둥글게 퍼졌다. 그 충격파에 의해 주변에 있던 사람들이 바람에 날린 낙엽처럼 몸을 휘청거리며 저마다 내상을 입었다.

노료가 향한 곳은 팽우와 추곤륭이 맞선 자리였다.

"클클. 일대일은 재미없지. 안 그래?"

그는 곧바로 지마대공 절기를 차례로 꺼내 펼치며 두 고수와 난전을 펼쳤다.

한편 전황을 살피던 여태백은 즉각 동방표호가 있는 곳으로 가 전음을 보냈다.

[동방 가주! 아무래도 빙마신궁과 지마신전이 은밀히 천마교와 결탁한 모양이오. 어떡하면 좋겠소?]

[천공을 믿고 기다릴 것입니다. 그는 반드시…… 앗, 조심하시오!]

동방표호의 전음에 화들짝 놀란 여태백이 표홀한 보법으로 상체를 숙인 순간 예리한 검기가 그 위를 아슬아슬하게 스쳐 지나갔다. 십 보 가량 뒤에 자리한 율악이 날린 검기였다.

"용두방주, 어서 다른 쪽을 보살펴 주시오. 그는…… 내가 상대하리다."

동방표호가 검날 위로 광대한 아지랑이를 피워 올리며 율약을 쏘아보았다.

　"후훗. 용문검신인가?"

　"악마검신…… 그 위명은 익히 들었소."

　"끌, 날 상대하기엔 공력이 부족한 듯싶구나."

　"아니, 충분하오."

　그 말과 동시에 동방표호가 전진하려는데 돌연 단희연이 나타나 앞을 가로막았다.

　"동방 가주, 제게 맡겨 주세요. 갚아야 할 빚이 있거든요."

　동방표호가 반색하며 물었다.

　"천공은……?"

　"새로운 육체로 부활한 천마존을 쫓는 중이에요. 그자가 마경을 모조리 탈취해 가는 바람에……."

　"허어, 그런 일이 있었구먼. 여하간 내가 주변을 엄호할 테니 그의 목을 베어 버리게."

　"물론이죠!"

　외침을 발한 단희연은 단숨에 거리를 압축해 나아가며 검을 내찔렀다.

　율악 역시 보법으로 마중을 나가 잿빛 마기가 이글거리는 악령마검을 세차게 휘둘렀다.

　카가강—! 채앵, 쩌어엉! 키기기깅! 차차차차창—!

　검날의 궤적을 따라 쉴 새 없이 충돌하는 경력의 파도, 그로부터 파생되는 육중한 압력과 반탄지력.

　쿠콰콰콰쾅, 콰우우우우웅…….

단희연과 율악이 맞붙은 자리엔 검기의 폭풍이 그치지 않았다.

두 사람은 내공을 아끼지 않고 연거푸 고강한 절기를 구사했다.

유령선영, 유령각화, 유령분혼, 악마단천검, 악마지멸검, 악마와선검 등 치명적인 검초들이 한 치의 양보도 없이 드센 불꽃을 튀겼다.

삼십 합, 사십 합, 오십 합…….

율악은 그렇게 합을 거듭할수록 단희연의 무력에 찬탄을 금치 못했다.

'크흠! 못 본 사이에 엄청난 성취를 이루었구나!'

검초를 따라 발휘되는 검력이 어찌나 강력한지 뼛속까지 저릴 정도였다.

단희연이 그 속내를 간파한 듯 검을 놀리던 도중 나지막이 음성을 흘렸다.

"당신은 더 이상 내 적수가 아니야."

발끈한 율악이 마기와 살기를 폭사하며 극성의 공력을 실은 가공할 검초를 전개했다.

삼대 절초인 팔비악마충검.

여덟 개의 팔에 저마다 검을 움킨 악귀의 형상, 그 누구도 흉내 낼 수 없는 지고무상한 검기다.

율악의 절기를 처음 접하는 동방표호는 저도 모르게 소름이 오싹 끼쳤다. 또한 그것이 자신의 비기인 구룡번천검을 능가한다는 것도 본능적으로 알 수 있었다.

도저히 감당하기 힘들 것 같은 가공할 마학.

악령마검이 파생시킨 악귀가 먹잇감을 움키는 거미처럼 단희연의 좌우를 노린 찰나, 그녀의 검이 휘황찬란한 빛을 사방으로 발출했다.

츄츄츄츄츄츄츄ㅡ!

세맥과 잠맥을 육 할 남짓 뚫으며 얻은 힘, 그 극성의 내공이 유령 같은 검기들로 화해 팔비악마충검을 가루처럼 쇄파해 버렸다.

콰콰콰콰쾅!

허와 실이 절묘한 변화를 이룬, 더없이 위맹한 검세 앞에 율악은 큰 내상을 입고서 일 장 뒤로 세게 튕겨져 나가 한쪽 무릎을 꿇었다.

"커허억⋯⋯!"

입가로 주르륵 흘러내리는 핏물.

율악은 비로소 자신의 죽음을 예감했다.

"끄윽⋯⋯ 네년이⋯⋯ 변수가 되리라곤⋯⋯. 하나⋯⋯ 끝나지 않았다. 교주께서 곧⋯⋯ 너희를⋯⋯."

싸늘한 눈빛을 흘린 단희연은 각혈하는 그의 앞으로 가 검을 맹렬히 그어 내렸다.

츄하아악, 투두둑!

절단된 율악이 머리통이 바닥 위로 처량하게 떨어졌다.

한 시대를 풍미한 절세 마인의 생은 그렇게 끝을 맺었다.

그 순간.

평원 전체를 쩌렁쩌렁 울리는 전성이 허공에 메아리쳤다.

[이곳이 무덤이 될 것이니라!]

단희연의 낯빛이 순간 얼음처럼 굳었다.

'아! 그가……!'

잠시 후, 전성의 주인이 반시현과 하우가 자웅을 겨루는 곳에 홀연 모습을 드러냈다.

천마존.

장내에 자리한 절정 고수들 중 어느 누구도 그 기척을 미리 감지하지 못했다. 심지어 단희연과 본 실력을 감추고 있는 은가야마저 가까스로 느꼈을 따름이다.

반시현은 본능적으로 위험을 감지했다.

'이자는……?'

그때 천마존이 입꼬리를 씰룩 올리며 웃었다.

"크흐흐, 놀아 볼까."

검은 기류에 휩싸인 천마존의 우권이 하우 쪽으로 내뻗쳤다.

쿠아아아아아아!

화들짝 놀란 하우가 가슴 앞으로 쌍부를 교차해 방어했지만 천마존이 발한 권경에 의해 몸통에 구멍이 뚫렸다.

분수처럼 퍼지는 피와 내장 조각들.

다른 사람도 아닌 하우가 단 일권에 의해 죽임을 당하자 좌중의 안색이 대변했다.

"세상에……!"

"저, 저런 말도 안 되는……."

천마존은 뒤이어 반시현을 노려 좌수를 종으로 휘둘렀다. 그러자 대지를 갈라 버릴 듯한 가공할 마기가 발출되어 반시현은 물론이고 그 뒤쪽에 자리한 사람들까지 무참히 쪼갰다.

푸하아악, 푸하아아아아악……

천마존이 펼쳐 보인 신위에 정사 맹과 마가 연합은 크나큰 두려움에 휩싸였다.

"내가 바로 천마존이니라! 크하핫!"

내력이 실린 앙천대소에 좌중은 괴로운 듯 귀를 틀어막고 아연실색한 얼굴로 저마다 겁에 질린 목소리를 발했다.

"처, 천마존?"

"죽은 줄 알았던 천마존이……!"

천마존이 발을 굴리자 반경 십 장의 지면이 거센 진동을 일으켰다.

쿠구구구구……

체외로 번져 나오는 시커먼 마기.

예의 마기는 곧 그의 머리 위로 뭉쳐 무시무시한 마신의 형상으로 변모한 후 일시에 체내로 갈무리 되었다.

천마신공 고유의 발현 마기다.

천마존이 내공을 운용해 양팔을 위로 번쩍 쳐들었다.

후우우웅, 후우우우웅!

팔놀림을 따라 발출된 마기의 폭풍이 주변에 있던 정사 맹과 마가 연합의 사람들을 맹렬히 휘감자 방대한 핏물이 허공으로 치솟아 비를 뿌렸다.

천마흑풍살기.

이백여 명의 육신이 그 강대한 마력에 휩쓸려 흔적조차 없이 분쇄돼 버린 것이다.

경악한 동방표호와 단희연은 즉각 천마존 쪽으로 몸을 날렸다. 이어서 여태백 등도 그 뒤를 따랐다.

같은 시각, 사우진을 죽여 없앤 은가야는 고심하고 있었다.

'결국 내 힘을 드러내야 하나. 이대로 가다간 우리 계획이 문제가 아니라 무림의 근간이 흔들리게 될 터이니……'

여기서 천마존을 저지하지 못하면 향후 일을 장담하기 힘들었다. 게다가 현재 천마존의 무력이 자신을 상회하는 경지에 이른 듯해 걱정스러웠다.

그는 이내 결단을 내렸다.

'우선 저들을 도와 천마존을 물리쳐야 한다!'

천마존 곁에 이른 동방표호는 곧바로 가내 절학인 구룡번천 검을 구사했다.

형언하기 힘든 고강한 압력과 더불어 아홉 마리의 청룡으로 화한 검기가 지상에 강림해 천마존의 신형을 감쌌다.

쿠콰쾅, 쿠콰콰콰콰쾅─!

여태백도 모든 힘을 쏟아부어 구풍폭렬장을 한 점으로 모아 쏘았다.

퍼어어어어엉!

어느새 합류한 충파신검군 번가도 내공을 아끼지 않고 일신의 최종 절기를 꺼냈다.

진공충파살검(進空衝波殺劍).

검극으로부터 파도처럼 발출된 검기가 투명한 충격파를 일으키며 나아가 귀를 찢을 듯한 폭성을 터뜨렸다.

마지막은 단희연이었다.

유령만천.

예태백이 그랬듯 그녀도 광범위한 그 검초의 묘용을 변환해 한 점으로 모아 발출했다.

츄츄츄츄츄츄츄, 쿠아아아아아앙!

고수들이 연이어 내뿜은 절기에 의해 일대 지면은 형체를 알아보기가 힘들 지경이었고, 자욱한 먼지가 구름처럼 일어 시야를 마구 가렸다.

"재주는 다 부렸느냐?"

다름 아닌 천마존의 목소리다.

찰나지간, 먼지구름 사이로 별빛보다 눈부신 날카로운 광채가 길게 폭사되어 여태백의 심장을 관통했다.

"컥……!"

질겁한 동방표호가 재빨리 검을 휘둘러 그 빛줄기를 베었다. 하나 그 표면에 닿자마자 따가운 금속성을 토한 검이 힘없는 마치 막대기인양 반으로 부러져 버렸다.

'이, 이것은……'

단희연이 짧게 외쳤다.

"조심해요! 강기예요!"

"강기?"

번가가 경악에 찬 물음을 토한 순간, 예의 강기가 스르륵 줄어들어 먼지구름 너머로 자취를 감췄다.

동방표호는 쓰러지는 여태백의 시신을 황급히 붙들어 잡으며 안타까운 음성을 흘렸다.

"용두방주……"

천하에 둘도 없는 의인의 죽음 앞에 할 말을 잃었다.

그때, 엄청난 돌풍이 일며 시야를 가리던 일대 먼지구름이 일시에 허공으로 치솟아 흩어졌다.

천마존은 아무런 충격도 받지 않은 모습이었다.

"후홋. 단희연…… 너부터 죽이는 게 맞겠구나. 천공과 더불어 살려 둬선 안 될, 위험한 재능이다."

그러면서 자신의 좌측 팔뚝을 흘깃 보았다.

찢겨 나간 의복 사이로 드러난 여러 개의 붉은 선. 아마도 유령만천이 새겨 놓은 검상인 듯싶었다.

그것을 본 단희연은 오히려 절망스러웠다.

'겨우 저것밖에…….'

일순 어디선가 갑자기 들리는 목소리.

"천마존, 거기까지다. 더 이상 함부로 설치게 두지 않을 것이야."

천마존이 좌측으로 고개를 돌리자 은가야가 패천백골검의 검극을 아래로 향하게 쥐고 서 있었다.

"호오…… 백골검종사라. 크크크, 내 손에 곧 뒈질 놈이니 허세를 부릴 수 있을 때 맘껏 부리거라."

단희연이 검극을 앞으로 겨누며 물었다.

"기어이 마경의 힘을 취한 건가?"

"크하하하하! 그래. 그것도 세 가지 힘 전부를 얻었지! 자, 절망하고 또 절망해라. 그나저나 천공 그 멍청한 놈은 아직도 날 찾고……."

천마존은 그 말을 다 끝맺지 못하고 흠칫 놀라 신형을 돌려 세웠다.

동시에 거대한 주먹 형상을 핏빛 권경이 쇄도해 그의 가슴 팍을 강하게 두드렸다.

콰아아아앙!

요란한 소리와 함께 천마존이 발바닥으로 지면을 지이익! 긁으며 뒤로 세게 미끄러졌다.

천공은 쉬지 않고 혈마거령장, 혈사마기포를 잇달아 구사해 천마존의 신형을 무려 십 장 뒤로 날려 보냈다.

단희연이 그런 천공을 보며 반색했다.

"아! 때마침 와 주었군요!"

"늦어서 미안해요. 내 어떻게든 마경의 힘을 취하는 걸 막고자 계곡 일대를 뒤지고 다녔는데…… 일이 이렇게 될 줄 알았다면 진작 이곳에 와 기다릴 것을 그랬습니다."

한편 천마존을 상대하기 위해 내공을 끌어 올리던 은가야는 즉시 체내 진기를 가라앉혔다.

'흠, 저자가 만약 천마존을 감당해 낸다면…… 내가 굳이 여기서 진력을 드러낼 필요는 없겠지.'

천공은 이내 동방표호의 품에 안긴 여태백의 시신을 바라보았다. 그러다가 두 주먹을 부러져라 불끈 쥐며 나지막이 말했다.

"천마존은 오늘 반드시 죽을 것입니다. 현재 그는 마경 덕분에 날 웃도는 무력을 가졌으나…… 내겐 아직 비장의 수가 있습니다."

은가야가 속내를 감춘 채 입을 열었다.

"나도 힘을 보태겠네."

"뜻은 감사하지만 안 될 말씀입니다. 전 일단 외진 곳으로

그를 유인해 싸울 생각입니다. 그리고 그곳에서…… 결판을
지을 겁니다."

"그 비장의 수가 무엇인지 궁금하구먼."

"죄송합니다. 그것은…… 차마 말씀 드릴 수가 없습니다."

천공이 말을 아끼자 단희연도 궁금증이 일었다. 하지만 애
써 묻지 않았다.

그가 그렇다면 그런 것이다.

단희연은 전적으로 천공을 신뢰했다. 물론 동방표호의 마음
도 마찬가지였다.

천공이 서둘러 허리에 걸린 노란 부적이 부착된 호로병을
손에 들었다. 바로 신비로운 흑운을 봉인한 호로병이었다.

"제가 이 뚜껑을 열면 평원 일대가 흑운으로 가득찰 것입니
다. 이 흑운은 타락한 마인의 힘을 구속하고 심지어 주화입마
에 들게 만드는 묘용을 발휘하지요. 반대로 마공을 익히지 않
은 사람은 영단을 복용한 것과 같은 효능을 보게 됩니다."

은가야가 나지막이 감탄했다.

"허…… 놀랍군."

"이것을 이용하면 어렵지 않게 상황을 정리할 수 있을 것입
니다. 딱 한 번밖에 쓸 수 없으며 반 시진이 지나면 자연히 소
멸하니, 그 점 염두에 두시길 바랍니다."

그때, 천마존이 저편에서 빠른 속도로 쇄도하는 것이 천공
의 눈에 담겼다.

"시작하지요!"

천공은 즉각 호로병 뚜껑을 열었다. 그러자 흑운이 방대하

게 뿜어져 나와 평원을 시커멓게 물들였다.

동방표호와 은가야는 흑운이 몸에 닿자 활력이 샘솟는 것을 느꼈다.

흑운이 공간을 가득 메움과 동시에 여기저기에서 괴로운 통성이 터져 나왔다.

"끄아아아아……!"

"으아악, 으아아아악……."

이곳에 자리한 마인들이 육체적인 고통과 정신적인 고통에 시달리는 소리였다.

천공이 얼른 조언했다.

"흑운 속에 머물면 외상을 피할 수 있고, 또 축기와 운기의 시간이 비정상적으로 빨라집니다."

그러곤 단희연을 향해 은밀히 전음을 보냈다.

천공이 전음을 끝낸 순간 그녀의 눈빛이 심하게 흔들렸다.

"안 돼요! 그건……."

"소저, 강호 대의를 위한 길입니다."

"하지만…… 하지만……."

천공은 짧은 미소를 남긴 채 울먹이는 단희연을 뒤로하고 천마존이 있는 쪽으로 운신해 사라졌다.

직후 은가야가 정사 맹의 무인들이 들을 수 있도록 천리전음을 울렸다.

[모두 흑운에 몸을 내맡겨라. 놀라운 효능을 볼 것이다! 그리고 그 힘으로 사악한 마도 무리를 섬멸하라!]

그렇게 전세는 단숨에 역전되었다.

정사 맹의 무인들은 기력을 회복해 괴로움에 몸부림치는 적을 마구 쓰러뜨리기 시작했다.

마도 무리는 북리야향, 노료 등 지고한 경지에 이른 소수의 고수를 제외한 대다수가 흑운으로부터 자유롭지 못했다. 그저 정사 맹의 공세에 속수무책으로 당할 수밖에 없었다.

천공은 어느새 천마존과 마주해 손속을 교환하고 있었다.

꽈광, 퍼버벙! 우르르릉, 꽈우우우웅……!

혈신마라공과 천마신공의 절기가 쉴 새 없이 부딪치며 굉음과 폭발을 발생시켰다.

가히 인세의 경계를 초월한 싸움이었다.

마경의 힘을 새로이 얻은 천마존의 무력은 가히 일절이었다. 이미 세, 잠맥을 팔 할 남짓 뚫은 천공이 버거움을 느낄 정도로.

"큭, 망할 땡추 새끼! 끝까지 성가시게 구는구나!"

"누가 할 소리……!"

천공이 혈마라상지은현공을 발출해 좌우를 노리자 천마존은 인거천마결로 그것을 쇄파했다.

이어지는 천마존의 반격.

대지를 통째로 갈라 버릴 듯한 천겁마인이다.

천공은 혈사마기포를 쏘아 그 흑색 마기의 칼날을 가까스로 튕겨 냈다.

그것이 곧 힘의 격차를 대변했다.

예전 같으면 혈사마기포로 잘게 부숴 버렸을 것이다. 하나 지금은 방어하는 것이 고작이다.

천공은 흑운 속에 최대한 오래 머물며 천마존의 힘을 조금씩 소진시키려 했다. 그런 다음 밖으로 유인해 비장의 수로 그를 죽일 심산이었다.

어느덧 오십 초를 넘긴 싸움.

완벽히 수세에 몰린 천공이 어느 순간 신비괴림을 나선 후로 실전에서 단 한 번도 구사하지 않은 절기를 꺼냈다.

혈성마종격.

거대한 혈신이 강림해 두 주먹을 휘둘러 온다.

질세라 천마존도 극성의 힘을 되찾은 뒤로 실전에서 단 한 번도 쓴 적이 없는 절기 천마흑염류(天魔黑焰流)를 펼쳤다.

흑색 불꽃을 일으키는 거대한 마귀.

혈성마종격과 천마흑염류가 정면으로 충돌하자 엄청난 굉음과 반탄지력이 사방을 휩쓸었다.

"크허억……!"

신음을 내뱉은 천공은 오 장 뒤로 강하게 튕겨 나가 지면에 등을 쿵! 박았다.

반면 천마존은 십여 보 뒤로 주춤주춤 밀렸을 뿐이다.

"홋."

조소를 흘린 천마존이 경공술을 전개해 천공 쪽으로 향하며 앙천대소했다.

"크하하하, 크하하하하! 건방진 새끼, 이제 좀 실감이 나느냐? 본좌는 이제 네 따위가 넘볼 수 있는 상대가 아니다!"

신형을 일으켜 세운 천공이 갑자기 혈해유영비를 운용해 저편으로 도망치기 시작했다. 그것을 본 천마존은 어이가 없었다.

'도망을 가? 크흐훗. 이거 진짜 진귀한 구경거리로구먼.'

속으로 비웃은 그 역시도 천마섬전비를 운용해 빠르게 뒤를 쫓았다.

천공은 흑운 속에 잠긴 평원을 벗어나기가 무섭게 가파른 산길을 따라 질주했다. 그러다가 고개를 뒤로 돌리니 맹렬하게 추격해 오는 천마존의 모습이 보였다.

'됐다!'

기실 앞서 펼친 혈성마종격은 천마존의 여력을 가늠해 보기 위함이었다.

'늙은 마귀는 현재 절반 이상의 내공을 소진했음이 분명하다.'

천공은 이윽고 산 중턱에 있는 너른 평지에 당도했다.

사방이 탁 트인 그 평지 뒤쪽 밑으론 가파른 낭떠러지가 길게 뻗어 있었다.

쿵! 하는 소리와 함께 지면을 울리며 천마존이 모습을 드러냈다.

"천공, 참으로 꼴사납구나. 크크크, 왜, 내 손에 무참히 뒈지는 꼴을 다른 이들에게 보여 주기 싫어 그랬느냐?"

천공이 희미한 미소를 그리며 말했다.

"일부러 조용한 곳으로 널 유인한 거다."

"뭐라? 유인?"

"그래. 자, 이곳에서 맘껏 싸워 보자."

"카하하하하! 아무래도 정신이 나간 것 같구나. 정말 날 이 길 수 있다고 여기는 것이냐? 흑운의 도움도 없이? 미안하지만 네놈은 흑운에서 멀어진 그때부터 이미 죽은 몸이나 다름 아니었느니라."

"어디 해봐라!"

천공의 일갈에 천마존은 천마대멸공을 시작으로 극성의 공력을 실은 각종 절기를 사정없이 퍼부었다. 그 앞에 천공의 절기들은 차례로 쇄파되었고, 결국 금강불괴인 신체마저 외상과 내상을 입었다.

이십여 차례의 공방.

천마존은 공세 일변도였고, 천공은 수세에 몰려 제대로 반격할 기회조차 없었다.

결국 천공은 상대의 가공할 공세를 견디다 못해 심맥이 흔들려 큰 내상을 입었고, 뒤이어 강기에 좌측 팔까지 잘리고 말았다.

"크으으윽⋯⋯."

천마존은 괴로운 표정으로 신형을 비틀거리는 천공을 보며 히죽 웃었다.

"후훗. 놈, 괴로우냐? 솔직히 이 정도로 버틴 것만도 대단한 일이지. 그건 높이 산다. 보아하니 손 하나 까딱할 힘도 없는 듯싶은데⋯⋯ 이제 그만 성불시켜 주마."

저벅저벅 걸음을 옮긴 천마존의 우수 위로 짧은 강기가 생성됐다. 그는 예의 강기가 실린 손날을 그대로 천공의 복부에 깊이 찔러 넣었다.

푸우우우우욱!

불로 지지는 듯한 화끈한 통증에 천공이 핏발이 선 눈으로 몸을 부르르 떨었다.

그 얼굴을 본 천마존이 잔악한 미소를 머금었다.

"훗. 그때의 일이 생각나는군. 마는 마로써 제압한다……
내 면전에 대고 그리 지껄였지?"

"허어…… 허어어…… 지금도…… 유효한 말이지."

"크크크, 정말 끝까지 못 말릴 녀석이로군."

"지난 번…… 우리가 잠시 영혼합일을 한 것…… 기억하나?"

순간 천마존의 눈썹이 꿈틀 올라갔다.

"뭣?"

"그때…… 네가 보유한 절기들 요체를…… 엿볼 수 있었는
데…… 그중 하나가 바로 이것이다."

천공이 별안간 오른손을 놀려 자신의 복부에 쑤셔 박혀 있
는 천마존의 손목을 덥석! 움켰다.

'앗!'

천마존이 흠칫하는 찰나, 천공의 상단전으로부터 광대한 빛
살이 사납게 폭사되었다.

"개 같은……!"

천마존의 외침이 끝나기도 전에 천공의 몸이 터질듯 부풀며
거대한 폭발을 일으켰다.

쿠아아아아아아아아앙—!

*　　　　*　　　　*

평원의 대혈전이 정사 맹의 승리로 마무리된 날로부터 정확
히 한 달 후.

만신창이가 된 몸으로 외진 숲길을 걷던 천마존이 이내 한

옆의 나무를 붙잡고 허리를 수그리며 각혈을 했다.

"웨에엑……!"

비릿한 혈향이 코를 자극해 온다.

겨우 속을 다스린 천마존은 이윽고 나무에 등을 기대고 앉으며 인상을 찌푸렸다.

'제기랄…… 시간이 갈수록 심맥이 뜨끔거리는구나. 어서 빨리 비밀 지단으로 가 치료를 받아야 한다.'

한데 그 순간, 뇌리로 전성이 울렸다.

[늙은 마귀, 괴로운가?]

경악실색한 천마존이 목소리를 더듬었다.

"서, 설마……."

[맞아. 바로 그 '설마' 다. 마광파천기를 맞고 모든 힘을 잃은 기분은 어때?]

"크윽……! 네놈이 역천이혼술까지 구사하다니……."

[그때의 영혼합일 덕분이지. 미안한데 내 암기력은 너보다 몇 배나 더 좋아. 아무튼 그 덕분에 저승으로 향하는 화를 면했군. 또한 이렇게 생존한 널 감시할 수 있게 되어서 천만다행이고.]

"……!"

[이제 다시 시작이다. 기대해, 늙은 마귀. 내 반드시 네 영혼을 멸하고 육신을 차지해 못 다한 멸마의 대업을 이어 나갈 테니까.]

천공의 호기로운 전성에 천마존은 머리칼을 쥐어뜯으며 쉰 소리로 고함쳤다.

"망할, 이런 망할……! 크아악!"

악소림을 끝내며……

드디어 하나의 여정이 끝났군요.

악소림을 구독해 주신 독자 여러분 감사합니다.

늘 그렇지만 작품을 끝내면 홀가분한 기분보다 아쉬움이 더 큽니다.

이 악소림은 제가 구상한 2부작 무협 중 하나입니다.

1부는 악소림, 그리고 2부는 [제목 미정]으로 악소림 시대를 배경으로 이야기가 진행될 것입니다. 물론 1부의 주역도 그대로 등장할 것이고요.

현재 저는 다른 작품을 구상, 집필 중에 있습니다. 그래서 당장 2부를 시작하기가 여의치 않은 상황이지만 언제든지 적당한 때가 오면 여러분께 선보일 수 있도록 노력하겠습니다.

악소림을 완결까지 성원해 주셔서 감사합니다. 저는 조만간 새로운 작품으로 찾아뵙겠습니다.

윤민호

http://www.bbulmedia.com